12월의 파비안느

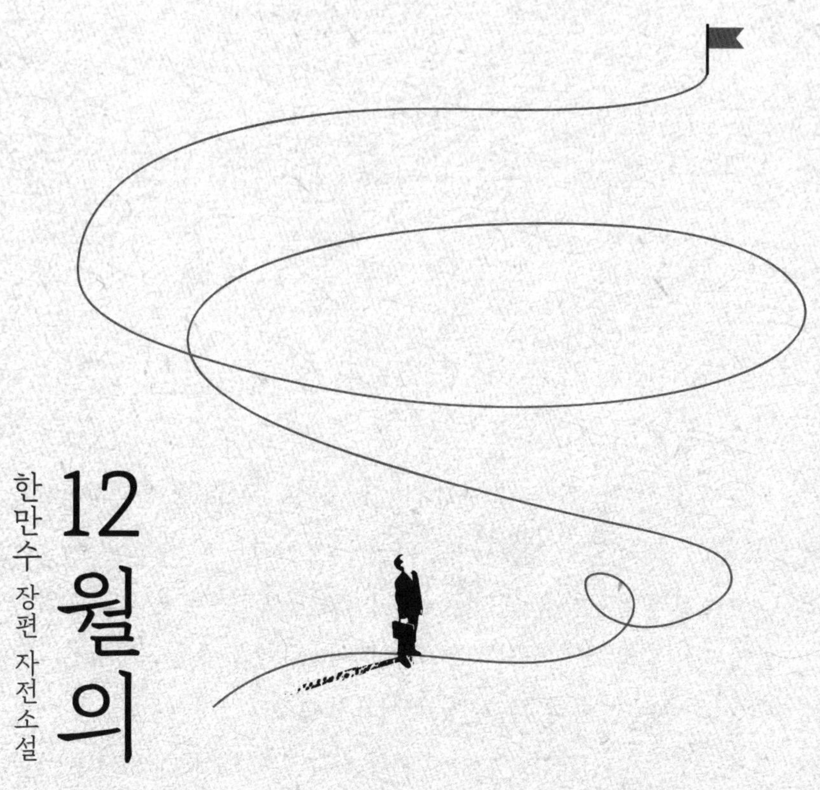

12월의 파비안느

한만수 장편 자전소설

글누림

머리말

그해, 나는 꽤 괜찮은 직장에 다니고 있었다. 20대 중반의 나이에 양복을 입고 머리에 기름을 바르고 출근하는 직장이었다.

나를 아는 친구들이나 친척들은 나를 자신들보다는 몇 등급 높은 위치에 있는 사람으로 대하는 데 주저하지 않을 만큼 좋은 직장이었다.

정작, 나는 내가 다니는 직장에 대한 자랑스러움이나 우월감을 느끼지 못했다. 서울대학교에 가면 죄다 서울대 학생들밖에 없다는 비유가 적절할 만큼 나는 평범한 직장인에 불과했다.

만약, 내가 그 시절 직장에 대한 우월감 같은 것을 갖고 있었다면 내 인생의 판도는 달라졌을 것이다. 이 글을 쓰고 있는 이 시간에 건강, 땅, 돈 같은 것에 대하여 생각하고 있거나, 부동산 중개소 사무실로 출근 준비를 하고 있었을지도 모른다.

나는 직장에서 승진을 하고 지점장이 되어야겠다는 생각은 좁쌀만큼도 하지 않았다. 좋은 소설을 써서 유명한 작가가 되겠다는 한 가지 생각밖에 하지 않았다. 그 덕에 여러 가지 기행적인 행동을 많이 했다.

강원도 장성행도 기행적인 행동 중의 한 부분이었다. 40년이나 지난 지금도 그때의 기억을 낱낱이 술회할 수 있었던 것은 그만큼 절망적인 날을 보냈기 때문이었을 것이다.

어쨌든 나는 장성에서 탈출을 했고, 직장을 2년 정도 더 다니다가 사표를 냈다. 그리고 본격적으로 소설을 쓰기 시작했다.

이 책에 쓰여진 절망의 파편들은 많은 부분은 경험이고, 일정 부분은 경험에 짜 맞춘 소설적 이야기들이다.

자칫 오토바이 사고로 20대의 짧은 생을 마감했을지도 모를 내가 40년이 지난 지금까지 소설을 쓸 수 있는 것은 소설에 대한 애착이 내 인생의 전부라 할 수 있을 만큼 강했기 때문이리라.

이 책을 사랑하는 아내 김미교, 그리고 우리 부부의 분신들인 석영이와 용구가 언젠가 읽게 될 것으로 믿는다. 현재의 내가 완성되기까지 어떤 젊음을 보냈는지 읽게 되면 우리의 사이는 더 가까워질 것으로 믿는다.

2021년 12월

한국문예창작진흥원에서

차례

12월의 파비안느

1. ________________ 기차는 정시에 출발하지 않았다

그해 겨울 스물일곱 살의 내 인생도 겨울이었다.

청량리역 광장의 하늘은 어둡고 우울한 얼굴로 눈송이를 뿌리고 있었다. 눈송이가 민들레 홀씨처럼 한가하게 흩날리고 있는 광장을 걷는 사람들은 하나 같이 차갑게 굳어 있었다.

역사 출입구에는 단독 군장을 한 군인들이 사명감이 가득 찬 눈빛으로 게슈타포들처럼 서 있었다. 기차표를 끊으려거나, 기차를 기다리는 사람들 누군가를 배웅 나온 사람들은 주눅 든 얼굴로 게슈타포 앞을 빠르게 지나쳤다.

나는 고향에서 사고치고 객지로 도망갔다가 10년 만에 귀향하는 건달처럼 낡은 청바지에 보스턴백 하나만 달랑 들고 있었다.

게슈타포들은 역사 안 개찰구 앞에서도 옆구리 총을 하고 사주 경계를 하는 눈빛으로 사람들을 노려봤다. 사람들은 군인들과 시선을 마주치지 않으려고 자주 천장을 바라봤다. 역사의 천장은 낡았고, 희미한 먹물을 품은 형광등은 대낮부터 졸고 있었다.

군인들은 자신들이 지켜야 할 시민들을 적으로 대하고 있었다. 시민들은 자신들의 안위를 책임지고 있는 군인들을 총을 든 무장강도들처럼 두려워하는 눈빛으로 설설 기고 있었다.

나는 군인들이 조금도 두렵지가 않았다. 학업을 전폐하고 거리로 뛰쳐나와 '독재 타도'를 외치는 대학생이 아니어서는 아니다. 데모 같은 것하고는 거리가 멀어 보이는 샌님 스타일도 아니다. 군인들이 나하고 아무런 관련이 없는 타인들처럼 보이기만 해서 두렵지가 않았다. 다른 사람들처럼 군인들을 곁눈질하며 천장을 바라보거나, 기차 시간을 확인하는 척하지 않았다.

내가 기차를 타고 가려는 곳은 강원도 태백시에 있는 '황지'라는 작은 읍이다. 그곳에서 택시나 버스를 타고 '장성'까지 갈 예정이다.

황지는 정확히 어느 지점에 있는지는 모르지만, 지명은 가끔 술안주로 올라오는 곳이다. 황지가 강원도 어디에 붙어 있는 곳인지, 서울에서 황지까지 가려면 기차를 몇 시간이나 타야하는지, 황지는 얼마나 큰 탄광지역인지도 모르면서. 단순히 전국지점에서 가장 벽지에 있는 지점이라는 점 하나로 스트레스를 받으면 황지나 지원해서 가겠다며 술잔을 움켜잡는 곳이다.

나도 그 중 한 사람이었다. 다른 점이 있다면 홧김에 지원한 황지지점에 진짜로 발령을 받았다는 점이다.

장성읍에 대한 정보는 해가 바뀌는 올해부터 사용할 다이어리에 수록되어 있는 지도에서 찾았다. 기차역이 없어서 황지역에 내려 택시나 버스를 이용해서 들어갈 수 있는 곳. 황지를 가려면 청량리역에서 강릉을 가는 기차를 타야 한다는 정도이다.

황지까지 가는 차표를 끊었다. 기차가 출발을 하려면 두 시간이나 남았다. 스물일곱의 피 끓는 청춘이 청량리역에서 두 시간을 보낼 수 있는 방법은 아무것도 없었다. 오락실에 가서 게임을 하기에는 지난밤에 폭음을 한 잔재가 진하게 남아 있었다. 주간신문을 사서 읽으며 시간을 보내기에는 글자가 눈에 들어올 것 같지가 않았다.

역 광장에는 언제부터인지 싸락눈이 내리고 있었다. 아스팔트 바닥에 떨어져 있는 눈은 저희들끼리 어깨치기를 하며 파도처럼 몰려다니고 있었다. 광장을 오가는 사람들의 머리카락이며 어깨에도 버드나무 꽃 같은 눈송이가 내려앉고 있었다.

어제 늦도록 술을 마시고 늦잠을 잤다. 아침도 먹지 않고 구멍가게에서 우유 한 개로 배를 채우고 청량리행 지하철을 탄 뒤라 배가 출출했다.

허름한 식당에 들어가서 해장국을 주문했다. 뜨내기들을 상대하는 식당의 반찬이며 해장국은 식욕을 사흘 굶은 사람도 수저 들기를 주저하게 만들 정도였다. 그냥 계산만 하고 나가기에는 서운해서 소주를 한 병 시켰다.

소금물에 시래기를 썰어 놓고 고춧가루를 슬쩍 뿌려 놓은 것 같은 해장국은 먹는 시늉만 하고 소주는 두 병이나 마셨다. 어제 마신 취기가 불씨가 되어 얼굴에 산불을 일으키는 것을 느끼며 역사로 향했다.

단독 군장을 한 군인 네 명이 날카로운 눈빛으로 서 있는 개찰구 밖으로 철로 변에 드문드문 눈이 쌓여있었다. 싸락눈이 내리고 있는 잔디 위에는 녹슨 폐허가 나뒹굴고 있었다. 문득 나 지금 강원도로 떠나노라. 그 누구에게도 전화 한 통 하지 않았다는 것이 생각났다.

기차가 출발을 하려면 20분이나 남았다. 역사에 있는 공중전화 앞으로 걸어가면서 몇 명에게 전화를 할지 헤아려 보았다.

대전에 계시는 부모님들에게는 지난주 신정 휴가 때는 일부러 말을 하지 않았다. 연휴가 끝나는 3일 저녁까지 아무 생각 없이 쉬고 4일 날 서울로 올라왔다.

토요일 이런저런 짐을 대전 집으로 부치고, 어젯밤에 텅 빈 하숙방에서 전화를 했다. 오 주여! 목사님이신 아버지는 내가 왜 강원도 하고도, 황지에서도 더 들어가야 하는 장성으로 가야 하는 이유를 들으려 하지 않았다. 내가 장성으로 가는 이유는 주님의 뜻으로 돌려버리셨다.

어머니가 전화를 받으셨다. 어머니도 장성행을 주님의 뜻으로 돌려버리실 것 같은 예감이 들었다. 그래서 회사에 무슨 잘못을 저질렀거나, 나는 업무직이라서 보험료 횡령이라든지, 영업지원비를 유용하는 범죄 근처에도 갈 수가 없다. 순전히 홧김에 황지지점으로 지원을 했다니, 장성영업소로 발령이 난 것이다. 강원도 깊은 골짜기에서 수도승처럼 수련 좀 하고 오겠노라고 선수를 쳤다.

"내가 자식을 안 믿으면 누가 자식을 믿겠냐? 여하튼 자주 전화하고 술 많이 먹지 마라."

어머니는 내 말을 믿지 않으시는 것 같았다. 만약 믿는다면 내가 천하의 불쌍놈이란 전제를 깔고 체념한 목소리로 말씀을 하시지는 않았을 것이다. 두 분이 내 강원도행에 대한 의문을 갖든 말든 나는 사표를 내지 않으려면 장성영업소에 갈 수밖에 없었다.

서울에는 고등학교 동창들이 몇몇 살고 있다. 자주는 아니지만 어쩌다 한 번씩 만나서 곤드레만드레 되도록 술을 마시며, 고향 이야기, 학창시절, 군대, 축구 이야기를 하다가 포장마차에서 3차로 가락국수 먹고 헤어지는 동창들이다. 그들에게 강원도행을 알렸다가는 발 없는 말이 천 리 간다는 말처럼 내가 엄청난 잘못을 저지르고 본사에서 귀양 가는 신세로 전락할지 모른다. 대학에 다니는 준석이 얼굴이 떠올랐다. 다른 동창들과 다르게 준섭이하고는 각별하게 지내는 사이다.

준석이는 농촌이나 어촌 출신 학생들에게 주는 농어촌장학금을 받았었다. 준섭이 아버지가 갑자기 농사를 그만둔 것도 아닌데 갑자기 장학금을 받지 못했다. 집안이 넉넉하지 않은 편이라서 가정교사를 했었는데 그마저 아무런 이유 없이 짤렸다. 운동권 학생이라는 신분 때문에 장학금이며, 가정교사도 못 하게 됐다는 걸 알게 된 것은 지난해 여름이다.

"바꿔야 해. 바꾸지 못하면 우리의 미래는 없어. 이민 갈 능력이 없으면 투쟁을 할 수밖에 없어."

준석이가 눈빛을 반짝이며 낮은 목소리로 속삭이는 말이 무엇을 뜻하는지 알고 있었다. 하지만 동조를 할 수는 없었다. 준석이는 대학생이고, 나는 회사원이라서가 아니다. 서로의 환경이 달라서 준석이의 피울음 섞인 목소리가 내 가슴 안으로 뜨겁게 차오르지 않았을 뿐이다.

준석이 자취방에는 전화가 없다. 자취방 주인부부는 맞벌이를 하느라 낮에는 전화를 받지 않는다. 장성에 내려가서라도 준석이에게는 전화를 해야겠다고 생각하며 전화할 또 다른 대상을 생각해 봤다.

그 시절 27살이면 결혼적령기다.

다른 총각직원들은 남모르게 사내연애를 하기도 하고, 애인을 만들어서 주말에 영화 구경을 가거나 덕수궁이며 비원을 거닐기도 하고, 가끔 여관에서 밤을 지새우기도 하는 모양이다. 나는 여자는 도통 관심이 없었다. 퇴근 후에는 거의 누군가하고 술을 마셨다. 일요일에는 늦잠을 자고, 오후에는 소설을 쓰거나, 소설 쓰는데 도움이 될만 한 책을 읽었다.

나는 졸지에 서울을 떠나야 하는 상황에서 내 전화를 기다리고 있는 사람들이 없다는 사실이 조금은 슬펐다. 전화기 위쪽에 붙어 있는 간첩신고 스티커를 막연하게 바라보다가 개찰구 쪽으로 향했다.

기차는 출발 시간이 됐는데도 움직이지 않았다. 기차가 제 시간에 출발하지 않는다고 해서 조급할 것도 없었다. 그럴리야 없겠지만 밤 12시가 넘어 도착해도 상관이 없었다. 통행금지가 지났으면 역사에서 손바닥에 '통행증'이라는 파란색 도장을 찍어 줄 것이다. 처음 가 보는 낯선 지역에서 통행금지가 지난 시간에 낯선 거리를 걸으며 여관을 찾아 취한 몸을 눕히면 그만이다.

창문가에 앉아서 막 눈을 감으려고 하는데 옆자리에 50대 남자가 앉았다. 검게 물들인 미군 야상 재킷을 입은 그는 의자에 앉자마자 길게 하품을 했다. 의자를 끝까지 뒤로 젖히고 모자를 눌러썼다.

창문 유리로 눈송이가 하루살이처럼 찰싹 달라붙어 이내 녹으며 눈물처럼 흘러내리고 있다. 기차는 출발할 생각을 잃어버렸는지 꿈쩍도 하지 않았다. 취기가 얼굴을 후끈하게 만드는 것을 느끼며 보스턴 가방에서 워크맨을 꺼냈다. 원형으로 된 까만색 이어폰으로 귀를 덮고 플레이 버튼을 눌렀다.

보니 엠의 원 웨이 티켓(One Way ticket)이 귓속으로 느닷없이 파고 들었다.

> 안녕 내 사랑이여, 내 사랑은 날 떠나갑니다.
> 이제 외로움의 눈물로만 세월을 보내야겠지요.
> 슬픔으로 가는 편도 차표 한 장을 사렵니다.

서울에 남겨진 사랑은 없었다. 그런데도 보니 엠의 목소리들이 취기를 쓸쓸하게 가슴에 차곡차곡 쌓이는 것 같았다. 기차가 본격적으로 달리기 시작하고, 취한 눈으로 보는 서울이 취한 풍경으로 멀어져 가고 있었다.

그날.

1980년 1월 7일 보험회사 본사 직원이던 나는 강원도 장성군 장성읍으로 가기 위해 청량리역에서 기차는 탔다. 워크맨으로 처음 들은 노래가 보니 엠의 원웨이 티켓을 들은 것은 순전히 우연이었다.

보니 엠의 사진이 붙어 있는 카세트테이프에는 원웨이 티켓이외도 11곡의 팝송이 수록되어 있었다. 나중에 말해주겠지만 원웨이티켓을 들은 것은 운명의 징조거나, 어떤 조짐이 일어날 징조인 것은 분명한 것 같았다.

그날은 빠르게 멀어져 가는 서울 풍경을 취한 눈빛으로 바라보며 그냥 들었을 뿐이다.

기차는 쌍용역을 지나서부터는 끝이 보이지 않는 어둠속으로 잠겨 들었다. 기차는 끝을 알 수 없는 어둠 속에서 더 깊숙한 어둠을 향해 쏜살같이 빨려 들어갔다.

황지역에 도착할 무렵 워크맨에서 스모키의 리빙 넥스터 도어 투 엘리스(Living Next Door To Alice)가 흘러나오기 시작했다.

셀 리가 전화로 소식을 전하더군요.
그녀가 혹시 엘리스 이야기를 들었어? 라고…
응? 나는 서둘러 창문 밖을 내다보고…

황지역에 내렸을 때는 밤 9시 무렵이다.

1월의 겨울바람이 역 주변의 식당에서 빠져나오는 불빛들을 날카롭게 찢어발기고 있었다. 보스턴백의 끈이 어깨를 짓누르는 것을 느끼며 대합실 문을 열고 나가서 멈췄다. 따뜻한 방에서 가물가물 졸다가 갑자기 영하의 밖으로 내몰린 기분으로 광장을 바라봤다.

역광장 가장자리에 몇 대의 택시가 주차해 있는 광경이 음영처럼 희미하게 보였다. 먼저 내린 몇몇 사람들은 택시를 타지 않고 시내 쪽으로 빠르게 걸어가고 있었다.

장성영업소 발령을 받는 날 전화를 걸어서 알아본 정보로는, 장성에 가려면 황지역에서 버스나 택시를 타고 20여 분 가야 한다는 것이다. 장성에도 여관이 있느냐고 물었더니, 전임 영업소장 말인즉, 장성에도 사람 사는 곳이다. 그냥 면 소재지가 아니고 읍 소재지라고 덧붙여 말했었다.

나는 택시를 타고 장성으로 가자고 말했다.

택시는 금방 황지를 벗어나서 산속으로 접어들었다. 도로는 가로등 하나 없는 어둠 속으로 이어지고 있었다. 아스팔트길이 아닌 시멘트 도로라서 우마차를 타고 달리는 것처럼 덜커덩거리는 소리가 연속으로 들려왔다.

어둠이 짙어서 자동차 라이트 불빛이 더 선명했다. 오른쪽은 산이고 왼쪽은 하천인 도로로 접어들었다. 산모퉁이를 돌아설 때마다 직선으로 쏘는 라이트 불빛에 시커멓게 흐르는 하천이 잠깐씩 몸을 드러냈다. 아이러니가 따로 없었다. 밝은 불빛이 캄캄한 어둠을 걷어 내면 풍경이 환하게 살아나야 하는데 검게 살아나고 있었다.

어둠에서 어둠 속을 달려 장성에 도착했다. 택시는 장성읍내로 들어가는 초입에서 멈췄다. 지갑을 꺼내며 밖을 두리번거렸다. 통행금지 시간이 되려면 아직 두어 시간 남았을 것이다. 그런데도 거리는 연극이 시작하기 전의 무대처럼 비어 있었다. 길 양쪽으로 늘어선 상가는 드문드문 희미한 불을 밝히고 있었다. 문을 닫은 상가 앞에는 짙은 어둠이 누워 있었다.

나는 택시에서 갑자기 튕겨 나온 기분으로 황지 쪽을 향해 달리는 택시를 바라봤다. 택시는 이내 어둠 속에 묻혔다. 바람이 이가 떨리도록 찼다. 바람에 작은 모래알갱이 같은 것이 섞여 있는 것처럼 얼굴을 때릴 때마다 쓰라리고 따가 왔다.

기차가 먹물 같은 어둠을 뚫고 여덟 시간을 달려오는 동안 취기는 말갛게 달아났다. 오싹할 정도로 차가운 바람이 옷깃 속으로 파고들었다. 이럴 줄 알았다면 미리 영업소에 전화해서 여관이라도 예약을 해 둘 걸 그랬나? 후회가 으스스한 추위로 밀려왔다.

어둠 속에서 희미하게 불을 밝히고 있는 가게가 보였다. 낡은 아크릴 간판에 희미하게 '숙이네분식센터'라고 쓰여 있다. 유리문을 열고 안으로 들어갔다. 테이블 몇 개가 있는 홀 안에도 싸늘하고 야윈 바람이 고여 있었다.

"장사 끝났어요."

식탁 앞에 30대 중반의 여자가 출입문 쪽을 향해 앉아 있었다. 무엇을 생각하고 있었는지 맥주컵에 담겨 있는 물잔을 쓸쓸히 바라보는 얼굴이 창백하다. 나를 바라보던 시선을 거두고 조용히 입을 열었다.

"서울에서 지금 막 도착했습니다."

홀 안에 바람이 싸늘해서 식당 안에 들어온 것 같지 않았다. 난롯불이 사위어 가는 간이역 대합실에 불쑥 들어선 기분이 들었다. 뜨거운 칼국수가 너무 그리웠다. 이대로 여관에 들어갔다가는 잠을 이루지 못할 것 같았다. 여주인의 말을 무시하고 연탄난로 옆으로 갔다. 미지근한 온기를 뿜어내고 있는 난롯가에 섰다.

여주인이 잠시 나를 바라보며 생각에 잠겼다. 나는 의식적으로 여주인의 시선을 피하고 메뉴판을 건성으로 읽었다. 칼국수와 만둣국, 라면, 국수의 가격이 서울보다 비싸지만 그럴 수 있으리라 생각했다.

여주인이 길게 한숨을 내쉬고 일어났다. 난로 위에 있는 주전자를 들고 나를 바라봤다. 나는 보스턴백부터 내려놓고 의자에 앉았다. 여주인이 탁자에 컵을 내려놓고 보리차를 따랐다. 다시 메뉴판을 바라봤다.

"칼국수 주세요. 혹시 소주 한잔 마실 수 있을까요?"

메뉴판에는 술이 들어있지 않았다. 소주를 마시고 싶은 갈증이 사무치도록 밀려왔다. 손바닥을 비비며 구원을 요청하는 눈빛으로 여주인을 바라봤다.

"원래 안 되지만 손님이 몹시 힘들어 보이니까 사다 드릴게요."

여주인이 돌아서서 출입문 쪽으로 가며 말했다. 문을 여니까 찬바람이 홀 안으로 황무지를 달려온 거대한 흑곰같은 몸짓으로 뛰어 들어왔다. 어깨를 움츠리고 차가운 손을 문지르고 있는데 여주인이 소주 두 병을 들고 들어 왔다.

여주인이 김장김치와 채나물, 칼국수에 어울릴 것 같지 않은 검은 콩자반을 내왔다. 소주 한 잔을 달게 마셨다. 취기의 잔재가 남아 있었는지 속이 메스꺼웠다. 안주로 무엇을 먹을까 망설이는데 검은 콩자반으로 젓가락이 갔다. 그때야 여주인이 검은콩자반은 칼국수 반찬이 아닌 소주 안주로 내온 것이라는 걸 알았다.

"서울서 오셨다구요?"

배는 고팠지만, 칼국수 가락이 입안에서 넘어가지 않았다. 속이 좀 더 뜨거워져야 칼국수에 젓가락이 갈 것 같았다. 차가워진 속을 데우려고 뜨거운 국물만 숟갈로 떠먹었다. 여주인이 쟁반에 파를 다듬으며 지나가는 말처럼 물었다.

"네."

밖에서는 바람이 식당 안으로 파고들지 못해 몸부림을 치고 있었다. 출입문이 덜덜 떨리는 소리가 점점 커지고 있었다.

"출장 오셨어요?"

"살러 왔습니다."

나는 어설프게 웃었다. 살러 왔다는 말이 낯설게 가슴속에 내려앉는 것을 느끼며 여주인을 바라봤다. 여주인은 목이 긴 폴라티셔츠를 입어서 그런지 젖가슴이 뚱뚱한 독일 여자처럼 풍만했다.

"그럼 광업소 직원이세요? 아니면 함태광업소?"

여주인이 파를 다듬다 말고 눈을 반짝거렸다. 나중에 알았지만, 장성에서 광업소는 대한석탄광업소를 말하는 것이고, 여타 광업소는 상호를 붙이는 풍습이 있었다.

"보험회사 직원입니다."

"보험회사 직원처럼 안 보이는데요?"

"보험회사 직원은 어떻게 생겼는데요?"

여주인의 호기심 섞인 목소리에 고개를 들었다. 핏기라고 없어 보이던 여주인의 얼굴에 생기가 돌고 있었다. 아니면 내가 취하고 있다는 증거일 것이다.

"아줌마들이 많잖아요. 거긴…"

"전 영업직이 아니고 업무직입니다."

"그럼 소장님이세요?"

"보험회사에 대해서 잘 아세요?"

"누가 소개를 해서 몇 달 다녔었거든요. 근데 쉬운 것이 아니더라구요. 저는 보험 아줌마들이 그렇게 많은 줄 첨 알았어요. 알 만한 아줌마들은 죄다 보험모집인이더라구요. 술 혼자 다 마실 거예요?"

여주인이 껍질을 벗겨낸 파를 쟁반에 담으면서 일어났다. 겉껍질을 벗겨낸 뽀얀 파 줄기가 한눈에 들어왔다.

"한잔 드시겠어요?"

내가 여주인에게 소주병을 들어 보였다. 여주인의 얼굴을 자세히 뜯어보니 평범한 얼굴이 아니다. 언뜻 평범해 보이면서 눈빛이 서늘하다. 어디선가 비슷한 눈빛을 본 적이 있었다. 맞다. 보험회사 본점 근처에 있는 '가을'이란 다락방 카페의 여주인의 취한 눈빛을 닮았다. 남편이 20층 아파트에서 나비처럼 날아 하늘로 갔다는 가을의 여주인은 묘하게 취할수록 말이 없어지는 술버릇이 있다.

"어차피 손님은 없을 거예요. 숙소는 정했어요?"

여주인이 풍만한 젖가슴을 흔들며 뽀얀 파를 담은 쟁반을 들고 주방으로 들어갔다.

"오늘은 여관에서 자고 내일쯤 방을 알아볼 생각입니다."

"요 옆에 양장점이 있거든요. 양장점 아줌마가 건물을 새로 지어 이사했거든요. 전에 살던 요 앞의 집이 비어 있을 건데…보험 영업소하고도 거리가 가깝고."

여주인이 냉장고에서 3/2 정도 술이 들어 있는 소주병을 들고 와서 맞은편 의자에 앉았다. 내가 술잔을 내밀었다. 여주인이 소주병 뚜껑을 열다 말고 내려놨다. 두 손으로 소주잔을 받았다. 술잔을 받자마자 목마른 암사슴처럼 단숨에 잔을 비웠다. 수저통에서 수저를 꺼냈다. 주저하거나 망설이는 표정 없이 칼국수 국물을 얌전히 떠서 두어 숟가락을 먹었다.

"제가 어느 보험회사에 다니고 있는지 아세요?"

"보험영업소는 한 곳뿐이거든요. 중앙서점 건너편 2층 건물에 있는 그 영업소…"

처음 보는 여자. 나이가 나 보다 예닐곱 살 정도 더 들어 보이는 여주인이 이웃에 사는 누나처럼 갑자기 친근하게 와 닿았다.

"집세를 얼마 주면 되는데요?"

"여긴 집세가 비싸지 않아요. 웬만하면 광업소 사택에 들어가서 살거든요."

"광업소 사택?"

"갱에서 일하는 사람들이 사는 집을 광업소 사택이라고 하거든요."

"갱이라면? 탄광?"

"여긴 석탄가루밖에 없어요. 내일 보시면 알겠지만 죄다 탄이에요. 하늘도, 냇물도, 지붕도, 사람들도…"

여주인이 나이에 어울리지 않게 땅이 꺼지라고 한숨을 쉬었다. 이내 멋쩍게 웃으며 소주병의 뚜껑을 열었다. 나한테 잔을 내밀고 천천히 술을 따랐다. 푸른색 소주병을 들고 있는 손가락이 껍질을 벗겨낸 파대궁처럼 길고 예쁘다. 칼국수를 썰고, 라면을 끓이고 반찬을 나르는 손처럼 보이지 않았다.

서울에서 마신 술의 잔재가 남아 있는데도 다시 마신 술은 갈증에 기름을 부은 것처럼 취기를 태웠다.

나는 여주인에게 장성의 물가며 문화에 대해서 생각나는 데로 물었다. 여주인은 초등학교 선생님처럼 차분한 목소리로 대답을 했다. 가끔 바람이 유리문을 사정없이 후려갈겼다. 둘은 약속이나 한 것처럼 잠시 뿌옇게 습기가 묻어 있는 유리문을 바라보다 다시 소주를 마셨다.

"슈퍼가 이 근처죠. 제가 가서 한 병 더 사 오겠습니다."

나는 여주인의 대답을 기다리지 않고 일어섰다. 택시에서 내렸을 때보다 더 차가운 바람이 얼굴을 후려 졌다. 얼굴에서는 취기가 얼굴을 뜨겁게 문지르고 있는데 바람은 따가웠다. 장성에 첫발을 디딘은 날 캄캄한 밤중에 얼굴을 따갑게 때리는 바람에 석탄알갱이가 섞여 있다는 것은 며칠 후에 알았다.

여주인이 얼큰하게 취한 얼굴로 왜 이 험한 지역까지 찾아왔냐고 물었다. 여기서 당분간 살라는 팔자인가 봅니다. 나는 생각 없이 대답하고 나서 혼자 웃었다. 말이 씨가 된다는 말이 있고, 순간의 화가 현실이 되는 때도 있다.

업무에 스트레스를 너무 받아서 홧김에 황지지점을 지원했다. 막상 발령을 받고 나니까 설렘 반, 절망 반이 되어 버렸다. 설렘은 6시 정시에 퇴근한다는 황지에 가면 조용히 소설이나 열심히 쓸 수 있을 것이라는 기대감이다. 나머지 절반은 의문감이다.

황지지점은 전국 지점 중에 가장 오지(奧地)라는 소문이 났다. 업무가 힘들거나, 스트레스가 쌓이면 '에이, 황지지점이나 지원해서 가 버려.' 홧김에 황지 노래 한두 번 안 불러본 직원이 없을 것이다.

본사에는 영업직을 제외한 업무직 직원이 300명 정도 된다. 그 많은 업무직 직원들 중 홧김에 황지지점으로 가고 싶다고 지원한 직원이 나 혼자만은 아닐 것이다. 설령 내가 황지에 지원을 했더라도, 부장이 불러서 왜 하필이면 황지에 지원했냐는 멘트 정도는 했어야 한다는 점이다. 부장이 지난 3개월 동안 일언반구 없었다는 점이 의문스러웠다. 만약 내가 부장한테 소위 찍혔다면 연말에 보너스를 A등급 줄 리가 없다. 의문점을 풀기 위해 면담을 신청했다.

"난, 글 쓸라고 일부러 지원한 줄 알았지. 그래서 일부러 황지지점이 아닌 장성영업소로 찍어 상신 한 것이라구."

부장의 말에 나는 입이 열 개라도 할 말이 없었다. 나는 작가가 되고 싶었다. 어제오늘의 희망이 아니다. 중학교 2학년 한글날 백일장에서 장원상을 받았다. 그날 저녁 나는 상장을 껴안고 자면서 이담에 크면 작가가 되겠다고 결심했다.

그 후로 틈이 날 때마다 습작을 하는 중이다. 요즈음은 어설픈 작가의 흉내를 내며 회사 사보에 정기적으로 소설이라는 형식을 빌려 글을 쓰고 있기도 하다.

"남편은 광업소에 근무했어요. 갱 안에서 착암기로 구멍을 뚫고 폭약을 쟁여 넣는 일을 했어요."

"책에서 읽은 적이 있는 것 같습니다. 폭약공이라고 하던데, 사고도 자주 난다고 하던데… "

여주인이 턱을 괴고 혼잣말로 중얼거렸다. 그녀의 잔을 채워주며 얼굴을 바라봤다. 취기가 묻어 있는 얼굴이 울음을 감추고 있는 것처럼 보였다. 아니면 내가 취했을지도 모른다. 나는 술에 취하면 세상을 슬프게 바라보는 습관이 있었다.

"갱 안에서는 사고 자주 나요. 광업소 같은 곳은 그래도 좀 나은 편이지만…"

"남편분이 광업소 근무하십니까?

"지금은 나무하러 갔어요."

"갱 안에서 사용하는 침목을 할 나무?"

"아뇨. 하늘나라로…남편은 여기서 태어나서, 여기서 살다가, 여기서 죽었죠."

겨울밤은 길었다. 바람이 불 때마다 유리문이 덜커덩거리는 소리가, 여주인의 마른 먼지 묻은 목소리를 삼켰다. 유리문이 덜컹거리지 않을 때도 거리의 바람은 밤을 홀딱 새우고 말겠다는 기세로 싸륵싸륵 울었다.

여주인의 얼굴에 붉은 노을이 내려앉았다. 나는 고개를 숙이고 식어 버린 칼국수 국물을 바라봤다. 가끔은 붉은 거미줄이 처진 눈으로 여주인의 풍만한 젖가슴을 핥기도 했다.

여주인은 내 눈빛을 외면하지 않았다. 빈 술병을 물끄러미 바라보다가 천천히 일어났다. 문 앞으로 걸어가서 아크릴 간판으로 연결이 된 전등 스위치를 내렸다. 유리문 앞에 금방 어둠이 차올랐다.

"내 남편은 죽었어요. 우리 키스할까요?"

여주인이 내 옆에 앉았다. 내 어깨를 끌어당기며 속삭이는 말에 여기가 강원도 황지하고도 장성이라는 소읍이라는 것. 여덟 시간 동안 기차를 타고 왔다는 것. 밖에는 깜깜한 바람이 통금시간의 덜미를 움켜잡아 땅바닥에 패대기치는 완벽한 객지라는 것을 잊어버렸다.

"키스?"

남편이 사고로 죽었다는 말끝에 키스하자는 말이 너무 낯설게 들렸다. 붉게 거미줄이 쳐져 있는 그녀의 눈 속에 형광등 한 개가 외로이 떠 있는 것이 보였다. 갑자기 갈증이 밀려왔다. 나도 모르게 그녀의 입술을 덮었다. 그녀의 입에서 덜 익은 살구 냄새가 나는 것 같았다.

"문 잠그고 여관으로 갈까요?"

꿈일까? 여주인이 눈을 감고 다시 입술을 내밀었다. 여주인의 혀가 닫혀 있는 내 입술을 헤집고 젤리처럼 부드럽게 들어왔다. 자동화된 내 손이 그녀의 옷을 헤집고, 단숨에 브래지어 안으로 들어갔다. 꿈은 아니다. 꿈에서 여체를 더듬을 수는 있지만 이처럼 따뜻한 젖무덤의 감촉을 느낄 수가 없다. 오만하게 일어서 있는 젖꼭지의 느낌이 리얼하게 손바닥을 스쳐 갈 수는 없을 것이다.

"여관에서 밤늦은 시간에 혼자 나오는 여자가 되고 싶지는 않아요."

"가겟방은 어때요?"

주방 안쪽으로 가겟방이 있었다. 내 어깨에 얹혀 있는 그녀의 팔 무게가 내 몸 안으로 스며드는 것을 느끼며 방문을 바라봤다.

"난 과부예요. 과부 방에 총각을 끌어들이고 싶지 않아요."

여주인이 다시 내 입술을 더듬었다. 그녀의 혀는 놀랍도록 부드럽고 따뜻했다. 나도 모르게 그녀를 와락 껴안으며 목마른 야생마처럼 그녀의 입술이 아프도록 흡입했다.

그녀가 상체를 비틀며 내 품 안으로 파고들었다. 여덟 시간 기차를 타고 온 탓일까? 여주인의 정체를 알지 못하는 데서 비롯되는 것일까? 아니면 술을 너무 많이 마셔서 그런지 모르지만, 그도 아니면 과부라는 말이 늦겨울 앙상한 낙엽을 흔드는 바람 소리로 들려서 그런지 가슴에서는 들불이 일어났는데, 그놈은 한가하게 잠을 자고 있었다.

자존심이 상했다. 여체 앞에서 뜨겁게 용솟음쳐야 할 스물일곱 살의 젊음이 늦가을 벤치에 앉아 먼 하늘만 바라보고 있다니. 이럴 수는 없다는 생각에 허겁지겁 그녀가 입은 재킷의 지퍼를 열었다. 티셔츠를 끌어 올렸다. 형광 불빛에 뽀얗게 드러나는 풍만한 젖가슴에 얼굴을 묻었다.

"갈게요."

따뜻한 온기가 얼굴을 짓눌러서 숨이 막혔다. 여주인이 내 바짓가랑이를 더듬었다. 자존심 상하게도 그놈은 노을 지고 있는 산속에서 홀로 염불을 외우고 있었다. 민망한 여주인의 손이 다시 어깨로 올라오는 것을 느끼며 떨어졌다.

"여관은 오른쪽 길로 쭉 올라가면 있어요."

여주인도 나를 잡지 않았다. 순식간에 일상적으로 돌아갔다. 젖가슴 위로 올라가 있는 브래지어와 티셔츠를 한꺼번에 내리며 일어섰다.

이튿날 여관에 짐을 풀고 영업소로 출근을 했다.

전임영업소장과 함께 황지에 있는 지점으로 부임 인사를 하러 갔다. 황지가 고향인 지점장은 내가 본사에서 내려왔다는 점 때문인지 미안할 정도로 환대를 해 줬다. 장성영업소는 상징적인 영업소라고 생각하면 됩니다. 실적에는 신경 쓰지 말고, 대작 한 편 써서 금의환

향 하십쇼. 지점장은 부장으로부터 전화를 받았노라며 나를 민망함의 극치로 몰아넣었다.

오후에는 전임소장으로부터 업무 인계를 받았다. 업무직 직원은 나하고 총무를 보는 여직원이 전부다.

스물다섯 살 먹은 총무 이혜진은 나이가 나보다 두 살 적은데도 나를 깍듯하게 소장으로 모시는 태도를 보여줬다. 여직원이니까 최소한 입사 5년 차는 됐을 것이다. 군대 전역을 하고 입사를 한 나보다 선배 직원이 되는 셈이다. 만약 본사에 있었다면 동료직원처럼 지냈을 것이다. 그런데도 나를 바라보는 눈빛이 특별해 보여서 조금은 멋쩍기도 했다.

영업소의 업무 난이도는 없었다. 보험은 인지산업(人紙産業)이다. 제조업처럼 상품을 파는 것도 아니고, 은행처럼 돈을 예금 받고 대출해 주는 것도 아니다.

사람들이 보험가입자를 찾아가서 종이에 인쇄된 보험증권을 내밀고 돈을 받아오면 된다. 그만큼 보험업에서는 사람이 중요하다. 매월 정해진 목표에 따라서 모집인과 대리점을 충원하고 교육 하는 일은 영업소장의 중요업무이다.

"황지 영업소들은 피 터지게 영업해야 하지만, 여기서는 죽었다 깨난다 해도 목표 달성 못 합니다."

전임영업소장은 목표달성 같은 것은 신경 쓰지 않고 자리만 보전하고 있으면 된다고 인계를 했다.

"그럼 지점장님한테 안 깨집니까?"

"물건이 있어야 영업을 하고, 사람이 있어야 모집을 할 수 있는 거 아닙니까? 광업소에 출근하는 광부들을 데리고 올 수는 없잖아요."

"그럼 왜 여기 영업소를 설치했습니까?"

"상징적이요. 강원도 태백시 장성까지 영업망이 있다는 홍보전략의 하나로 이 영업소가 존재하고 있다고 생각하면 됩니다."

전임영업소장도 지점장하고 같은 말을 하니까 부장한테 미안해 졌다. 부장이 신경을 써 주지 않았다면 우리나라 최고의 오지 지점으로 와서 피 터지게 근무할 뻔했다. 끔찍하게 겪을 업무 스트레스를 생각하면 새삼스럽게 가슴이 서늘해지는 것 같았다.

저녁에는 전임영업소장 안내로 태백관이라는 술집으로 갔다. 방에 들어가서 앉아 있으니까 장지문이 양쪽으로 열렸다.

한복을 입은 여러 명의 아가씨들이 얌전하게 절을 했다. 영화에서나 보는 장면이 실제로 눈앞에서. 그것도 석탄가루가 난무하는 강원도 장성이라는 탄광지대에서 벌어지고 있다는 점이 실감 나지 않았다.

"고르세요."

영업소장이 문 앞에 일렬로 서 있는 한복 아가씨들을 곁눈질하며 웃었다.

"이런 데 익숙지 않아서…"

영업소장이 난장에서 옷을 고르는 표정으로 하는 말에 나는 애매하게 웃었다.

"총무 괜찮은 여잡니다. 착하고, 일 잘하니까 잘 보살펴 주세요."

영업소장이 여자 두 명을 찍었다. 이내 장지문이 닫혔다. 영업소장이 보리차를 한 모금 마시고 교자상에 양팔을 얹고 허리를 숙였다.

"착해 보이더군요. 현지 채용된 직원입니까?"

영업소장의 말이 아니더라도 이혜진은 첫인상이 착해 보였다. 괜찮은 여자라는 말이 공적인 의미가 아니고 사적인 의미를 품고 있는 것처럼 묘한 뉘앙스를 풍겼다.

"네, 장성여고를 졸업했습니다. 부모님들도 여기 살고 계십니다. 아버지는 광업소 다니시고…"

문이 열렸다. 영업소장이 찍었던 아가씨 두 명이 커다란 쟁반을 들고 들어왔다. 신선로를 비롯한 갈비며 더덕구이 같은 요리들을 교자상에 올려놓았다. 옆자리에 앉아서 술을 따라주고, 안주를 먹여 주며 본격적인 여흥이 시작됐다.

삼 일째가 되는 날은 내가 회식을 주재했다. 대리점 사장이며 모집인들과도 장성옥이라는 고깃집에 가서 1차로 고기를 구워 먹고, 2차로 2층에 있는 비어홀에 올라갔다. 가라오케에 맞춰서 목이 쉬도록 노래를 불렀다. 나흘째 되는 날은 황지지점 직원들과 같이 회식을 하느라 바쁘게 지냈다.

여관에서 일주일 보내고 숙이네분식의 여주인이 소개를 해 준 방을 얻었다. 파출소 뒤에 있는 막다른 골목의 집 안채는 방 두 칸에 부엌이 붙어 있는 일자형 주택이다.

그 맞은편에 부엌도 없고 방만 달랑 한 칸 있는 바깥채가 있었다. 바깥채에는 연탄보일러가 설치되어 있었다. 처마가 안채보다 길었다. 예전에 세 들어 살던 파출소 순경은 처마 밑에 찬장을 놓고 부엌 대용으로 사용했다고 한다. 부엌이 없다는 단점이 있지만, 방이 한 칸이라서 연탄을 때면 금방 뜨거워질 것 같았다. 영업소하고 거리도 3분이 안 되는 거리라는 점이 단점을 보완해 줬다.

이불이며 담요와 베개며 당장 덮고 잘 침구는 샀지만, 밥을 해 먹을 취사도구는 필요한 것이 무엇무엇인지 몰라서 차일피일 미루고 있는 중이다. 밥을 사 먹을 때마다 하루 세 끼를 사 먹을 수는 없다는 생각이 들었다. 그런 데다 하는 일이 없이 사무실만 지키고 있는 일상이 적응되지 않아서 하루하루가 허공중에 떠 있는 것 같았다.

서울에서 내려올 때만 해도 방을 구하는 데로 소설을 쓰겠다고 계획했었다. 낯선 풍경, 낯선 삶, 낯선 사람들로 둘러싸여 시간을 보내느라 소설을 쓰겠다는 계획은 생각나지도 않았다.

방이 한 칸뿐인데도 밤이면 역전 근처에 있는 여인숙의 허름한 방이 저절로 떠올랐다. 연탄보일러라 방바닥은 뜨거웠지만 슬레이트 지붕이라 외풍이 심했다. 안채가 비어 있어서 바람 소리가 유난히 크게 들렸다. 손바닥만 한 창문도 이가 맞지 않아서 밤새도록 저 혼자 요동을 치느라 날밤을 샜다.

세상은 상대성이다. 안 좋은 점이 있으면 좋은 점도 있기 마련이다.

좋은 점은 영업소하고 거리가 50m 정도밖에 안 된다는 점이다. 8시 55분에 출근해도 9시면 영업소에 도착할 수가 있는 거리다.

서울에서는 술이 떡이 되도록 마셔도 아침 7시면 어김없이 하숙집을 나서야 했다. 여름이면 슬리퍼를 신고 출근을 해도 될 거리가 아주 마음에 들었다. 한 가지 걸리는 점이 있다면 자취방이 파출소 뒷집이라는 점이다.

파출소하고 담 하나를 사이에 두고 있어서 도둑들 염려는 없지만, 그 시절 경찰이라는 존재가 가까이하고 싶지도 않은 직업군이었다. 자취방으로 들어가려면 싫든 좋든 파출소를 바라보면서 대문 앞으로 가야 하는 점이 안 좋았다. 가끔 파출소 안에서 밖을 내다보고 있는 순경들과 시선이 마주칠 때도 있었다. 그럴 때는 지은 죄도 없으면서 괜히 찔끔해서 슬쩍 시선을 돌리고 걸었다.

하루걸러 한 번씩, 혹은 아침과 저녁에 간헐적으로 눈이 내렸다.

2층에 있는 영업소에서 내려다보는 장성 시내는 순백의 호수에 가라앉아 있는 거리처럼 보였다. 오후의 햇살에 잠깐씩 눈이 녹으면 슬레이트 지붕이며 슬래브 건물 옥상의 검은 속살이 드러났다. 다시 눈이 내리면 검은색이 흰색으로 채워지고 눈보라가 인적 없는 거리를 누비고 다녔다.

아침에 출근하면 어제 계약을 한 보험계약서류들이 결재 파일에 끼어 책상에 올라와 있었다. 나는 보험계약 실무 책자를 뒤져가면서 계약서류들을 결재했다. 하루에 계약되는 화재보험이며, 상해보험 계약 건수는 서너 건뿐이라 결재하고 나면 할 일이 없다.

이혜진이라고 할 일이 쌓여 있는 것도 아니다. 그녀도 모집인들이나 대리점주가 갖고 오는 계약서류를 작성하거나, 모집인들이 부탁을 받고 보험료 수금을 하러 가거나, 은행에 보험료를 입금하는 것 이외 할 일이 없었다. 창구 앞에 앉아서 친구들에게 전화를 하거나, 미용실에서 빌려 온 철 지난 여성지 페이지를 넘기면서 시간을 보냈다.

점심시간이 되면 걸어서 10여 분 정도 걸리는 집에 가서 점심을 먹었다. 1시가 되면 산책하러 나갔다 돌아오는 여자처럼 느릿하게 영업소 문을 열고 들어왔다.

본사에 근무할 때처럼 허구한 날 야근을 하는 것도 아니라서 스트레스 왕창 받는 일은 없었다. 일이 많은 것도 문제지만 일이 없으면 더 스트레스를 받는다는 걸 알았다. 일이 없어서 종일 창문 밖만 바라보거나, 하루에도 신문을 몇 번씩이나 읽는 것은 더 견디기 힘이 들었다.

"처음에는 다 그래요. 한 달 정도 지나면 괜찮을 거예요."

내가 일이 없어서 스트레스를 받는 눈치를 챈 이혜진이 말했다.

"그래도 일이 너무 없는 거 아닙니까?"

"제가 입사한 지 5년째거든요. 소장님이 세 번째로 제가 모시는 분이에요. 제가 입사하기 전에 있던 언니 때도 매일 놀았데요."

이혜진이 잡담이나 하며 시간을 보내자는 표정으로 의자를 돌려서 앉았다.

"아! 강릉으로 가신 전임영업소장님이 총무님 팍팍 밀어달라고 부탁을 하시던데…"

이혜진이 하는 말에 고개를 끄덕거리다가 갑자기 전임영업소장이 하던 말이 생각났다. 새삼스럽다는 얼굴로 이혜진의 눈을 바라보며 말했다.

"그 사람이 그런 말을 했어요?"

이혜진이 어이가 없다는 표정을 지으며 팔짱을 꼈다. 기가 막혀 말이 안 나온다는 얼굴로 창문 밖을 바라봤다.

"왜? 안 좋은 일이 있었어요?"

"아, 안 좋은 일이 있기는요. 소장님은 소설 쓰시면 되잖아요. 사보에 연재하는 소설 재미있던데…"

이혜진이 실언을 했다는 얼굴로 얼른 책상 위에 있던 지난달 사보(私報)를 펼쳤다. 빠르게 내 글이 올라간 페이지를 찾아서 나한테 보여줬다.

"소설은 무슨…"

나는 본사에서도 늘 그랬던 것처럼 말꼬리를 흐리며 시선을 돌렸다. 어찌어찌하다 사보에 글 한 편을 내게 됐었다. 짧은 수필이었는데, 그게 인연이 돼서 사보 편집자와 밤이 늦도록 술을 마셨다. 나는 언젠가 회사를 그만두고 전업 작가가 될 것이다. 지금도 일요일에는 소설을 읽거나 습작을 하고 있다. 칭찬은 고래도 춤추게 한다. 더구나 취중이다. 나는 편집자의 음모에 순진하게 끌려 들어갔다.

"소설 한번 연재해 볼까요? 소설 쓰시면 잘 쓰실 것 같던데…"

"좋습니다. 까짓거, 연재 시작합시다."

그날 술에 취하지 않았다면 알량한 배짱은 튀어나오지 않았을 것이다. 이튿날 술이 깼을 때는 후회가 밀려왔다. 일부러 사보편집실로 찾아가서 어제 연재하기로 했던 것은 없던 일로 치자고 사과를 했다.

"벌써 사장님께 보고했습니다. 사장님께서 직원이 소설을 연재할 예정이라는 보고를 듣고 굉장히 좋아하셨습니다. 이제 사보가 생명을 얻었다나 뭐라시나…"

사보 편집자는 인제 와서 돌이킬 수 없다는 표정으로 웃었다. 만약 내가 연재를 안 하면, 본인이 내 이름으로 소설을 쓸 수밖에 없다. 나는 사람 보는 눈이 있다. 틀림없이 좋은 소설을 쓸 수 있으니 희망을 품고 연재를 해 보자. 웃음 뒤에는 나를 바라보는 신념이 있었다.

그래, 소설을 써야겠다.

나는 하얗게 잊고 있었던 '소설'이라는 단어가 떠오르는 순간 가슴이 후드득 떨렸다. 그래, 내가 여길 왜 왔어? 소설, 소설을 쓰려고 왔잖아. 소설을 써야 한다는 생각이 들면서 갑자기 사무실의 모든 것이 낯설어 보였다.

"박 사장님 아시죠? 박미자 씨, 그분도 사보 나오자마자 소장님 소설부터 읽으세요. 진짜 소설보다 더 재미있데요."

"오늘 점심 뭐 드실래요? 제가 사 드릴게요."

나는 진짜 소설이라는 말에 충격을 받았다. 이혜진이 진짜 소설이라는 점은 내 연재소설은 소설의 흉내를 내는 가짜 소설이라는 전제 하에 하는 말일 것이다. 쥐구멍이라도 있으면 들어가고 싶을 정도로 부끄러워 슬그머니 말을 돌렸다.

2. 육지의 섬

장성읍 시내는 좁았다.

영업소 건물은 황지로 가는 도로 초입에 있었다. 중앙통으로 가려면 철암쪽으로 200m쯤 가야 한다. 중앙통이라고 해서 상가들이 밀집해 있거나 사람들이 북적거리는 것은 아니다.

철암쪽으로 가는 길과, 시장이며 협심동으로 가는 길이 얽혀 있을 뿐이다. 지리를 살펴볼 생각으로 근무시간에 삼거리를 벗어나서 철암 가는 방향으로 맞바람을 맞으며 이가 시리도록 걸었다. 길가의 상가가 뚝 끊어지고 투명한 얼음 속에서 검은색 물이 흐르는 하천 따라 시멘트 포장길이 이어지고 있었다.

장성은 나라에서 제일 규모가 큰 한국석탄공사가 경제를 움직이고 있었다.

장성사람들은 한국석탄공사 장성광업소를 줄여서 그냥 광업소라고 불렀다. 삼표연탄이라든지, 제일광업소라든지, 함백탄광이라든지 한일탄광 등 다른 탄좌는 업종 앞에 상호를 붙였다. 이를테면 석탄공사는 광업소의 대표주자인 셈이다.

광산은 어디든지 주야로 3교대 근무를 한다. 갑반은 아침 7시 30분에 출근을 해서 오후 4시 퇴근을 한다. 을반은 오후 3시30분에 출근을 해서 밤 12시에 퇴근을 하고, 병반은 밤 11시 30분까지 출근을 해서 아침까지 근무한다.

오후 4시 퇴근을 한 광부들은 배 속에 쌓여 있는 석탄가루를 긁어낸다는 명분으로 식당으로 향한다. 퇴근을 하기 전에 목욕탕에서 나름대로는 탄가루를 깨끗이 씻었다고 생각하겠지만 귓속이며, 목덜미, 손톱에 까만 탄가루가 묻어 있거나 끼어 있는 광부들이 많았다.

그들은 연탄불에 뜨겁게 달군 돌판에 삼겹살을 구워 먹었다. 위장의 위벽에 묻어 있을 석탄을 긁어낸다는 명분으로 삼겹살을 구워 먹는 돌판은 대부분 거무스름하게 석탄 성분이 묻어 있다. 이를테면 석탄가루를 긁어낸다는 목적으로, 석탄 위에 고기를 구워 먹는 셈이다.

술값은 광업소의 회색 유니폼만 입고 있으면 어느 집이든 외상장부를 내줬다. 외상이면 소도 잡아먹는다고 하는 말이 있다. 모든 것이 외상으로 거래하다 보니 광부들은 퇴근 후에 단골집으로 몰려가 취하도록 마시는 날들이 흔했다.

술집이나 식당만 그런 것이 아니다. 쌀과 연탄이며 생필품도 광업소에서 운영하는 공판장에서 외상으로 갖다 먹는다. 사정이 그러다 보니 옷가게, 심지어 약국이나 슈퍼에서도 외상으로 약을 팔았다.

장성 땅에 처음 발을 디딘은 날 인연을 맺은 숙이네분식은 단골이 되어 버렸다. 저녁을 먹으러 들리기도 하지만, 다른 곳에서 술을 마시고 그냥 집으로 가기 허전한 날도 숙이네분식으로 향했다.

여주인의 이름은 이영숙이다. 그녀가 이름을 알려준 것이 아니다. 영업신고증에 적혀 있는 것을 보고 알았다. 몇 번 들리는 동안 그녀와 사이, 즉 남자와 여자 사이에서 벌어질 만한 일에 진척이 없었던 것은 아니다.

그녀가 방을 얻어 준 날 밤늦게 취한 얼굴로 분식집에 들어갔다. 두 번째 보는 그녀는 내가 언제 당신에게 키스해 달라며 젖가슴을 허락했느냐는 얼굴로 나를 바라봤다. 밤늦은 시간에 취한 걸음을 식당에 들여놓았을 때는 그녀와 좀 더 진전된 관계를 원하는 마음이 없지는 않았었다. 하지만 그녀가 첫날 일을 떠 올리지 않도록 배려해 준 점이 고마웠다.

그날도 이영숙은 내가 부탁을 하는 대로 슈퍼에서 소주를 사왔다. 통금시간을 한 시간 정도 남겨 둘 무렵 우리는 취했다. 문밖에서 바람들이 서로 엉겨 붙어서 씨름을 하는 동안 혀가 얼얼하도록 키스를 했다.

첫날 그랬던 것처럼 그녀의 풍만한 젖가슴에 얼굴을 묻고 비볐지만, 신기하게도 바지 속의 그놈은 끄덕끄덕 졸고 있었다. 그녀의 뜨거운 손이 바지 지퍼 부분을 빠르게 문지르고 옮겨지는 순간 홀연히 일어서서 찬바람 속으로 파고들었다.

이영숙은 문 앞까지 나와서 손을 흔들지 않았다. 내가 문밖에서 바라보니까 테이블에 있는 술병과 칼국수 그릇을 치우면서 쓸쓸하게 웃었다.

파출소 옆 짧은 골목은 막다른 골목이다. 골목의 끝을 녹이 슨 양철 대문이 가로막고 있었다. 나는 언제부터인지 골목 안으로 들어서면 도둑처럼 담장 너머로 파출소를 살피는 습관이 생겼다. 이름은 알 수 없지만, 낯이 익은 젊은 순경이 난롯가에서 라면을 먹고 있었다.

대문을 열고 들어가면 좁은 마당에 어둠에 캄캄하게 고여 있다. 어둠이 고여 있는 어항 안으로 헤엄쳐 가는 기분으로 천천히 방문 앞으로 갔다.

방문을 더듬어서 열고 전등 스위치를 올렸다. 방 안에 형광 불빛이 가득 차오르면서 칼바람이 날을 세우고 있던 마당이 더 어두워졌다. 취한 얼굴로 벽을 더듬어 처마 밑의 전등 스위치를 올렸다.

연탄보일러 뚜껑을 여니까 이산화가스 냄새가 코를 찔렀다. 아궁이 속의 검은 연탄이 푸른 혀를 날름거리며 맹렬하게 타오르고 있었다.

집주인으로부터 연탄은 하루 두 번씩 갈아야 한다는 말을 들었다. 연탄집게로 연탄을 꺼내 보았다. 내일 출근하기 전에 갈면 될 것 같았다. 연탄보일러의 바람구멍을 꼭 막고 방으로 들어갔다.

소설을 쓰겠다고 앉은뱅이책상 앞에 앉았다. 원고지 1백 매짜리 한 권의 표지를 넘겼다.

무엇을 쓸까? 머릿속에는 수많은 주제가 노을이 지고 있는 바다에 떠다니는 부유물처럼 형체를 알 수 없이 윤곽만 드러났다. 시작만 하면 원고지 백 장쯤은 폭풍처럼 써질 것 같은 예감에 가슴이 떨렸으나 단 한자도 쓸 수가 없었다.

결국, 불을 끄고 방 안에 누웠다. 소설을 쓰겠다는 생각은 감쪽같이 사라져 버렸다. 어둠 속에 이영숙의 풍만한 젖가슴이 선명하게 떠올랐다. 저 혼자 딱지치기를 하고 있던 그놈이 갑자기 낚싯대를 들고 낚시를 하기 시작했다. 지금 가 볼까? 이영숙은 혼자 잠을 잔다. 아직 통행금지 시간은 아니다. 문을 두들기면 문을 열어줄지도 모른다. 이영숙의 젖가슴을 더듬으며 나른하게 이불속으로 파고들었다.

꿈속에서 소설을 썼는데 아침에 눈을 뜨니 사라져 버렸다. 열심히 썼는데 무엇을 썼는지, 어떻게 쓰다가, 언제쯤 끝을 냈는지도 기억이 나지 않았다. 그냥 소설을 썼을 뿐이다.

그렇다.

그해 1월 나는 매일 마음속으로만 소설을 썼다. 흔적도 없는 소설을 쓰면서 흔적이 남지 않는 세월을 보냈다.

아침에 영업소에 출근해서 제일 처음 하는 일은 신문을 보는 일이다. 본사의 부장급도 아침에는 회의를 하느라 신문은 점심시간에 주로 읽는다. 나는 일개 영업소장이 따뜻한 난롯가에 앉아서 이혜진이 타 준 커피를 마시면서 거의 한 시간 이상 신문을 읽었다.

인쇄잉크가 마르지 않은 신문은 문화면부터 읽기 시작했다. 정국은 계엄으로 얼어붙어 있었지만, 사회에는 여전히 크고 작은 사건들이 일어나고 있었다. 문화면을 제외하고는 정치며 경제, 스포츠 기사는 거의 건성으로 읽었다. 그래서 문화면의 기사는 신문을 읽고 난 후에도 오랫동안 기억이 나지만 다른 기사들은 난롯가에서 일어나는 순간 잊어버렸다.

숙이네분식집은 영업소에서 보면 길 건너에 있었다. 파출소 옆에 있는 자취방에서도 50m가 되지 않는 거리다. 이영숙은 내가 어떤 방에서 지내고 있는지 잘 알고 있었다. 마음만 먹으면, 그러니까 나와의 섹스가 생각나면 얼마든지 올 수 있는 거리다. 그런데도 그녀는 파출소 옆 골목 안으로 들어오지 않았다.

그녀만 내가 사는 자취방 골목을 얼씬거리지 않은 것은 아니다. 나도 그녀의 몸속으로 들어 가 본 적이 없었다. 그녀는 어쩌면 내가 성불구라고 생각하고 있을지도 모른다. 27살의 젊디젊은 서울 총각하고 서른 몇 살의 불타는 욕망은 늘 불발탄으로 끝냈다. 그렇다고 해서 그녀에게 꿀릴 것은 없었다.

나는 성적으로 무능하지 않았다. 소설을 쓰지 못해 가슴 한쪽에 묵직하게 남아 있는 절망을 술에 타서 취하도록 마신 날은 태백관으로 갔다.

광업소 월급날을 제외하고 태백관을 이용하는 손님들은 극히 제한적이다. 개인 광산을 갖고 있는 덕대들이나, 광업소의 행정직 직원들이나 누군가로부터 접대를 받고 있는 공무원들이 태백관 거실 마루 앞에 구두를 벗어 놓을 수 있었다.

태백관에서 호스티스들의 역할은 단순히 술 시중만 드는 것에 그치지 않았다. 그녀들은 손님이 원하면 화대를 받지 않고, 술 취한 손님이 기다리고 있는 여관방으로 찾아갔다.

명색이 보험회사 영업소장이다. 장성을 통틀어서 넥타이를 매고 다니는 직업군이 은행원과 보험회사 직원밖에 없었다. 살얼음을 머금은 햇볕이 여관 문을 환하게 밝히는 아침에 여관 문을 나설 수는 없었다.

내 욕망을 기꺼이 받아주고 곯아떨어진 태백관 아가씨를 뒤로하고 여관을 나섰다.

통금 시간이 넘기 전에 칼바람을 헤치며 집으로 가는 날은 신기하게 연탄불이 꺼져 있기 일쑤다.

나는 시린 손을 비벼가며 불쏘시개를 보일러 화덕에 집어넣고 번개탄을 집어넣었다. 폭죽을 터트리듯 불꽃을 튀기며 불이 붙는 연탄불을 바라보고 있노라면 까닭 모를 눈물이 한두 방울 이슬처럼 번개탄 위로 떨어졌다.

강원도 하고도 태백시 장성은 석탄 생산량이 제일 풍부하다. 그런데도 번개탄에는 흙이 섞여 있는지 불이 쉽게 붙지 않았다.

컴컴한 한밤중에 번개탄과 결투를 벌이다 보면 코안에 시커멓게 그을음이 묻기도 했다. 그을음이야 얼음물이라도 수건에 적셔 닦을 수도 있다. 두 번 다시는 연탄불을 꺼트리지 않겠다는 결심이 허무하게 겨울바람을 적셨다.

자유는 구속받을 때 존재한다.

새장 안에 있는 새는 자신이 구속받고 있다는 것을 모른다. 그래서 자유가 무엇인지 모른다. 나는 철저하게 혼자였다. 물론 서울에서도 혼자 극장을 가고, 혼자 밥을 사 먹고, 혼자 술을 마시며 지내는 날이 많았다. 그렇지만 외롭다는 생각은 들지 않았다.

장성에서는 혼자 술을 마셔도 외롭고, 혼자 방에서 이어폰을 끼고 음악을 들어도 외로웠다. 단순히 외롭다는 느낌만 드는 것이 아니다.

밤에 자취방의 전등불을 켰을 때 환하게 빨려 들어오는 방 안의 침묵이 외롭다는 말을 입 밖으로 토하는 날들도 있었다.

새장 안의 새처럼 외로움 속에 묻혀 살게 되면 외롭지 않아야 한다. 그런데도 외롭다는 생각이 수시로 드는 것은 소설을 쓰고 싶어도 써지지 않는다는 절망이 나를 외롭게 만들었다.

서울에서는 일요일 오후만큼은 소설 쓰는 시간을 만들었다. 장성에서는 남아도는 것이 시간이고, 주체할 수 없는 것이 시간이라서 마음만 먹으면 온종일 소설을 쓸 수도 있다. 그런데도 단 한 줄도 써지지 않았다.

글이 써지지 않아서 조바심이 방 안에서 파도처럼 몰려다니면 자괴감이 밀려왔다. 자괴감의 꼬리에는 절망이 매달려 있었다.

절망은 희망의 부재에서 파생이 된다. 소설이 써지지 않는다는, 아니 쓸 수 없다는 자괴감은 작가의 꿈을 조각내고 희망은 무너져 내린다.

절망은 항상 회색빛 망토를 쓰고 다가온다. 차라리 검은 망토를 쓰고 온다면 나는 죽음 같은 잠속에 빠져들 수가 있을 것이다. 회색빛에는 옅은 희망이 페인팅 되어 있어서 더욱 절망스러웠다.

이혜진은 유일한 직장 동료였다.

서울에서는 여직원들과 구내식당도 같이 가고, 가끔은 회사 근처의 식당에서 점심이나 저녁을 먹기도 했다. 장성에서는 그마저 쉽지가 않았다. 이혜진하고 퇴근 후에 술을 먹기에 장성 시내는 시골 동네만큼이나 좁았다.

이혜진은 내 부하직원이기 전에 결혼을 앞둔 처녀고, 나는 영업소장이기 전에 총각이다. 둘이 퇴근 후에 술을 마시면 금방 둘이 사귄다거나, 결혼할 사이라는 소문이 돌 것이다. 장성은 그만큼 좁았다.

"황지로 가요. 여긴 숨이 막힐 만큼 좁아요."

이혜진도 그 점을 잘 알고 있었다. 어쩌다 저녁을 먹게 될 일이 생기거나 술이 생각나면 택시를 불렀다. 택시를 탈 때도 나란히 뒷자리에 앉지를 않고 항상 앞자리에 앉았다. 보다 못한 내가 일부러 먼저 앞자리에 앉았다. 겨울밤은 부지런해서 해가 지자마자 캄캄하다. 굽이굽이 산모퉁이를 돌아서 달리는 라이트 불빛을 응시하며 대화도 나누지 않았다.

장성이 시골면소재지 같다면 황지는 군소 탄광이 많은 데다 기차역이 있어서 서울의 어느 변두리 시내 같았다.

서울의 나이트클럽 흉내를 낸 유흥업소가 있고, 시장도 장성보다 훨씬 컸다. 밤이면 여기저기 네온사인 불빛도 반짝거려서 장성과 다르게 숨을 쉴 수 있는 곳이라는 느낌이 들었다.

"소장님 춤 잘 추시죠?"

월말 마감을 하고 황지에 나가 저녁을 먹었다. 고깃집에서 얼큰하도록 마신 뒤에 택시를 잡기 위해 길거리에 서 있을 때 이혜진이 물었다.

"못 추는데?"

이혜진이 바라보는 곳에 나이트클럽 네온사인이 어둠을 밝히고 있었다. 빨갛고 파란색으로 어둠 속에서 반짝거리는 불빛을 보는 순간 이상하게 태백관에서 본 술 취한 아가씨가 생각났다.

술을 마시다 화장실을 가려고 마당으로 나갔을 때다. 화장실에서 누군가 억지로 토하는 소리가 밖으로 새어 나왔다. 한참 만에 밖으로 나온 아가씨는 한복 치맛자락에 토악질 흔적이 묻히는 것을 방지하려고, 치맛자락을 허리까지 끌어 올린 차림이다.

나를 바라보며 애매하게 웃는 그녀에게서 회색 절망이 나를 향해 흐린 날의 파도처럼 나에게 밀려오는 느낌이 들었었다. 그녀들은 직업소개소를 통해 장성 땅을 밟는 순간 부모님이 지어준 이름을 버린다. 아니, 부모님이 지어준 이름을 더럽히지 않으려고 가명을 쓰는지도 모른다.

"내 본명이 뭔지 아세요? 혜란이에요. 은혜 혜자에 난초 난자. 아셨죠?"

나는 그녀의 본명을 듣고 싶지도 않았고, 알고 싶지도 않았다. 하지만 그녀가 먼저 말해버려서 기억하지 않을 수가 없었다. 태백관에는 10명 쯤의 아가씨들이 있다. 그녀들 중에 본명을 알고 있는 여자가 있다는 점이, 조금은 그녀를 특별한 존재로 만들었을 뿐이다.

"서울 사람들은 나이트클럽에 한 달에 몇 번씩 간다고 하던데…"

"춤을 추는 것이 아니고 그냥 몸을 흔들러 가겠지…"

"저는 저런데 한 번도 안 가봤어요."

"생각난 김에 오늘 한번 가 볼까요?"

"어머머! 소장님하고요?"

"왜? 나는 안됩니까?"

"그런 건 아니지만, 저런데 가려면 옷도 잘 입고 가야 하잖아요."

그녀는 청바지에 모자가 달린 재킷을 입고 있었다. 나는 옷차림 같은 것은 신경 안 써도 된다고 말을 하려다 그만두었다.

장성영업소는 활동 모집인 수가 20명도 되지 않는 데다 영업 시장이 좁아서 상시 출근하는 모집인이 박미자 씨 혼자뿐이다. 서른다섯 살의 박미자 씨는 매일 출근을 하는 모집인답게 월 수령액이 석탄공사의 여직원들보다 많다.

특별하게 영업 대상이 없는 날도 영업소에 출근해 있으면 굴러들어오는 계약이 있다. 보험가입희망자가 영업소에 전화를 걸어서 가입 문의를 하는 경우를 '터널'이라고 한다. 가만히 있어도 굴러들어 온 계약건이라는 뜻이다.

영업소장이나 총무 이름으로 직접 계약을 할 수가 없다. 일부 영업소장들이 영업자금으로 쓰려고 아내나 친척을 모집인으로 만들고 터널 계약을 흡수하는 예도 있지만, 원칙적으로 계약이 금지되어 있다.

보험료는 보험금을 지급하기 위한 순보험료와, 보험계약을 유지하는데 필요한 경비로 쓰이는 부가보험료로 구성이 된다. 부과보험료에 모집인의 수당이 있다.

초기 보험료는 부가보험료가 차지하는 비중이 높고, 뒤로 갈수록 순보험료의 비중이 높아진다. 회사에서 월급을 타는 직원들은 수당을 탈 수가 없다. 터널로 들어 온 보험계약은 모집인이나 대리점주에게 밀어준다.

영업소장은 영업소에 매일 출근하는 모집인들에게 터널 계약을 밀어주는 경우가 많다. 아니면 목표 달성 시상(施賞)에서 한두 건이 부족한 모집인에게 밀어준다. '시상'은 말 그대로 목표를 달성했을 때 주는 상을 말한다.

현금으로 통장에 입금이 되는 시상금인데, 시상의 종류는 많다. 금액과 관계없이 계약 건수를 달성했을 때 주는 시상, 건수와 관계없이 한달 동안 받은 보험료 금액으로 목표를 달성했을 때도 준다. 모집인 시험에 볼 예비대상자들을 추천해도 상을 주고, 매일 출근을 하면 출근상을 주기도 한다. 박미자 씨는 그 점을 적절하게 활용하는 지혜가 있는 모집인이다.

박미자는 오전 10시면 어김없이 나타나서 오늘 받아야 할 보험료 영수증을 챙기거나, 보험 가입 가망고객들에게 안부 인사를 하거나 누구와 점심 약속을 하고 나간다. 점심 약속이 없는 날은 소장님 점심 좀 사 주세요.

스스럼없이 부탁해서 부담이 가지 않았다. 그렇다고 매번 점심을 얻어먹는 것은 아니다. 세 번 얻어먹었으면 한 번 정도는 그녀가 점심을 샀다.

"소장님이 장성에서 스타라는 거 아세요?"

특별하게 할 일이 없으면 내 책상 옆에 의자를 갖다 놓고 앉아서 시간 보내는 걸 좋아했다. 커피를 타서 내 책상에 올려놓으며 자연스럽게 말을 걸었다.

"스타는 아니고, 시내에서 장사하시는 분들은 저를 다 알고 있다고 하더군요."

나도 박미자 씨가 나를 편하게 대하는 것이 싫지 않았다. 오래전부터 알고 지내는 동네 누나 같다는 느낌이 들기까지 오래 걸리지 않았다.

"어머? 어떻게 아셨어요?"

"총무가 말해주더군요. 장성은 워낙 좁아서 외지에서 온 사람들은 금방 눈에 띌 수밖에 없다고요."

"맞아요. 소장님이 딴 여자하고 데이트하면 그날 밤에 제 귀에 들어온다고 생각하면 틀림없어요. 정말 웃기는 동네죠?"

"저는 데이트 할 일 없으니까, 박 사장님 귀에 제 데이트 소문 들어갈 리 없겠네요."

"남자와 여자 문제는 장담하는 게 아니래요. 언제 소장님 눈에 콩깍지 낄지 모른다구요."

"저는 다릅니다."

나는 자신에게 장담하는 표정으로 말했다. 돌이켜 보면 동성(同姓)처럼 친하게 지냈던 몇몇 여자들은 있었다. 아직 인연을 만나지 못해서 그런지 여자에게 빠져 본 적이 없었다.

토요일에 박미자 씨가 느닷없이 극장에 가자고 말했다. 장성에는 극장 역할을 하는 문화원이 있다. 서울 변두리에 있는 극장처럼 동시상영을 하는 곳이다. 동시상영의 구성은 외국영화 한 편과 중국무협영화 한 편이다. 언젠가 일요일 너무 심심해서 극장을 갔었다. 상영을 한 필름을 다시 영사기에 걸어서 전편에서 죽은 인물이 다시 살아나서 종횡무진하는 장면을 보고 관객들이 항의를 했었다.

"황지극장에서 김자옥이 주인공으로 나오는 수녀 상영한데요."

"그 영화 작년에 개봉한 영화 아닌가요?"

내가 지난해 서울에 있을 때 개봉관 극장 포스터를 봤던 기억을 떠올리며 물었다.

"그건 모르겠는데, 황지에 있는 제 친구가 영화 봤는데 굉장히 슬프데요."

"우리 소장님은 슬픈 영화 안 좋아하실 것 같은데…"

창구에 앉아서 여성지를 뒤적거리고 있던 이혜진이 의자를 돌려 나를 바라봤다.

"총무도 집에 바쁜 일 없으면 같이 갈래요?"

"어머! 정말 수녀보러 가는 거죠?"

이혜진의 대답이 떨어지기 전에 박미자 씨가 먼저 의자에서 벌떡 일어서며 손뼉을 쳤다. 이혜진이 이왕 극장을 가려면 점심은 황지에 가서 먹자고 말했다.

황지극장은 장성에 있는 문화원보다는 넓고 깨끗했다. 하지만 극장 내부는 문화원과 비슷했다. 영화가 상영되기 전에 홍보영화가 지루하게 이어졌다. 시내에 있는 전자제품 대리점이며, 식당, 정육점 광고며 복덕방도 나왔다. 지루하기는 했지만, 황지 시내 구경을 극장에 앉아서 둘러 본 점은 좋았다.

하늘은 금방 눈을 쏟아 낼 것처럼 잔뜩 엎드려 있었다. 강원도에는 눈이 많이 온다는 말은 많이 들었다. 강원도에 살면서 보니까 정말 눈이 많이 내렸다. 거의 이삼일에 한 번씩 눈이 내렸다. 눈은 서울처럼 대충 오다 그치는 것이 아니고, 눈이 내리기 시작하면 발목이 빠질 정도로 쌓였다.

눈이 그치면 시멘트 도로는 더 검은 모습으로 드러났다. 포장이 되어 있지 않은 광산도로에서 자동차 바퀴에 묻어온 검은색 진흙과 눈 녹은 물이 합쳐서 질척거렸다.

식당에서 혼자 점심을 먹고 영업소로 가는 길에 트럭 한 대가 달려왔다. 시멘트 도로에 고여 있는 검은 흙탕물을 튀기며 오는 것을 보고 얼른 상가 처마 쪽으로 피했다. 트럭이 지나가길 기다리며 가게를 살펴보니 서점이었다.

서점은 대부분 학교 앞이나 근처에 자리를 잡는다. 중앙서점은 학교하고 거리가 먼 시내 중앙에 자리 잡고 있었다. 호기심에 서점 안으로 들어갔다. 남아도는 것이 시간이라 천천히 서점 안을 둘러 보았다.

"보험회사 소장님이 우리 서점에 웬일로?"

나는 서점에 처음 들어갔는데 늙은 서점주인은 나를 알고 있었다.

"저를 아십니까?"

"아! 당연히 알죠. 워낙 인구가 적으니까 누가 발령을 받으면 금방 소문이 퍼집니다."

나는 맥없이 웃으며 책을 고르기 시작했다.

서울에서는 문예지 '문학사상'을 정기구독하고 있었다. 문학사상뿐만 아니라, 현대문학이며 한국문학도 보이지 않았다. 판매대에 널려 있는 소설이나 시집들도 창작집은 오래전에 출간된 것들밖에 없었다.

"신간은 안 나옵니까?"

"주문만 하면 바로 며칠 안에 사실 수 있습니다."

호기심 어린 눈빛으로 내 곁을 떠나지 않고 있던 서점주인이 웃으며 말했다. 읽을 만한 책을 뒤지다가 구석에서 삼중당문고를 발견했다.

손바닥 크기의 삼중당문고는 사르트르의 '구토'며 하이네시선, 김원일의 '잠시 눕는 풀' 등 읽을거리가 많았다.

오늘 저녁부터는 일찍 퇴근해서 소설책을 읽어야겠다는 생각이 들면서 괜히 기분이 뿌듯해지고 좋았다.

장성 시내에 있는 어느 식당이든 탕이나 찌개 종류의 음식이 안주로 먹으면 딱 좋을 만큼 맛이 얼큰했다. 온종일 캄캄한 갱에서 일을 하고 나온 광부들의 입맛에 맞추다 보니 맵거나 짜게 음식을 만드는 것 같았다. 나도 항상 저녁을 먹으면서 소주잔을 기울였다. 그것이 습관처럼 되어가는 중이었다.

영업소로 돌아가서 메모지를 꺼냈다. 오늘부터는 집에서 밥을 해 먹겠다는 생각으로 필요한 취사도구들을 적어 나갔다. 냄비며 수저, 밥그릇, 반찬 그릇에서 펜이 멈췄다. 한참을 궁리하다 못해 이혜진에게 도움을 요청했다.

"어머, 그래요. 이런 것은 남자보다 여자가 더 잘 아는 법이에요. 제가 사 드릴 테니 지금 시장에 갈까요?"

이혜진은 뜻밖에도 활짝 웃는 얼굴로 내 말을 받아들였다. 내가 내미는 메모지를 받아 들고 재킷을 챙겼다.

"퇴근 후에 가지 뭐."

"그때는 캄캄하잖아요. 시간이 얼마 안 걸리니까 같이 나가요."

이혜진은 유니폼 위에 재킷을 챙겨 들고 데이트를 앞둔 여자처럼 설레는 표정으로 말했다.

처음으로 가 보는 장성시장은 어둡고 침침했다. 옷이며 이불 등을 파는 가게가 많았고, 생선이나 채소 등을 파는 가게들은 몇 군데 되지 않았다. 그릇이며 솥을 파는 양품점도 서너 곳이었다.

이혜진에게 도움을 요청하지 않았다면 저녁을 나가서 사 먹을 뻔했다. 그녀는 내가 짐작하지도 못했던, 보온이 되는 전기밥솥이며, 혼자 밥을 먹을 수 있는 개다리소반, 칼이랑 도마, 국자나 조미료통, 행주까지 미리 머릿속에 암기를 해두었던 것처럼 능숙하게 구입을 했다.

"저녁에 동태찌개 끓여 드릴게요."

양품점 주인도 내가 어디 살고 있는지 알고 있었다. 박스에 담은 살림살이를 자취방까지 배달해 주겠노라며 오토바이에 실었다. 이혜진이 생선가게 쪽으로 걸음을 옮기며 속삭이는 목소리로 말했다.

"동태찌개?"

"무우를 삐져 넣고 동태하고 푹 고은 다음에 대파 동동 썰어 넣고 고춧가루 얼큰하게 풀면 맛있어요."

생선가게는 부식 가게를 겸하고 있었다. 그녀는 내 허락도 구하지 않고 고춧가루며, 조미료와 설탕 등을 사면서 동태 두 마리를 골랐다. 나는 동태찌개를 끓여 준다는 말이 싫지는 않았지만 은근히 부담도 됐다.

그녀 말대도 장성읍내는 손바닥처럼 작았다. 혼자 자취를 하는 영업소장집에 가서 찌개를 끓여주었다가는 소문이 날지도 모른다는 생각이 들었다. 괜찮아요. 집들이하는 셈 치면 되잖아요. 그녀가 하얀 이가 드러나도록 웃으며 하는 말을 듣고 나서야 안심이 됐다.

퇴근 후에 이혜진과 나란히 파출소 옆 골목으로 들어갔다. 습관처럼 파출소를 바라봤다. 키가 작고 술을 잘 마실 것 같은 순경이 난롯가에서 우리를 바라봤다. 나도 모르게 어설프게 웃어 보였다. 순경은 내 웃음을 보았는지 손을 들어 보이며 웃었다.

그즈음 캡틴큐라는 국산 양주에 맛을 들였다. 캡틴큐는 알코올 도수가 35도다. 국산 양주라는 말에 걸맞지 않게 수입 럼주가 조금 섞여 있는 일반 증류주라서 뒤끝은 안 좋았다. 하지만 스물일곱 살의 푸른 청춘에 뒤끝이 안 좋다고 가성비가 좋은 술을 거절할 수는 없었다. 우선 크기가 적어서 술병이 코트 주머니에 쏙 들어가는 것이 좋았다. 알코올 도수가 35도나 되니까 소주보다 적게 마셔도 취기는 빨랐다. 그래서 방 안에는 빈 캡틴큐병이 하나둘 늘어가고 있었다.

자취방 앞에 도착하자마자 연탄불 상태를 살폈다. 맹렬하게 타오르는 연탄불을 확인하고 방문을 열었다. 내가 먼저 방으로 들어갔다. 방 안은 아침에 몸만 빠져나와 대충 세수를 하고 출근을 한 흔적이 고스란히 남아 있었다. 구석에 던져진 팬티며 빨지 않은 양말들, 빈 캡틴큐 병들에 땅콩이며 마른오징어가 널려 있는 신문지가 얼굴을 뜨겁게 만들었다.

"추워요. 어서 들어가요. 제 남동생은 이보다 더한대요 뭐."

이혜진이 양품점에서 배달한 박스를 들고 내 등을 떠밀었다. 나는 감전이라도 된 것처럼 멈칫 뒤로 물러섰다가 얼른 방 안으로 들어갔다. 빨랫거리는 무조건 보스턴백 안에 구겨 넣었다. 그 사이에 이혜진이 이불을 접고 있었다. 내비…두세요. 내가 이불을 개겠다고 하면 그녀가 민망해할 것 같아서 말이 나오지 않았다.

이혜진이 능숙하게 이불을 접었다. 내가 그것을 받아서 구석에 갖다 놓았다. 이혜진은 박스 안에 있는 살림살이를 모두 꺼냈다.

방문 옆에 박스를 엎어 놓고, 그릇이며, 조미료 등을 얹어 놓았다. 갑자기 분위기가 어색해졌다. 나는 슬그머니 밖으로 나가서 살림살이를 정리하고 있는 이혜진의 뒷모습을 바라봤다. 부엌도 없는 단칸방에 사는 지지리도 가난한 신혼부부가 소꿉장난하듯 살림을 차리고 있는 것 같은 생각이 잠깐 들었다.

"밖은 춥잖아요. 방에 들어오세요. 제가 밥 짓고 동태찌개 끓일 테니까."

이혜진이 동태찌개 거리를 냄비에 담아 일어서면서 살짝 얼굴을 붉혔다. 나는 밖이 춥기도 해서 못 이기는 척 방으로 들어갔다. 이번에는 그녀도 담요가 깔려있는 방 안에 남자와 둘이 있으니까 어색한 것 같았다.

"제가 씻을게요. 씻는 것은 저도 잘합니다."

그녀가 얼음을 깨고 동태를 다듬고 파를 씻고 무를 써는 동안 방 안에 앉아 있는 것이 더 어색하고 민망했다. 밖으로 나가서 그녀 옆으로 갔다. 따뜻한 방 안에 있다가 갑자기 밖으로 나가니까 더 추웠다.

"쌀을 안 샀네요. 소장님은 쌀을 사 오세요. 쌀집 어디 있는지 아시죠? 요 위로 쭉 올라가면 약국 옆에 있어요."

이혜진이 재킷의 지퍼를 올리면서 내 옆으로 왔다. 냄비를 빼앗아 수돗물이 쫄쫄쫄 흐르는 수돗가에 쪼그려 앉았다.

식당에서 먹는 밥처럼 묵은쌀로 지은 밥이 아니다. 윤기가 자르르 흐르는 갓 지은 밥에, 얼큰한 동태찌개, 그리고 반주로 사 온 캡틴큐, 부끄러운 얼굴로 얌전히 밥을 먹고 있는 이혜진에게서 풍기는 엷은 화장품 냄새. 문득 아무 생각 없이 이렇게 사는 것이 행복이 아닌가, 하는 생각이 들었다.

"저는 독한 술 못 마시는데…"

이혜진은 부끄럽게 중얼거리는 말과 다르게 캡틴큐를 두 잔이나 마셨다. 밖은 캄캄하다. 오늘따라 바람도 숨을 죽이고 방 안을 엿듣고 있는지 조용하다. 붉게 취기가 올라 있는 이혜진이 더운지 재킷의 지퍼를 내렸다.

"집에서 밥 먹으니까 좋죠?"

"좋기만 합니까? 장성 내려와서 처음으로 제대로 된 밥 처음 먹었습니다. 정말 잘 먹었습니다."

"밑반찬을 좀 가져올 걸 그랬나봐요."

"아까, 시장에서 보니까 반찬가게 있던데. 거기서 사다 먹으면 될 것 같습니다."

"아니에요. 남동생이 서울에서 자취하면서 대학 다니고 있거든요. 엄마가 밑반찬을 자주 만들어요. 내일 좀 갖다 드릴게요."

"전, 반찬 아무거나 잘 먹습니다. 시장 것도 맛있어 보이든데…"

"장성에 처음 오셔서 볼 때보다 몸이 많이 야위신 것 같아요. 매일 식당에서 밥 사드시면서 잘 드시지도 못하고 술만 드시니까…"

이혜진이 빈 그릇을 챙기면서 몹시 가슴이 아프다는 표정으로 나를 바라봤다.

"원래 술 좋아하는 사람들이 밥은 잘 안 먹잖아요."

그녀의 목소리에 눈물이 깔린 것처럼 슬프게 들려서 나도 모르게 얼굴을 문질렀다.

"소설 쓰시려고 여기 지원하셨잖아요."

"누가 그래요?"

"전 영업소장님이 지점장님한테 들었데요. 이번에 본사에서 내려오는 분은 소설 쓰려고 일부러 여길 지원했다구요. 소장님 근무하시던 영업지원부 부장님이 우리 지점장님한테 직접 전화를 하셨데요."

"부장님이 괜한 말씀을 하셨구나. 여길 지원한 건 맞지만 소설 쓰려고 지원한 건 아닙니다. 그냥 좀…"

부장의 얼굴이 떠올랐다. 서운한 점이 없진 않지만 그래도 부장 덕분에 편한 장성영업소로 발령받은 것은 고마운 일이다.

"오늘 소장님이 제일 멋져 보였다는 거 아세요?"

"왜요?"

"점심 먹고 중앙서점에서 소설책 세 권 사오셨잖아요. 전 솔직히 지금까지 한꺼번에 소설책을 세 권씩이나 사 본 적이 없어요. 역시 소설을 쓰시는 분이라, 우리 같은 사람하고는 다르다는 느낌이 들었어요. 정말 멋져 보였어요."

이혜진은 적당하게 취기가 오른 얼굴로 부끄럽게 웃으며 설거지할 그릇을 들고 일어섰다. 갑자기 창문이 부르르 떨었다. 골목 안의 바람이 방 안으로 파고들려고 창문을 마구 흔드는 소리였다.

"그냥 시간이 너무 안 가서 샀을 뿐입니다. 설거지는 제가 합니다."

나는 멋쩍게 웃으면서 그녀가 들고 있는 그릇을 달라고 했다. 이혜진이 고개를 흔들면서 방문을 열었다. 마당에서 방 안의 대화를 엿듣고 있던 찬바람이 숨이 멎을 만큼 빨려 들어왔다.

그날 저녁 나는 쉽게 잠을 이룰 수가 없었다.

오랜만에 배가 부르도록 저녁을 맛있게 먹고 캡틴큐 대짜를 한 병이나 마셨는데도 잠이 오지 않았다.

소설가?

아마추어 작가로 겨우 사보에 소설같지도 않은 소설을 연재하고 있다. 만약 내가 작품을 발표한 경력이 있는 작가였다면 사보에 난 글을 읽어주지 않을 것이다. 프로 가수가 직업적으로 부르는 노래보다, 아마추어 가수가 온 힘을 다해 부르는 노래가 더 아름답게 들린다. 하지만 여러 번 듣게 되면 결국 프로 가수의 노래가 아름답게 들리기 마련이다. 내가 아마추어 작가이기 때문에 호기심 삼아 읽을 것이다. 그런 나를 소설가로 인정하는 이혜진에게 너무 부끄러웠다. 마치 소설가에게서 소설을 훔친 도둑이 되어 버린 기분이 지워지지 않아서 쉽게 잠을 이룰 수가 없었다.

3. 세상 모르고 살았노라

이튿날부터 퇴근 후에 식당이나 술집을 전전하지 않았다. 단골로 정해놓고 먹던 식당주인이 전화를 했다. 식당을 옮겼냐는 말에, 밥은 집에서 해 먹기로 했다고 대답할 정도로 퇴근 후에는 집으로 곧장 갔다. 삼 일에 한 번 꼴로 시장 안에 있는 반찬가게에 가서 반찬을 사와서 저녁을 먹고 밤이 늦도록 소설책을 읽었다.

중앙서점에서 고르는 소설책들은 거의 자주 신문지면을 장식하는 작가들의 것이다. 문학적으로 소설을 써야 한다는 생각을 해본 적은 없었다. 단순히 모든 사람들이 쉽게 읽을 수 있고, 모든 사람들이 감동할 수 있는 소설을 쓰고 싶었다. 그렇게 쓰면 문학적 작품이 되는 것이니까. 평론가들로부터 문학적 평가를 받을 줄 알았다. 이를테면 문학이 뭔지도 모르는 상황에서 대작을 쓰겠다는 과욕에 젖어서 신음하고 있었던 셈이다.

일찍 퇴근하니까 연탄불을 꺼트리는 실수도 없었다. 따뜻한 방에 편히 누워서 소설책을 읽다 보면 아우성을 치는 겨울바람 소리가 수시로 방 안으로 파고들었다.

바람이 손바닥만 한 창문을 뒤흔들고, 방문을 후려갈기면 깊은 산속에 있는 산사의 요사(祆寺)에 있는 것 같은 기분이 들었다.

소설을 읽다가 바람 소리가 요란하면 읽기를 멈추고 창문을 바라봤다. 창문을 열면 파출소 건물 뒷벽이다. 파출소 벽과 내 방의 벽 사이 공간은 50센티 정도다.

그 작은 공간에서 몰아치는 바람은 유난히 크게 울부짖었다. 바람 소리가 멎기를 기다리며 한참 동안 바라보고 있노라면, 어느 틈에 바람 소리가 내 안으로 들어와 내 심장을 흔드는 느낌이 들었다.

나는 소설을 쓸 수 있었다. 사보에 매월 연재를 하는 분량은 원고지 25매 정도이다. 그 분량을 벌써 6개월째 쓰고 있는 것을 반추해 봐도 소설을 못 쓰는 것은 아니다. 하지만 막상 소설을 쓰려고 원고지를 펼쳐 놓으면 원고지처럼 만든 철망 안에 닭처럼 갇혀버리는 기분이 들었다.

나는 절대로 소설 쓰기를 포기하고 싶지 않았다. 어제도 그랬고, 1년 전에도 그랬고, 카키색 군복을 입고 병영의 초소에서 근무할 때도 소설을 써야 한다는 강박관념에 시달렸다. 병영에서는 아주 가끔은 노트에 소설 쓰는 흉내를 내기도 했다. 그러나 오래가지 못했다.

내 팔자는 소설을 쓰지 말라는 팔자인지도 모르지만, 신기하게도 소설을 써야겠다고 굳게 결심을 하면 계속 야근을 해야 할 일이 생긴다.

야근이 아니면 누군가 술을 마시자는 간곡한 말투의 전화가 와서 거절할 수가 없었다. 그렇게 해서 하루를 쉬게 되면 삼사일이 후딱 가버린다.

일주일 정도 지나면 내가 언제 소설을 썼느냐는 것처럼 일과 술에 파묻혀 보내는 나를 발견하고는 했다. 그러면 다시 언젠가부터는 소설을 써야 한다는 강박관념에 시달리게 된다.

사보에 연재할 소설을 쓸 생각으로 책상 앞에 앉으면 온몸이 떨릴 정도로 전율에 사로잡혔다. 그러나 몇 줄을 쓰고 나면 설렘은 절망으로 변하고, 원고지 한 장을 채우기 위해 고군분투하고 있는 나를 발견하게 된다. 그렇게 해서 소설을 편집실에 보내고 나면, 또다시 부끄러움과 절망감에 몸들 바를 몰라서 결국 술에 의존하는 날들이 이어지기 일쑤였다.

이혜진과는 그냥 밥 한 끼 먹었을 뿐이다. 물론 식당에서 사 먹은 것은 아니다. 내 자취방에서 그녀가 직접 동태찌개 거리를 사 와서 끓이고, 내가 사 온 쌀로 지은 밥을 먹었다. 그래서 그런지 모르지만, 이혜진이 나를 보는 눈빛이 예전보다 확연하게 달라졌다.

그 시절 여직원이 남자직원의 책상을 닦아주거나, 커피를 타다 주고, 담배 심부름 정도는 성차별이나, 갑질에 속하지 않았다. 금연에 대한 사회적 인식도 약해서 사무실은 물론이고, 기차 객실에서 담배 피우는 것도 법적으로 하자가 아니었고, 담배를 피운다고 화를 내거나 자리를 바꿔 달라고 항의하는 비흡연자도 없었다.

내 책상은 항상 깨끗했다. 내가 청결에 유난을 떠는 성격이나 정리 정돈을 잘해서가 아니다. 업무량이 없다 보니 책상이 깨끗해 질 수밖에 없었다.

본사에서 근무를 할 때는 가끔 여직원이 외출을 할 때 들어오는 길에 담배를 사다 달라고 부탁도 했다. 장성에서는 남아도는 것이 시간이다. 담배 사러 가는 시간도 유일한 즐거움이었다. 그래서 이혜진에게 담배 심부름을 시키지 않았다. 내 책상도 닦지 말고 커피도 각자타 먹자고 했다.

"아침 드시고 오셨죠?"

이혜진은 내가 출근하기를 기다렸다가 빵과 커피를 내왔다. 커피잔과 쟁반도 새로 구입을 했다. 영업소 운영비로 구입했다면 내가 결제를 했을 것이다. 장성이 아니고 일부러 황지에 나가서 구입한 것으로 보이는 컵이 부담스러웠지만 뭐라고 말을 할 수가 없었다. 오전 10시나 오후 3시쯤에는 사과나 귤을 접시에 담아 가지고 오기도 했다.

"이러지 않아도 됩니다. 그냥 편하게 지내요."

"부담 갖지 마세요. 제가 좋아서 하는 것이니까요. 그리고 황지지점처럼 직원들이 많은 것도 아니잖아요. 소장님하고 저하고 둘 뿐이라서 큰돈이 들어가는 것도 아니잖아요."

이혜진의 말은 똑소리가 날 정도여서 반박할 여지가 없었다. 내 돈으로 커피잔 사고, 내 돈으로 과일 사서 직원끼리 나눠 먹자는데 할 말 없었다. 그렇다고 부담감이 사라지는 것은 아니었다.

가끔 잊을만하면 모집인이나 대리점 사장으로부터 영업 지원 요청이 들어왔다. 소규모 탄광의 보험 연장에 따른 사은품으로 시계나 대형거울 따위를 사 달라거나, 저축성 화재보험 체결하는데 동행해서 약관을 해설해 달라는 지원들이 그것이다.

그럴 때는 내 돈으로 택시 타고 가서 팸플릿을 펼쳐 놓고 보상할 내용이라든지, 보상받지 못하는 내용 등을 상세하게 설명해 줬다.

박미자 씨가 철암에 있는 전자제품 대리점에 같이 가줄 수 있느냐고 물었다. 나는 대답 대신 옷걸이에 걸려 있던 바바리코트를 챙겼다.

"소장님 저 철암에 볼일이 있거든요. 제가 다녀오면 안 될까요?"

이혜진도 일어나서 유니폼 위에 재킷을 껴입었다.

"그럼 같이 가지."

영업소를 비워 둔다고 해서 크게 문제 될 것은 없다. 그리고 이혜진도 가끔 영업 지원을 나간다. 그러나 나 대신 가겠다는 말은 처음이다. 나도 모르게 박미자 씨를 바라봤다. 박미자 씨는 보험계약을 염두에 두고 출근했는지 오늘따라 화장에 신경을 많이 썼다.

"여기 물이 낙동강으로 흘러가는 거예요."

택시는 철암쪽으로 달렸다. 길은 검은색 물이 흐르는 하천을 따라 이어졌다. 철암과 석포 방향 삼거리에 구문소가 있었다. 택시 안에서 바라보는 구문소는 절경이었다.

바위에 동굴이 있고, 위에는 소나무가 자라고 있었다. 그러나 구문소를 맴돌고 있는 물은 먹물이다. 바위도 물이 닿는 지점까지 까맣게 물들어 있었다.

"황지 가면 낙동강의 발원지인 황지연못이 있어요. 그 물이 여기로 흘러서 낙동강 천삼백 리를 흘러가는 거예요."

택시 뒷자리에서 보험 계약서를 살피고 있던 박미자가 갑자기 생각났다는 얼굴로 입을 열었다.

"황지연못 물도 까맣습니까?"

고개를 뒤로 돌려서 박미자를 바라봤다. 박미자 옆에서 창문 밖을 바라보고 있던 이혜진이 시선을 돌렸다. 언제 발랐는지 이혜진의 입술에는 박미자처럼 빨갛게 루주가 칠해져 있었다.

"거기는 깨끗합니다. 여기도 탄광 위쪽에 흐르는 물은 맑아요."

택시 운전사가 구문소를 지나서 언덕길로 차를 몰면서 말했다. 훗날 일부러 황지연못에 가봤었다. 물이 너무 맑아서 푸른 잉크를 풀어 놓은 것처럼 보였다. 그 물이 황지를 경유하고 장성을 경유하면서 석탄가루를 뒤집어쓰고 먹물로 흐른다는 걸 알았다.

태초 세상은 까만색이었다. 까만색은 모든 것을 감춘다. 절망도 희망도 꿈도 사랑도, 사람의 영혼마저 감춘다. 세월이 바람을 보내고, 비를 뿌리고, 눈을 흩날리게 해서 까만색은 조금씩 지워져 가고 감추고 있던 것을 드러내게 된다.

소설을 쓴다는 것도 까만색을 갈고 닦아서 새로운 세상을 창조하는 것일 것이다. 나는 까만색을 닦는 것이 아니라. 점점 더 까만색을 덧

칠하고 있는 것 같은 기분이 들어서 검은 냇물이 더 검게 보이는 것 같았다.

철암역 근처에 있는 전자제품 대리점 앞에서 택시를 세웠다. 이혜진은 볼일을 보고 대리점으로 오겠다며 철암역쪽으로 갔다. 박미자 씨가 내 옆에 바짝 붙어서 대리점의 문을 열고 들어갔다.

"안녕하세요. 우리 영업소 소장님이세요."

대리점 사장은 박미자 씨를 기다리고 있었는지 카운터 앞에 앉아 있었다. 박미자 씨가 자랑스럽게 나를 소개했다. 나는 준비해 간 명함을 들고 대리점 사장에게 정중하게 인사를 했다.

"지난번 소장님보다 젊어 보이는데?"

"네. 좀 젊습니다."

대리점 사장이 명함을 읽으면서 건성으로 손을 내밀었다. 나는 대리점 사장이 민망해할 정도로 힘주어 잡아 주었다.

천만 원짜리 저축성 장기상해보험 화재 계약은 일사천리로 진행이 됐다. 박미자 씨가 다방에 커피를 주문했다.

"재혼한다는 소문 들었는데…"

대리점 사장이 커피를 마시면서 넌지시 물었다.

"누가 그래요?"

나는 박미자 씨가 결혼해서 남편과 사는 줄 알았다. 깜짝 놀랐으나 내색은 하지 않고 잠자코 커피만 마시며 박미자를 바라봤다.

"숙이네분식이라고 있잖아…"

"아! 영숙이가 그래요?"

대리점 사장이 묻는 말에 박미자가 보험 청약서의 기재 내용을 살피다 말고 놀란 표정을 지었다.

"어제 황지에 갔다고 오는 길에 잠깐 들려서 차 한잔했습니다."

"헛소문이에요. 하도 일이 힘들어서 시집이나 갈까? 라고 했더니. 그 말을 그대로 믿었는 모양이네. 그나저나 영숙이는 저렇게 혼자 살게 버려 둘 거에요? 딸린 애가 하나 있기는 하지만 친정에서 키우고 있잖아요? 얼굴이랑 몸매가 안 받쳐주나? 생활력이 없나……죽은 남편을 잊을 때도 됐는데, 남자 이야기만 하면 몸에 송충이라도 떨어진 것처럼 질색을 하니…"

박미자는 장성바닥이 정말 좁은 바닥이라는 것이 팍팍 실감이 나게 했다. 이건 완전히 오! 마이 갓이다. 퇴근 후에 소설을 읽기 시작한 이후로는 숙이네분식에 가지 않았다. 그 이전에는 충직한 말처럼 술에 취하면 저절로 발걸음이 숙이네분식으로 향했다. 그런 날은 라스트 타임으로 이영숙의 풍만한 젖가슴에 얼굴을 묻고 헤어졌다. 박미자 씨가 하는 말투를 보니 이영숙과는 친구 사이 같았다. 낮에는 정숙한 숙녀 박미자 씨와 밤에는 야한 여자 이영숙과? 그럼 나는 드라마에 나오는 남자주인공인가?

"박 사장님 애가 둘인 거 아세요? 초등학교 다니는 일 학년 짜리하고 삼 학년 짜리 딸이 있어요."

이튿날 이혜진이 내가 묻지도 않았는데 1급 비밀을 누설하는 표정으로 속삭였다. 말을 끝내고 내 표정을 살피며 반응을 살폈다.

"남편과는 헤어졌어요?"

"남편은 죽었어요. 황지에 있는 중앙탄전에 다니는데 갱이 무너져 죽었잖아요, 그때 다섯 명이 죽어서 신문에 크게 났었어요. 광업소에 다녔다면 박 사장님도 남편이 사고로 죽었으니까 경리 같은 거로 취직을 할 수 있는데…"

"광업소는 남편이 사고로 죽으면 아내를 취직시켜 줍니까?"

이혜진은 말과 다르게 박미자를 동정하는 얼굴이 아니다. 내가 꼭 알고 있어야 한다는 사실을 누설하는 표정이다. 이영숙의 남편이 광업소에서 폭발사고로 죽었다는 말이 생각나서 물었다.

"고등학교를 졸업했으면 사무직으로 취직을 하고. 학력이 없으면 다른 부서에 취직을 시켜줘요."

"갱 안에 들어가서 석탄을 캐는 광부로 취직하는 것이 아니구요?"

"광업소에 부서가 얼마나 많은데요. 막장에서 탄을 캐는 사끼야마 한 명이 먹여 살리는 직원이 몇십 명이래요. 여자들은 갱 안에 들어가면 안 되고, 갱 밖에서 하는 일들을 해요."

이영숙과 첫 키스를 하던 때가 떠올랐다. 남편이 사고로 죽었다는 말끝에 키스하자고 속삭였다. 박미자는 이영숙이 지금도 남편을 사랑한다고 말했었다. 어쩌면 그녀는 유리 창문을 두들기며 아우성치는 바람 소리가 무서워 키스하자고 했는지도 모를 일이다.

광업소 월급날이면 개도 만 원짜리를 물고 다닌다는 속설이 있을 만큼 장성 시내가 들썩거렸다. 겨울은 장성에 아주 뿌리를 내리기로 작정을 한 것처럼 하루도 거르지 않고 영하의 날씨를 뿜어내고 있었다. 거리는 날씨 따위는 무시해 버리고 축제 전야제 날처럼 흥청거렸다.

어느 식당이나 술집을 가도 광업소 유니폼에 석탄가루가 시커멓게 묻어 있는 운동화를 신은 광부들이 하얀 이를 드러내고 웃고 떠들면서 술을 마셨다. 시커먼 석탄물이 질척거리는 거리에는 술 취한 광부들이 어깨동무를 하고 2차를 향하여 가는 발걸음들이 겨울밤을 풍성하게 갉아 먹었다.

2월이 다 가도록 나는 철저하게 혼자였다. 중앙서점에 있는 장편소설들은 더는 읽을 것이 없었다. 그래도 몇 번인가 서점에 들어가서 읽을만한 꺼리를 찾다가 신간을 주문하기도 하고, 철이 지난 문예지를 사 들고 찬바람 속으로 파고들었다.

"오늘 지점에 들어가는 날인데, 황지에서 저녁 같이 먹을까요?"

이혜진이 가방에 보험청약서며 영수증등 서류를 챙기며 물었다. 그녀는 이틀에 한 번꼴로 장성에서 계약한 서류를 지점에 전달하고, 영업소에 와야 할 공문 같은 것을 받아 온다.

"그럴까?"

집에 들어가도 글 쓴다고 끙끙거리다 결국 캡틴큐에 취해서 잠이 들 것이다. 절망이 뒤섞인 취기를 요람 삼아 잠든 날은 꿈도 사납다. 오랜만에 황지 구경이나 하자는 얼굴로 찬성을 했다.

이혜진이 지점에 들어가서 볼일을 보는 동안 나는 황지역 근처 커피숍에 들어가서 기다렸다. 6시가 안 됐는데도 밖은 컴컴하다. 2층에 있는 커피숍 밖으로 황지역의 아크릴 간판이 어둠을 사르고 있었다.

내가 황지에 처음 도착한 날도 '황지역'이라는 글자는 빛을 뿜고 있었을 것이다. 그런데도 기억에 남아 있는 황지역의 첫날밤은 캄캄한 그 자체다.

기차가 도착했는지 한 무리의 사람들이 역사를 빠져나오고 있다. 역사 안으로 기차가 빠르게 역사를 지나며 서울 쪽으로 내달리고 있었다. 화물기차 일 것이다. 승객을 태우고 온 기차는 천천히 역사를 빠져나가기 시작했다. 서울 쪽으로 향하고 있었다.

"오래 기다리셨죠?"

유니폼 겉에 빨간색 코트를 걸친 이혜진이 활짝 웃으며 커피숍 안으로 들어섰다. 무슨 커피를 마시겠냐고 묻는 말에, 그냥 나가자며 내 팔짱을 끼고 카운터로 향했다. 이 층에서 계단을 내려가면서 자연스럽게 팔짱이 깊숙하게 껴졌다. 겉에서 봤을 때 보다 풍만한 젖가슴의 감촉이 팔뚝을 눌렀으나 모르는 척했다.

이혜진은 자기가 저녁을 사겠노라며 경양식집으로 들어갔다. 웨이터가 자연스럽게 테이블 사이를 지나쳐 룸으로 안내를 했다. 여섯 명 정도가 앉을 수 있는 작은 룸의 벽에는 엉뚱하게도 몸에 착 달라붙은 수영복 차림의 서양 미녀 사진이 붙어 있다. 사진 속의 미녀는 푸른 바다에 하체를 묻고 오렌지즙을 짜 먹고 있다.

실내에는 금발에 푸른 눈의 반라 여인과 어울리지 않게 올리비아 뉴튼 존의 렛미비 데어(let me be the)가 흘러나오고 있었다.

어디를 가든지
어디에서나
당신의 인생을 어슬렁거리다
확실히 알고 있겠지.

올리비아 뉴튼 존의 목소리가 이곳이 황지하고, 어느 경양식집이라는 걸 잊게 만들었다. 이혜진이 빨간색 코드의 단추를 열었다. 벌어진 코드 사이로 유니폼을 입은 그녀의 젖가슴을 더 도드라지게 만들고 있었다. 그 모습조차 오래전부터 보아 온 것처럼 낯익게 보였다.

"돌아오는 봄에는 시집을 가라고 집에서 야단이에요."

이혜진이 함박스테이크를 주문했다. 종업원이 애피타이저로 수프를 가져왔다. 이혜진이 내 스프 접시에 후추를 타주면서 입을 열었다.

"시집갈 나이가 됐잖아. 사귀는 남자 없어요?"

내가 그녀의 사촌오빠나 학교 선배나 되는 것처럼 자연스럽고 부드럽게 물었다.

"저는 서울 남자에게 시집갈 거예요."

이혜진이 내 눈을 바라봤다. 포크와 나이프를 들고 있는 그녀의 눈 속에 천장의 작은 샹들리에가 숨어 있었다. 그녀는 까만 장성에 살면서 언젠가 샹들리에 불빛을 쫓아 서울로 가게 될 것이다.

"서로 믿고 행복하게 사는 것이 중요하지. 지역이 중요한 것은 아니잖아요."

"소장님은 모르실 거예요. 여기 여자들은 죄다 서울이나 부산으로 시집가고 싶어 한다는 걸."

"내가 서울 남자 소개해 줄까요?"

"소장님은 제가 싫으세요?"

이혜진이 수프를 천천히 젓다가 내 눈을 응시했다. 나를 바라보는 눈빛이 갈망에 젖어 있었다. 올리비아 뉴튼 존이 언젠가부터 어네슬리 러브 유(I Honestly Love You)를 부르고 있었다.

> 예정된 시간보다 조금 더 오래 그대 곁을 서성거립니다.
> 내가 다른 곳으로 떠나야 한다는 걸 우리 둘 다 잘 알고 있지요

나는 훗날에도 어네슬리 러브 유를 들을 때마다 황지에 있는 경양식집, 함박스테이크, 유니폼에 빨간색 코트를 걸친 이혜진의 모습이 떠올랐었다.

"내가 왜 싫어하겠어요? 오히려 내가 부족하지."

나에게 결혼은 영원한 타인이었다. 그 시절 내 한 몸도 부지하기 힘들어서 결혼 같은 것은 내 사전에 존재하지도 않았었다. 이혜진의 갈망하는 얼굴을 외면할 수가 없어서 웃으며 경쾌한 목소리로 말했다.

"어머, 정말이죠? 거짓말이라도 기분 좋아요. 진짜라구요."

이혜진이 수프를 한 수저 듬뿍 떠서 맛있게 먹었다. 나를 그윽한 눈

빛으로 바라보며 어서 수프 드시라고 속삭였다. 기분이 갑자기 좋아졌는지 맥주를 마시고 싶다고 말했다.

거리는 2월치고 날씨가 포근했다. 맥주 몇 잔에 얼굴이 붉어진 이혜진이 자연스럽게 팔짱을 꼈다. 설마, 황지지점 직원들이 우리를 보지 못하겠죠? 부끄럽게 말하는 그녀의 얼굴은 말과 반대로, 누군가 우리의 모습을 보아주었으면 하는 표정이었다.

택시를 타고 장성에 내리니까 딴 세상에 온 것처럼 적막감이 감돌았다. 영업소 앞에서 이혜진과 헤어졌다. 그녀는 몇 걸음을 걷다가 나를 바라봤다. 나는 맥없이 웃으며 짧게 손을 흔들어 줬다. 그녀는 그때야 빠른 걸음으로 걷기 시작했다.

파출소 옆 골목을 들어서면 컴컴한 어둠 속으로 자취방의 윤곽이 보인다. 왼쪽으로는 환하게 불이 켜져 있는 파출소다.

자취방은 항상 어둠 속에 웅크리고 앉아 있었고, 파출소의 불빛이 거리까지 점령하고 있는 광경이 싫었다. 뒤로 돌아서 숙이네분식으로 가든, 어느 식당으로 가서 술을 마시고 싶은 충동이 울컥 일어났으나 참고 걸었다.

양철 대문은 사람 한 명이 들락거릴 수 있도록 항상 열어놓았다. 캄캄한 마당을 가리고 있는 양철을 만졌을 때의 섬뜩한 감촉이 싫어서였다. 마당으로 들어서면 어둠 속에서 쫄쫄쫄 수돗물 떨어지는 소리가 음울하게 반겼다.

처마 밑의 어둠은 더 짙었다. 너무 어둠이 짙어서 어둠이 만져질 것 같았다. 어둠 속을 더듬어 처마에 매달려 있는 전등 스위치를 올렸다. 창백하게 내려앉은 불빛에 연탄보일러 뚜껑을 열었다. 붉은 혀를 날름거리고 있는 연탄불을 집게로 꺼냈다. 밑탄은 새하얗게 재만 남는 형태다. 조심스럽게 완벽하게 타버린 연탄을 꺼냈다.

마지막 숨을 거두기 전에 절정을 향해 타오르는 연탄불 위에 차갑게 얼어있는 새 연탄을 얹었다. 까만 구멍 밑으로 지옥불처럼 타고 있는 불꽃이 이산화탄소를 진하게 내뿜었다.

방문을 열면 미지근한 온기가 빠져나온다.

불을 켜면 아침에 출근할 때 벗어 놓고 간 와이셔츠며 양말, 아랫목에 깔린 이불 머리맡에 있는 이어폰이나 워크맨이 외롭고 초라한 모습으로 드러났다.

오늘은 무언가 소설이 써질 것 같은 예감이 들었다. 하지만 원고지를 펼치기가 두려웠다. 막상 원고지를 펼치면 써지지 않을 것 같은 두려움의 크기가. 소설이 써질 것 같은 예감을 짓눌러서 숨이 막혔다.

나는 한밤중에 남의 방에 도둑질이라도 하는 것처럼 발걸음 소리를 최대한 줄이고 살금살금 방으로 들어갔다. 윗목에 쌓아 놓은 원고지의 높이가 30센티가 넘는다. 직사각형의 원고지가 차갑게 얼어붙은 조형물처럼 보였다,

-그를 향해 불어오는 바람은 항상 동쪽에서 불었다.

나는 숨을 가다듬고 단숨에 한 문장을 써버렸다. 그리고 더는 쓸 수

가 없었다. 장성에서는 바람이 어디서 불어오는지 알 수가 없었다. 사방팔방에서 수시로 검은 탄가루를 품은 바람이 불었다.

동쪽은 해가 뜨는 쪽이다. 해가 뜨는 쪽에서 부는 바람은 탄가루를 품고 있지 않을 것 같다는 엉뚱한 생각이 들었다.

-그의 머리카락이 서쪽으로 흩날렸다.

나는 두 줄을 쓰고 원고지를 쭉 찢었다. 갈기갈기 조각을 내면서 울었다. 동쪽에서 바람이 부니까 서쪽으로 머리카락이 날리는 것은 당연하다. 그 당연한 사실을 쓰기 위해 행여, 글을 쓰고 싶은 충동이 사라져 버릴까 봐 노심초사한 것을 생각하니까 눈물이 났다.

눈물을 흘리면서 캡틴큐를 마셨다. 안주가 없어서 김치 조각을 짭짤하게 씹으며 또 울었다. 슬프지도 않은데도 눈물은 멈추지 않았다.

아침부터 가랑비가 슬금슬금 내렸다. 특별하게 할 일도 없어서 난롯가에 앉아 신문을 보다 창문 앞으로 갔다.

건너편 식당 건물의 지붕에서 떨어지는 낙숫물이 검은색이다. 검은색이 면역이 될 만도 한데, 검은색을 볼 때마다 쓸쓸함이 몰아쳐서 가슴을 휑하니 훑고 지나자는 것 같았다.

광업소에서 퇴근하는 광부들이 삼삼오오로 우산을 쓰지 않고 병정들처럼 발을 맞추어 걸어가고 있었다. 그들은 집에 도착하면 뜨거운 물로 샤워를 하고 밥상 앞에 앉을 것이다. 아침을 먹고 저녁 근무를 생각하며 깊은 잠속으로 빠져들 것이다. 어쩌면 꿈속에서 광업소에 사표를 내고 대처로 이사를 갈지 모른다. 사고로 죽은 동료와 만나서 주점에서 술에 취해 젓가락을 두들기며 잔뜩 목이 쉰 목소리로 유행가를 부를지도 모른다.

이혜진의 출근 패턴이 달라졌다. 예전과 다르게 8시쯤이면 출근을 해서 사무실에 물걸레질하고 책상을 닦고, 창문을 열어서 공기를 환기시켰다. 난롯불까지 붙여 놓아서 영업소에 들어서면 훈훈한 열기가 기분 좋게 풍겼다.

이혜진은 내가 묻지 않았는데도 아버지는 광업소에 근무를 하고 있고, 엄마는 시장 안에서 옷 장사를 하고 있다고 고백했다. 다른 집에는 아버지가 광업소에 근무하면 엄마는 집에서 논다고 말했다.

"하나밖에 없는 남동생이 서울에서 대학교에 다니잖아요. 그 애한테 돈이 얼마나 들어가는지 몰라요."

"자취한다고 안 했나요?"

"자취해도 방세며 학비에, 용돈이 많이 들어가요. 내 동생은 졸업하면 절대로 장성으로 내려오지 않는데요. 하긴, 내 친구들도 죄다 서울로 시집가고 싶어 해요. 여긴 정말이지 사람 살 곳이 못 되잖아요."

"그래도 고향이잖아요."

이혜진은 입버릇처럼 장성을 떠나겠다고 말했다. 이해를 못 하는 것은 아니다. 가끔은 일부로 그녀가 싫어할 반문을 하기도 했다.

"고향?"

이혜진은 마르게 웃으며 돌아섰다. 난로 위에서 설설 끓고 있는 주전자를 들면서 커피 타올게요. 라고 중얼거렸다. 나는 문득 탕비실쪽으로 가고 있는 이혜진이 무슨 표정을 짓고 있는지 궁금해졌다.

사보에 연재하는 소설은 군대 이야기다. 군 경험이 있는 직원들은 자신들의 경험이라 재미있어야 하는 것 같고, 여직원들은 미지의 세계에 대한 호기심을 자극 시켜 주는 글이라서 계속 적으로 연재를 원하는 것 같았다.

사보에 연재 분량은 2백 자 원고지 분량으로 20장 안팎이다. 하지만 유일하게 숨통이 트이는 시간이었다.

소설의 완성도는 염두에 두지 않았다. 어차피 직원들도 아마추어 작가가 쓴 글이라는 점을 인지하고 읽어 줄 것이다. 문학이 뭔지도 모르는 때라서 문학적인 측면도 고려하지 않았다. 얄팍한 글쓰기 실력으로 스토리를 재미있게 연결해 나가는 쪽에만 비중을 뒀다. 그래도 연재소설을 쓰는 시간은 한 달에 한 번 유일하게 내가 살아 있음을 확인시켜 주는 시간이었다.

일반적으로 어떠한 일이 진척되지 않으면 포기를 하거나, 잠시 시간을 두고 관망을 하며, 새로운 방법을 모색하게 되는 것이 상식이다. 나는 소설이 써지지 않을수록 반드시 소설을 써야 한다는 강박관념에 단단하게 화석으로 굳어져 갔다. 소설을 포기해서는 안 된다는 논리적인 명분이 있는 것도 아니다. 똥고집처럼 무조건 소설가가 되어야 한다는 생각을 버릴 수가 없다는 점이 내게는 감당할 수 없는 난제(難

堤)였다.

식물들도 겨울이면 죽은 척하다 봄이면 차갑게 얼었던 흙을 뚫고 줄기를 세운다. 나는 봄이 오고 있는데도 겨울을 향해 뒷걸음치고 있는 것 같은 날들이 이어지고 있었다. 줄기만 푸르고 속은 얼어있는 식물처럼 하루하루를 살았다.

어느 날 로터리에 있는 장성옥에서 점심을 먹고 오다가 카세트테이프 파는 가게가 있다는 것을 알았다.

그날부터 장성읍에서 하나밖에 없는 테이프 판매점을 자주 갔다. 화장품 가게 한쪽을 차지하고 있는 테이프 판매점에는 정품보다는 서울의 거리에서 쉽게 살 수 있는 길거리 테이프들이 많았다. 가격은 서울만큼 저렴하지 않았지만, 정품보다는 훨씬 쌌다.

나는 무슨 음악 마니아도 아니고, 음악에 깊은 취미가 있는 것도 아니다. 그냥 시간을 죽이기 위해 듣기 때문에 굳이 비싼 돈을 주고 정품을 살 필요는 없었다.

장성에 웬 테이프 판매점이냐고 반문할지 모르지만, 장사는 잘되는 것 같았다. 서울 같았으면 남편이 탄광으로 출근을 하고 나면 아내는 무언가 부업을 했을 것이다. 그 시절 부업이 유행이었다. 봉제공장에서 나온 옷의 실밥을 따는 일이며, 단추를 다는 일, 전자제품 회로를 조립하는 일 등 부업을 하려면 얼마든지 할 수가 있었다.

장성에서는 그런 일을 할 수가 없었다. 하다못해 텃밭을 일구고 싶어도 까맣게 내려앉은 석탄가루 때문에 채소를 가꿀 수가 없었다. 남편이 광업소 다니는 집은 거의 사택에서 살았다. 낮에 할 수 있는 일이라고는 사정이 이웃한 여인들끼리 모여서 노래를 들으며 뜨개질을 하거나, 잡담을 나누는 일밖에 없었다. 테이프가 잘 팔리는 이유인 것이다.

"오셨네요. 오늘 새로 들어온 테이프 있어요."

사십 대 초반의 여주인은 때로는 먼저 테이프를 추천하기도 했다. 산울림이나 양희은, 서유석의 테이프를 샀다. 김만준의 '모모'와 송골매의 '세상 모르고 살았노라'는 취향이 맞아서 심심할 때마다 워크맨에 테이프를 삽입했다.

국내 가요는 조용하면서도 정적인 것을 좋아했지만 외국 가요는 비틀즈나, 롤링스톤, 보니 엠, 사이먼과 가펑클, 스모키 등의 애절하면서도 호소력 짙은 팝송을 자주 들었다.

밤이 늦도록 노래를 들으며 줄거리를 모두 알고 있는 소설을 다시 읽다 보면 12시를 훌쩍 넘기기 일쑤였다.

사람은 밤이 깊으면 잠을 자야 한다. 낮에도 허공중에 떠 있는 것처럼 종일 지루한 시간을 보내서 그런지 잠이 오지 않았다. 정 견디기 힘이 들면 오징어나, 땅콩을 안주 삼아 캡틴큐를 취하도록 마셔야 잠이 왔다.

캡틴큐에 취해 잠이 든 날이면 늦잠을 잤다. 8시쯤 일어나서 연탄 보일러 위에서 설설 끓고 있는 뜨거운 물에 찬물을 타서 머리를 감았다. 머리를 감은 물은 버리지 않고 와이셔츠를 빨거나 양말이며 속옷을 빨았다.

점심시간에 박미자가 보험모집인을 하겠다는 여자를 데리고 왔다. 영주에 살 때 생명보험 모집인을 잠깐 했었다는 조혜숙의 나이는 41세다. 한때는 보험모집인을 해서 그런지 옷차림이 장성에서 쉽게 볼 수 있는 또래의 여자들보다 조금은 세련되어 보였다.

"생보를 했었다니까 모집인이 어떻게 일해야 하는지는 알고 계시죠?"

내가 영업소 운영지침서에 나오는 대로 부드럽게 물었다. 여자는 대뜸 시험은 어디서 보느냐고 물었다.

"강릉 가서 봅니다."

"책이나 한 권 주이소. 내 공부해서 올끼예. 모집인 합격하면 생보처럼 정착수당은 주시는 거지예?"

조혜숙이 백 마디 말이 필요 없다는 표정으로 깔끔하게 말했다. 그녀가 말하는 책은 모집인 시험용인 보험계약실무 책자다.

"어머머! 소장님 이 언니, 참말로 화끈하죠?"

박미자가 짝 소리가 나도록 손뼉을 치고 내 팔을 잡았다. 내 팔을 마구 흔들면서 호들갑을 떨었다. 이혜진이 커피를 내 와서 큼! 헛기침을 하며 쟁반을 책상 위에 내려놨다. 조혜숙에게 먼저 커피를 줄 줄 알았는데 박미자에게 커피잔을 내밀었다.

"언니, 커피."

박미자가 내 손을 놓고 커피잔을 조혜숙 앞으로 갔다. 조혜숙이 당연하다는 얼굴로 커피잔을 받으며 빈 책상 앞에 앉았다.

“우선 점심부터 먹죠? 눈도 올 것 같은데 뭐 따끈따끈한 거로?”

“조 사장님은 뭐 드시고 싶으세요?”

내 말이 끝나자마자 이혜진이 조혜숙에게 다가갔다. 명함을 내밀며 활짝 웃는 얼굴로 물었다. 내 눈에는 박미자의 시선을 제압하려는 행동으로 보였다.

“앞으로 자주 볼 사인데, 간단한 거로 먹읍시더. 짜장이나 그런 거로…”

“언니, 오늘 같은 날 짜장으로 되겠어? 요 앞 진미식당에 가서 삼겹살 구워 먹을까?”

박미자가 조혜숙의 손을 잡고 사근사근한 목소리로 물었다.

“언지… 총무님 지는 짜장면 먹겠습니더.”

“그럼 탕수육도 하나 시킬까요?”

조혜진이 생긋 웃으며 하는 말에 이혜진이 수화기를 들고 물었다. 이혜진의 표정은 내가 허락을 하지 않아도 중국 음식을 시키겠다는 표정이다. 나는 웃는 얼굴로 고개만 끄덕거렸다.

3월인데도 북향인 자취방은 겨울에 파묻혀 있었다.

수돗물은 얼지 않았지만, 방문을 열면 냉기가 먼저 반겼다. 3월 들어서 자취방은 연탄 고래가 잘못되었는지 하루가 멀다고 불이 꺼졌다. 퇴근했을 때 불이 꺼진 날은 별문제가 되지 않는다. 번개탄으로 연탄불을 살려 놓고 방 안에서 이불을 외투처럼 몸을 감싸고 소설을 읽거나, 노래를 듣고 있으면 시나브로 방이 따뜻해진다.

문제는 잠을 자는 도중에 연탄불이 꺼졌을 때이다.

꿈은 현실을 반영한다. 연탄불이 꺼졌을 때는 차가운 바위에 앉아 있는 꿈을 꾸거나, 팬티 바람으로 마당에 나가는 꿈을 꾸게 된다. 길을 가다가 미끄러져 검은물이 흐르는 하천으로 빠지는 꿈을 꾸거나, 트럭이 쏜살같이 달려가며 차가운 물을 튕겨 버리는 꿈을 꾸기도 한다. 눈을 뜨면 이불 밖의 담요 감촉이 얼음처럼 차가 왔다. 또는 영업소에 앉아 있는데 누군가 갑자기 창문을 확 열어 재끼는 꿈을 꾸다 놀라 눈을 뜨면 연탄불이 꺼져 있을 때이다. 이불 밖으로 담요를 쓰다듬어 보면 차가운 양철을 만지는 것 같은 감촉이 섬뜩하게 전해졌다.

한밤중에 일어나 번개탄을 피울 수는 없는 노릇이다. 그즈음 미군들이 입고 다니는 야전잠바를 검게 물들여 입고 다니는 것이 유행이었다. 야전잠바에는 방수가 되는 모자가 달려 있다. 모자를 쓰고, 모자 끈을 당겨 조였다. 지퍼를 목까지 끌어 올려서 바람구멍 하나 없이 싸맨 차림으로 태아처럼 잔뜩 움츠린 자세로 이불을 덮었다.

아침에 일어나면 3월인데도 자리끼로 떠다 놓은 주전자의 물이 꽁꽁 얼었다. 술이라도 많이 마신 다음 날 새벽이면 물을 마시기 위해 부엌칼이나 수저로 얼음을 깨트렸다. 얼음 조각을 입에 물고 깜박 잠이 들었다. 날이 새면 봄볕처럼 따뜻한 잠이 밀려왔다. 밤새 몸의 체온으로 이불 속을 덮여 놓은 까닭이다.

연탄불이 꺼져서 얼음장 같은 방에서 잠을 자면서 하숙집을 구해야겠다는 생각은 들지 않았다. 지금 생각해 보면 혼자 자취를 하는 것보다 하숙비가 훨씬 싸게 먹혔다. 자취를 하다 보면 밥 한 끼를 해 먹는 돈이 식당에서 먹을 때보다 많이 먹힐 때가 비일비재하다.

찌개를 끓여도 동태 한 마리를 넣고, 마늘이며 무, 고춧가루 파 등을 넣다 보면 한 끼가 아니고 서너 끼를 먹을 정도 분량이 된다. 그걸 매일 먹으면 되는데, 마음먹고 찌개를 끓여 놓으면 꼭 외식해야 할 이유가 생긴다. 밥하기가 귀찮아서 식당에서 밥을 먹게 되면 필연적으로 반주가 따른다. 나중에는 밥값보다 술값이 많이 들어간다.

하숙을 하게 되면 연탄불 때문에 신경 쓸 필요도 없고, 때가 되면 항상 따뜻한 밥을 먹을 수 있다. 그런데도 하숙을 해야겠다는 생각이 들지 않았다.

훗날 돌이켜 봐도 밤이면 유령의 집 같은 안채가 버티고 있는 문간방을 떠날 생각을 하지 못하고 있었던 점은 쉽게 해석을 할 수가 없었다. 경제적 여유가 없는 것도 아니다. 툭 하면 연탄이 꺼지는 얼음방이 지상에 단 한 칸밖에 없는 방이라고 믿을 만큼 머리가 나쁘지도 않았다. 더 기가 막히도록 어이가 없는 것은 월세방이면서 주인에게 방구들을 뚫어 달라거나, 연탄불이 자꾸 꺼지는 이유에 관해서 묻거나 수리를 원하지 않았다는 점이다. 그냥 하루하루 황무지에 힘들게 서 있는 식물처럼 살았을 뿐이다.

철암에 있는 전자제품 대리점에 보험 때문에 갔다가 독수리표 카세트테이프레코더를 발견했다. 영화 같은 데서 보면 흑인들이 어깨에 메고 다니는 휴대용 전축이다. 테이프를 두 개나 넣을 수 있어서 쌍방향 녹음도 가능한 전축이다.

겨울은 영원히 장성을 떠나지 않을 것처럼 찬바람이 칼날을 세우고 칼춤을 추는 날 거리는 싸늘하도록 인적이 드물었다. 거인의 휘파람 소리를 내며 어디선가 달려온 바람이 세움 간판이나 양철지붕의 따귀를 냅다 갈기고 달아나면 심연같은 정적이 감돌았다. 그것도 잠깐 어느 식당에선가 술 취한 광부들이 젓가락으로 상을 두들기며 부르는 유행가 소리를 삼켜버린 바람이 시멘트 도로에 파도처럼 밀려왔다.

영업소를 나서서 몸서리치게 자취방에 들어가기 싫은 날들이 있다. 냉방은 그런대로 참을 수 있다. 방문을 열고 전기 스위치를 올렸을 갑자기 방 안이 환해지면 어둠 속에서 웅크리고 있던 외로움이 방 안 가득 차올랐다.

외로움의 밀도가 강한 날은 온기 훈훈한 버스를 타고 가다 저물녘 들판에 함부로 버려진 것 같았다. 그런 날은 발길을 돌려 숙이네분식으로 향했다.

"죽음에 대해 생각해 본 적이 있어?"

늦은 밤 비어 있는 거리를 얼음기를 품은 바람이 서성거리는 날일수록 이영숙의 젖꼭지는 오만하게 형광 불빛을 노려봤다. 이영숙이 아이처럼 내게 젖꼭지를 물리고, 내 머리카락을 쓰다듬으며 속삭였다.

"죽음은 관념이 아닌가요?"

이영숙의 말이 심각하게 들리지 않았다. 이영숙의 젖가슴을 탐하며 코맹맹이 소리로 반문했다.

"관념이라는 말이 정답 같네."

이영숙이 내 얼굴을 들어 올렸다. 키스를 하는데 그녀가 울고 있을지도 모른다는 생각이 들었다. 입술을 떼고 얼굴을 바라봤다. 그녀의 눈을 살펴볼 사이도 없이, 얼른 입술을 덮어왔다.

"여자는 광업소에 출근하는 남자 앞을 지나가면 안 돼. 만약 실수로 광부 앞을 걸어가거나 지나갔다면 광부는 출근을 안 해. 광업소에서도 여자 때문에 오늘 하루 쉰다고 하면 휴가 처리를 해 주지."

그녀의 젖가슴은 늘 뜨거웠다. 난로가 꺼진 날도, 겨울비가 추적스럽게 내리는 날도, 눈보라가 몰아치는 날도 그녀의 젖가슴은 얼굴을 데일 정도로 뜨겁게 부풀어 있었다.

나는 그녀의 젖가슴이 좋았다. 아니 편했다. 그녀의 젖가슴에 묻혀 있으면 편했다. 봄날 햇볕을 받고 있는 고양이 가슴처럼 따뜻하고 매끌거렸다.

그녀와 나는 서로를 갈구하면서도 약속이나 한 것처럼 '사랑'이라는 말은 애초 존재하지도 않았던 것처럼 언급하지 않았다. 남자와 여자가 서로의 몸에 심취해 있으면서 흔히 주고받는 '좋아', '아름다워'. 같은 말도 하지 않았다.

그냥 황무지를 헤매다 지친 몸으로 간신히 둥지를 찾아온 어린양처럼 갈증을 채웠다. 그녀는 내 목마름을 채워주면서 가끔 독백을 뜨거운 육체와 아무런 관련 없는 말들을 토해냈다.

"갱에 들어가는 광부들의 도시락에 짠 반찬은 없어. 사람이 더우면 소금을 먹잖아. 짠 반찬을 먹으면 땀을 흘릴 일이 생긴다는 거야. 갱이 무너져서 빠져나오느라 땀을 흘리게 된다는 거지."

내가 갈증 들린 사람처럼 그녀의 가슴을 탐해도, 그녀는 성욕이 춤을 출 때 남녀 사이에 주고받는 말은 하지 않았다. 밭에서 일을 하고 온 아낙네가 어린아이에게 젖을 줄 때처럼 내 머리카락을 쓰다듬으며 섹스와 관련이 없는 말들을 속삭였다.

4. 광부의 딸

장성의 겨울은 깊고 매웠다. 영원히 머물 것 같은 겨울도 따뜻한 봄볕을 견디지 못하고 두꺼운 옷을 벗어부쳤다.

장성에서 4개월 동안 수십 권의 장편소설을 읽은 것을 제외하고는 한 것이 없었다. 물론 서울에 있었어도 직장과 하숙집을 다람쥐 쳇바퀴 돌 듯 오가며 야금야금 세월을 까먹었을 것이다. 하지만 장성은 서울과 다르다. 서울에서는 글을 쓰고 싶어도 시간이 없었다.

장성에서는 그물 구멍처럼 시간이 많다. 근무시간에 소설을 쓴다고 해도 이혜진은 물론이고, 어느 사람 하나 간섭할 사람들이 없었다. 그런데도 소설을 쓰려고 작심을 하면 한 자도 써지지 않았다. 때로는 부르주아는 예술가가 될 수 없다는 말처럼, 너무 환경이 좋아서 글이 써지지 않는 것일까? 하는 생각에 젖어 들기도 했다. 하지만 환경이 너무 좋아서 글이 써지지 않는다는 생각은 오래가지 않았다.

세상은 상대성이다. 환경이 좋으면 글이 안 써진다는 가정(假定)을 세우려면 환경이 열악해야 글이 잘 써진다는 가정도 성립이 된다. 과연 그럴까? 나는 전혀 그렇지 않다고 생각한다. 끼니를 걱정하면서 허리띠를 졸라매는 상황에서 글이 눈에 보일 리가 없다. 당장 막노동하거나, 친척들이나 친구한테 사정해서 끼니를 때우는 것이 먼저일 것이다.

근대사를 더듬어 봐도 50년대 작가들이나 60년대 작가들 모두 허리띠를 졸라매고 끼니를 거르며 글을 쓴 것은 아니다. 그런데도 시인이나 소설가는 가난하게 산다는 관념이 세상을 평정하는 배경은, 글을 써 봐야 읽어주는 독자가 없으니까 작가는 가난하게 살 수밖에 없다는 지론이 숨어 있다.

예술을 한다는 것은, 장롱을 짜고, 집을 짓고, 짜장면을 만들거나, 볼펜 공장을 하는 것과 다르다.

예술은 인간의 본능을 위로하고 아름답게 만드는 작업이다. 인간의 영혼을 위로하는 행위를 금전적으로 환산할 수는 없을 것이다. 잘 쓴 소설을 읽고 감동하고 눈물을 흘리거나, 깊은 감동에 사로잡히는 것도 영혼이 위로를 받았기 때문일 것이다.

나는 완벽한 글을 쓰고 싶었다. 200자 원고지 120장 분량의 소설에서 단 한 줄만 빠져도 전체가 와르르 무너지는 완벽한 소설을 쓰고 싶은 것이 꿈이다. 내가 읽고 감동한 많은 소설보다 좋은 소설을 쓰겠다는 꿈은 나에게 의무이자 권리라고 생각했다.

소설이 써지지 않으면 잠도 오지 않았다. 잠이 오지 않으면 오만 잡스러운 생각들이 상상의 바다를 헤엄쳐 다닌다. 결국, 머리가 지끈거리고, 시간은 망상에 멱살을 잡힌 체 움쩍달싹도 못 하면 캡틴큐에 의존할 수밖에 없다. 잠이 오지 않는 밤의 캡틴큐는 35도짜리 국산 양주가 아니다. 절망하고 있는 예비작가를 안식의 길로 인도하는 생수일 뿐이다.

서울에서 준석이가 전화를 했다.

지금 청량리역이다. 오후 2시에 출발하는 기차를 탈 생각이니 황지로 마중을 나오라는 전화다.

나는 갑자기 마음이 바빠지기 시작했다. 방학도 아닌데 왜 갑자기 오는지는 감을 잡을 수가 없었다. 문득 보고 싶어서 많은 시간 동안 기차를 타고 오지는 않을 것이다.

학교에서 퇴학을 당했나?

요즘 정국이 심상치 않다. 데모를 하는 학생들을 반공법 위반이나, 계엄법 위반으로 구속을 한다는 뉴스가 자주 나온다. 만에 하나 준석이 신변에 무슨 변화가 있다면 머물고 싶을 때까지 집에서 머물게 하리라 생각했다.

준석이가 황지에 도착하면 8시쯤이나 9시쯤 된다. 그 시간에 황지역으로 나가기로 하고 퇴근해서 집 청소를 했다. 집 청소라고 해봤자, 냄비에 남아 있는 찌개를 버리거나, 그릇을 정돈하고 이불을 햇볕에 말리는 정도였다.

준석이는 8시 반쯤 고개를 푹 숙이고 개찰구를 나왔다. 얼굴이 좀 여위어 보이는 것 하고는 변하지는 않았다.

"지낼 만하냐?"

준석의 야윈 얼굴과 다르게 손가락은 놀랄 정도로 힘이 있었다. 내 손가락이 아플 정도로 악수를 했다.

"여기까지 오느라 고생했다."

우리는 서로 가볍게 포옹을 하고 황지 역사를 나갔다. 지난 1월 처음 황지역 광장에 내렸을 때는 캄캄하고 추웠었는데 밤바람이 서늘할 정도였다.

"여기도 사람이 사는 데구나. 난 좀 특별한 곳인가 했다?"

준석은 주변을 두리번거리며 천천히 걸었다.

"대한민국 다 똑같아. 어딜 가나 한국 사람들이잖아. 한국 사람들이 사는 모습이 다르겠어? 외국 이민 가서도 설날에 떡국 끓여 먹고, 추석에는 송편 먹는다는데…"

"너, 몇 개월 안 본 사이에 세계관이 거시적으로 변했구나?"

"쓸데없는 소리 그만하고. 뭐 좀 먹자."

"그래, 여덟 시간이나 기차를 타고 왔더니 배가 고프다."

황지역을 벗어나서 제법 규모가 큰 식당으로 들어갔다. 밤 9시가 넘은 시간인데도 손님들이 많았다.

"구정 때 아버님께 세배 갔었다. 왜 안 내려왔냐?"

준석이 소주 한 잔을 달게 마셨다. 스스로 잔을 채우고 젓가락을 들며 나를 바라봤다.

"구정 날이 토요일이잖아. 또 우리 집은 신정 쇠고, 여기서 대전 가려면 멀기도 하고…"

나는 종일 술에 취해 하루를 보냈다. 연탄불이 꺼져서 방이 얼음장 같았으나 귀찮아서 그냥 서울역 홈리스들처럼 이불을 어깨에 두르고 술을 마시기도 했다.

"핑계도 많다. 그래도 구정 예배는 드리던데…"

"신도분들 중에 나이 드신 분들은 죄다 구정을 쇠시잖아…학교는 잘 다니지?"

"학교?"

준석이 삼겹살을 소금에 찍으며 맥없이 웃었다. 뭔가 있구나? 하는 생각이 불현듯 스쳐 갔다.

"요즘도 학교 문 안 열었냐?"

"학교가 무슨 구멍가게냐? 문을 열고 안 열고 하게…다음 주에 공장에 취직할 생각이다."

"왜? 학교에서 짤렸냐?"

나는 준석이 위장 취업을 하려 한다는 것을 짐작하면서도 일부러 물었다.

"술이나 마시자. 인생이라는 것이 어차피 마음먹은 데로 되는 것이 아니잖냐."

준석이 맥없이 웃으며 말을 끊었다. 주인을 불러서 빈 소주병을 흔들어 보였다.

준석은 고기는 먹는 시늉만 냈다. 김치며 깍두기 볶음 멸치를 안주 삼아서 취하도록 마셨다.

우리는 어깨동무를 하고 밖으로 나갔다. 내가 여관으로 가자며 걸음을 옮겼다.

"집을 두고 여관에는 왜 가냐?"

"방이 좀 그렇다?"

"네, 놈이 날 친구로 생각한다면 얌전히 집으로 안내하거라."

술 취한 준석의 목소리를 거부할 수 없어서 택시를 세웠다. 준석은 택시에 올라타자마자 눈을 감고 등을 의자에 기댔다.

"행동하는 양심이 되어야 하는데 너무 힘들다."

준석이 눈을 감고 혼잣말로 중얼거렸다. '행동하는 양심'이라는 말은 정치인 김대중이 연설을 할 때 자주 사용하는 말이다.

준석이는 이내 잠이 들었다. 택시는 어둠 속을 익숙하게 달리기 시작했다. 나는 준석이 못지않게 취했지만 잠이 오지 않았다. 어둠에서 어둠으로 달리는 창문 밖을 물끄러미 바라보고만 있었다.

장성에서 내렸다.

집으로 가기 전에 슈퍼에 들려 캡틴큐 대(大)자와 오징어를 샀다. 준석이 비틀거리며 맥주도 몇 병 사자고 지갑을 꺼내 들었다.

"넌, 손님이잖아."

"지랄, 언제부터 내가 손님이냐. 맥주 정도는 나도 살 수 있다."

준석이 비틀거리면서도 맥줏값을 계산했다. 나를 바라보며 씩 웃고 밖으로 나갔다.

집으로 들어가는 골목을 걸어가며 습관적으로 파출소를 바라봤다. 순경 한 명이 우리를 쭉 지켜보고 있었다는 얼굴로 문 앞에 서 있었다.

"집 좋네."

4월이지만 방 안에는 냉기가 감돌았다. 더구나 준석을 만나면 여관에서 잘 생각으로 연탄불을 신경 쓰지 않았다. 준석은 아무렇지도 않다는 표정으로 방바닥에 앉아서 방 안을 둘러 보았다.

"책 많이 읽고 있구나?"

윗목에 책꽂이도 없이 수십여 권의 책이 쌓여있었다. 준석이 마음에 드는 것을 찾았다는 얼굴로 웃었다.

"심심해서."

나는 부끄럽고 민망해서 얼른 잠들고 싶었다. 그때서야 이불을 덮으면 온기는커녕 습기가 찰 것이라는 생각이 뒤늦게 들었다. 이불을 핑계 삼아 여관으로 가자는 말을 하려고 준석이를 바라봤다.

"너, 고등학교 다닐 때부터 소설가 되겠다고 했잖아. 부럽다. 아직도 꿈을 잃고 있지 않다니."

"소설가는 무슨 개뿔!"

준석이는 나라의 미래를 걱정하고 있다. 나는 너무 부끄럽고 창피해서 쥐구멍이라도 있으면 들어가고 싶을 정도였다. 얼른 캡틴큐의 뚜껑을 열었다.

그날 밤, 준석이와 나는 작고 초라한 내 방에서 별다른 이야기를 하지 않았다. 오랜만에 만났으니 밤을 새워도 부족할 만큼 피차 할 말들이 많았을 것이다. 그런데도 우리는 싱거운 말들만 주고받다가 취해서 잠이 들었다.

이튿날 준석은 새벽에 바람처럼 홀연히 사라졌다. 나한테 부담을 주지 않을 생각으로 간다 온다 말도 없이 사라졌다고 믿고 싶었지만, 서운한 감정을 다스릴 수가 없었다.

-작가의 산실

벽에 준석이 정성을 들여 쓴 글씨를 읽는 순간 도둑질을 하다 들킨 사람처럼 얼굴이 화끈거렸다. 이어서 눈물이 왈칵 쏟아졌다.

이혜진은 4월인데도 난로를 피웠다.

양지에는 햇살이 뜨거울 정도지만 영업소 안에서는 양복을 입고 있어도 덥지가 않았다.

이혜진과는 말을 트고 지내는 사이가 됐다. 나는 가능한 존댓말을 쓰고 싶었다. 소장님은 제가 그렇게 미우세요? 나이도 저보다 두 살이나 많으시니까 당연히 편하게 말씀하셔야 하는 거 아닌가요? 이혜진의 몇 번이나 말을 편하게 해 달라는 부탁에 마지못해 말을 놓기로 했다.

이혜진에게 말을 놓기 시작하면서 조금은 거리가 가까워진 느낌이 들었다. 그녀는 직장에서의 상하 관계는 존중을 하면서도, 남자와 여자 사이의 거리는 좁히려고 노력하는 점이 눈에 보일 정도였다.

이성적인 관점으로 본다면 이혜진은 신붓감으로 모자람이 없을 정도다. 얼굴이 못생긴 것도 아니고, 몸매가 뚱뚱한 것도 아니다. 성격이 남달라서 이기적이거나, 위선적이지도 않다. 스물다섯 먹은 보통의 직장인으로 모자람이 없었다. 사복을 입고 밖에서 같이 걸어도 나보다는 잘생긴 여자다. 그런데도 나는 그녀가 여자로 보이지가 않았다.

그녀가 여자로 보이려면 기본적으로 동성이 아닌 이성으로 보여야 할 것이다. 그녀를 이성적으로 생각할 겨를이 없는 것은 준석이 벽에 나기고 간 글씨 영향이 컸다.

준석은 나에게 작가의 꿈을 잃지 말라는 뜻으로 써 놓은 글이겠지만, 나는 내가 몹시 사랑하고 있던 그 어떤 존재물로부터 버림받은 것 같은 생각에서 벗어날 수가 없었다.

하루빨리 소설을 열심히 쓰는 길만이 준석이 기대에 부응하는 길이였을 것이다. 소설을 쓰지 못하는 날들이 첫사랑으로부터 버림받은 것 같은 상실감속으로 나를 몰아넣고 있었다.

아침에 차가운 물로 머리를 감고 나면 고래 심줄처럼 질긴 밤을 보냈던 무력감이 한꺼번에 씻어 내려가는 것 같았다.

아침은 먹지 않고 영업소에 출근해서 커피를 마시는 것으로 대신했다. 블랙커피를 한 잔 마시고 나면 포만감이 일어나서 허기를 느낄 수가 없었다.

"오늘도 아침 안 드셨죠?"

가끔 이혜진이 출근길에 빵과 우유를 사 오기도 했다. 쟁반에 빵을 담고, 우유를 컵에 따라서 책상 위에 차려 놓으면 안 먹어 줄 수가 없었다. 고맙기는 했지만, 부담이 가서 점심을 사 주거나, 저녁에 황지로 가서 저녁을 먹기도 했다.

밤이 낡은 가죽처럼 부드러우면서도 질길 때는 가끔 숙이네분식에 갔다.

이영숙과는 스스럼없는 사이가 돼서 가끔은 돼지고기를 볶거나 매운탕 같은 것을 끓여서 늦은 저녁과 함께 술을 마셨다.

알코올 중독자들은 손이 제멋대로 떨리는 수전증에 잘 걸린다. 술을 급하게 몇 잔 마시고, 취기가 오르면 거짓말처럼 수전증이 사라진다.

이영숙과 나는 술에 취하기 전에는 손님과 주인으로 격식을 갖췄다. 어느 정도 취기가 얼굴에 번지면 독일 여자처럼 풍만한 젖가슴에 파묻히거나, 혀가 아프도록 딥키스를 하는 사이가 됐다.

내가 이해할 수 없는 점은, 이영숙의 얼굴이나 몸매가 부족한 점이 없는데도 늘 그놈은 낮잠을 자거나 염불을 외운다는 점이다. 더 이상한 점은 이영숙은 단 한 번도 나한테 성기능에 문제가 있느냐고 물어본 적이 없었다.

나 또한 그녀의 몸을 뜨겁게 달궈 놓고 맥없이 물러나는 점에 미안해해 본 적은 없었다. 그런 면에서 어쩌면 그녀와 나는 서로의 허전한 마음을 잠깐씩 채워주는 장난감을 갖고 있는지 모른다.

"키스할까?"

"젖도 빨고 싶어."

우리의 목소리는 진지했지만, 서로의 영역을 침범하는 대화는 하지 않았다. 그래서 성욕은 변방에 떠도는 눈먼 새들의 울음소리에 불과했다.

더는 손님들이 오지 않을 시간이 됐다.

그녀는 자연스럽게 출입문의 고리를 채우고 간판의 불을 껐다. 칼국수 그릇과 소주병이 있는 천장의 형광등만 남겨두고 나머지 영역은 어둠으로 밀어 버렸다.

"추워."

그녀의 말이 아니더라도 난로 안의 연탄불을 연탄 아궁이로 옮겨진 뒤였다. 한때는 용암처럼 뜨거운 연탄을 품에 안고 몸을 태웠던 연탄난로는, 하얗게 재만 남은 가슴으로 숨을 죽이고 우리를 지켜봤다. 그녀가 내 옆으로 자리를 옮겼다. 어깨를 마주하고 천천히 소주를 마셨다.

나는 자연스럽게 그녀의 옆구리를 휘감으며 독일여자처럼 풍부한 그녀의 젖가슴을 감쌌다. 그녀가 내게 얼굴을 기대며 내 잔에 소주를 따랐다.

탄가루를 뒤집어쓴 가로수에 쌀 한 톨 크기의 싹이 돋았다. 준석은 컴컴한 새벽에 절망으로 가득 채워진 방을 떠난 후 전화가 오지 않았다.

준석의 부재가 불안감으로 살아 오를 때마다 준석의 부모님이 사는 집으로 전화를 하고 싶은 갈망이 꿈틀거렸다. 행여, 준석이 잘못됐으면 어쩌나 하는 낯설고 무서운 두려움에 전화번호를 누를 수가 없었다.

그런 날 퇴근 후면 퇴근길에 슈퍼에 들려서 캡틴큐를 사 들고 집으로 갔다.

-작가의 산실

준석이 볼펜으로 눌러 쓴 글씨를 지워버리고 싶은 충동이 문득문득 일어날 때마다 캡틴큐를 마셨다.

내가 장성에서 머무는 1년여 기간 동안 단편소설 한 편도 완성하지 못한 이유를 알았다. 나는 어리석게도 어쭙잖은 광기에 사로잡혀 있었다. 이제 겨우 습작을 하기 시작한 초보자가 세기에 남을만한 작품을 쓰겠다는 원대한 포부를 안고 있었으니까 소설을 쓰지 못하는 이유는 당연했다.

아무튼, 그시절 4월은 밤과 낮은 양면성을 띠고 있었다. 밤은 너무 길고, 낮은 너무 건조해서 생기가 없는 날들을 보냈다.

영업소에서 내려다보이는 뒷마당에 잎사귀가 한 잎도 없는 나무가 한 그루 서 있었다. 눈이 내리는 날이면, 가지마다 눈을 소복이 안고, 비가 내리는 날은 묵묵히 비를 맞고 있는 나무가 무슨 나무인 줄은 몰랐다. 아니 알고 싶지도 않다는 표현이 옳았을 것이다.

어느 날부턴가 영원히 잎새를 피우지 못할 나뭇가지에 하얀 목련 봉오리가 하나둘 피어나기 시작했다. 그때서야 봄의 전령인 목련 나무인 줄 알았다. 목련 나무가 신기해 보여서 한참을 내려다봤다.

"목련꽃이 참 이쁘죠?"

이혜진이 곁으로 오는 줄 몰랐다. 여자 향수 냄새가 나는가 했더니 이혜진이 옆으로 다가왔다. 나처럼 목련 나무를 내려다보며 중얼거렸다.

“난 저 나무가 목련 나무인 줄 몰랐어. 그냥 뒷마당에 나무 한 그루가 서 있구나, 하는 생각만 했지.”

“겨울에 오셨으니까요.”

“서울은 지금쯤 목련이 활짝 폈다가 지고 있을 때 일거야.”

겨울에 오셨으니까요, 라는 말이 쓸쓸하게 들려서 혼잣말로 중얼거렸다.

“여긴 겨울이 길잖아요. 요즘 집에서 식사 안 하시죠? 소설책도 자주 안 읽으시는 것 같아요.”

이혜진이 혼잣말로 중얼거리다가 나를 향해 돌아섰다. 나를 바라보는 눈빛에 연민이 섞여 있어 보여서 부담이 됐다.

“책 읽을 만한 것이 별로 없어. 서울에 가서 책 좀 사 올 생각 중.”

나는 아무 생각 없이 말을 하고 나서, 갑자기 서울의 풍경들이 그리워졌다. 서울에 가면 헌책방이 많다. 읽고 싶은 책을 한 박스쯤 사서 화물로 부치면 될 것이다.

“어머, 언제 가실건데요?”

연민으로 가득 차 있던 이혜진의 얼굴에서 거짓말처럼 환희가 물결쳤다.

“아직 날짜는 안 정했어.”

“저도 같이 가요. 서울 구경 좀 시켜주세요.”

“남동생 때문에 서울 자주 가는 편 아냐?”

“동생 입학식 할 때 딱 한 번 가 봤어요. 그때도 엄마하고 아빠하고 흑석동인가 하는 곳에 있는 대학교에 가서 입학식만 보고 시간이 없어서 점심도 못 먹고 바로 기차 타고 왔어요."

"날씨 좀 더워지면 가자."

"정말 데리고 가 주실 거죠?"

이혜진이 내 손을 잡고 팔짝팔짝 뛰면서 아이처럼 좋아했다. 나는 빈말로 대답했었다. 이혜진이 너무 좋아하는 모습을 보니까 미구에 그녀와 서울행 기차를 탈 수밖에 없다고 생각했다.

"동생 자취방이 흑석동이라고 하지 않았어?"

이혜진과 서울행을 결정하고 나니까 구체적인 계획이 대충 떠 올랐다. 황지역에서 오후 2시 기차를 타고 가면 청량리에 9시나 10시쯤 도착할 것이다. 철로가 단선이라 연착을 하면 더 늦게 도착할 수도 있다. 당장 잠 잘 곳을 찾아야 된다는 생각이 나서 물었다.

"거긴 왜요?"

이혜진이 금방 어두워진 얼굴로 반문했다.

"당일치기는 할 수 없으니까 하룻밤을 자야잖아. 우리 집이 서울에 있다면 데리고 가서 재울 수 있지만, 나도 집이 서울이 아니거든."

"그냥 여관에서 같이 자면 안 돼요?"

"가…같이 잘 수야 있지. 하지만 각각 방을 잡아서 자는 것도 좀 이상하잖아…"

이혜진이 너무 오누이처럼 말을 하니까 내가 나쁜 마음을 먹은 꼴이 되고 말았다.

"그렇긴 하네요…하지만 제가 서울 간다면 집에서 그냥 맨몸으로 보내겠어요. 밑반찬이랑, 쌀이랑 바리바리 싸 들고 가야 하는데…"

이혜진은 말을 하기 민망스러운지 고개를 들지 못했다. 양손으로 머리카락을 만지작거리며 풀죽은 목소리로 중얼거렸다.

"그럼 부모님한테는 서울간다는 말하지 않을 생각이었어?"

"동점에 친구가 살거든요. 토요일 근무 끝나고 친구집에 가서 놀다가 일요일 늦게나 오겠다고 말할 생각이었거든요."

"그럼 좀 더 생각을 해 보자. 당장 내일 가는 것도 아니잖아."

"여…여관에서 따로 잘 수도 있잖아요."

이혜진이 이 기회를 놓치면 다시는 기회가 오지 않을 것이라는 머리카락을 만지작거리며 나를 응시했다.

"그러자구."

이혜진이 적극적으로 나오니까 부담감이 슬그머니 사라졌다. 여관방 두 칸을 잡아서 잠을 자도 민망할 이유가 없을 것 같았다.

"어머! 정말이죠?"

나는 대답 대신 웃었다. 이혜진은 소녀처럼 해맑게 웃으며 기뻐했지만 서울행은 이루어지지 않았다.

서울로 가기로 한 토요일 영업소에 배달된 신문에 사북에 광부들이 폭동을 일으켰다는 뉴스가 1면을 장식했다. 자세히 읽어 보니까 민영탄광으로는 제일 큰 동원탄좌 사북광업소 노조원들이 폭동을 일으켰다는 것이다.

"지금 광업소에도 형사들이 쫙 깔렸데요."

이혜진은 이미 사북에서 일어난 광부들의 사태를 잘 알고 있었다. 그늘이 진 얼굴로 힘없이 말했다.

"서울에는 못 가겠네?"

사북은 황지와 정선 사이에 있는 곳이다. 장성 광업소는 그런 데로 복지가 잘 되어 있다. 군소 탄광은 사북광업소 못지않게 환경이며 복지가 열악하다. 그런데도 광업소에 형사들이 깔렸다면 정부에서 상황을 심각하게 인식하고 있을 것 같았다. 이혜진의 눈치를 살피며 조용히 물었다.

"하필이면 이럴 때, 월요일날 벌어지지 않구선…"

이혜진은 눈물을 글썽거렸다. 이혜진의 눈에서 번지는 눈물을 보니까 내가 일부러 약속을 어긴 것처럼 미안했다. 한편으로는 모처럼 서울에 가서 소설책 좀 구입하려던 계획이 깨져 버려서 허전하기도 했다.

"우리 서울 못 가는 대신 점심때 맛있는 거 시켜 먹을까?"

"술 한잔 사 주실래요? 너무 속상해서 술이라도 마셔야겠어요."

"술 마실 줄 알아?"

"어머머, 제가 어린앤 줄 아세요? 저 스물다섯 살이라구요. 내 친구들 시집가서 애 낳고 사는 애들 많아요."

이혜진이 너무한다는 얼굴로 쏘아붙이고 홱 돌아섰다. 자기 책상 앞으로 갔다. 책상에 엎드려 눈물을 흘리는지 어깨가 작게 파동을 치고 있었다.

"농담으로 한 말야."

이혜진 곁으로 갔다. 등을 토닥거려주면서 부드럽게 말했다. 이혜진이 속상해 눈물을 흘리는 이유는 꼭 서울 구경을 못 가서는 아닐 것이다. 나와의 1박2일 여행이 사북폭동 사건 때문에 깨졌다는 점 때문에 화가 나서 우는 것일 것이라는 생각이 들었다. 어차피 미래가 보이지 않는 하루를 살고 있다. 이 여자와 결혼해 버리고, 유야무야 살아 버려. 유니폼을 입은 이혜진의 등에서 따뜻한 온기가 전해지는 걸 느끼는 순간 절망의 여신이 붉은색 망토로 나를 덮어 버리는 것 같은 느낌이 들었다.

"정말, 속상해 미치겠어요."

이혜진이 벌떡 일어서더니 내 품에 안겼다. 가슴에 얼굴을 기대고 흐느껴 울기 시작했다. 갑자기 시간이 멈춰 버린 것처럼 머릿속이 텅 비어 버렸다. 여자가 내 품에 안겨 우는 것은 처음이다. 아니, 난 솔직히 우는 여자를 달래는 방법을 알지 못했다. 소설에서 읽어 본 적도 없었다.

"다, 다음에도 갈 수 있잖아. 신문 보니까 사북 폭력사태는 오래 갈 것 같지는 않던데."

"정말이죠?"

이혜진이 눈물이 번들거리는 얼굴로 나를 바라봤다. 눈동자에 투명하게 맺혀 있는 눈물에 투영된 내 얼굴이 보였다. 어떠한 일이 있더라도 이혜진을 데리고 서울에 꼭 가야겠다는 생각이 들었다.

"내가 언제 거짓말하는 거 봤어?"

"고, 고마워요."

이혜진이 나를 꼭 끌어안으며 내 가슴에 얼굴을 묻었다. 나는 엉겁결에 그녀를 끌어안을 수밖에 없었다. 내가 껴안는 것을 느낀 이혜진이 눈을 감고 나를 올려다봤다. 이혜진의 얼굴이 참 희다는 생각이 들면서 스물일곱의 청춘이 이성을 내팽개치는 것을 느꼈다.

그녀의 입술에서 떫은 풋감 냄새가 났다. 이영숙처럼 딮키스를 하지 않았다. 모닥불 앞을 스쳐 지나가는 바람처럼 짧았으나 여운이 강렬했다. 이혜진이 고개를 숙이고 영원히 내 품에서 머물겠다는 몸짓으로 찰싹 달라붙었다. 바람은 바람일 뿐이다. 아무리 뜨거운 바람도 달려가는 바람은 멈출 수도 없고 뒤돌아볼 수도 없다.

이혜진과의 짧은 키스는 서울행을 포기하는 결과가 되고 말았다. 나는 기억상실증에 걸리기라도 한 것처럼 서울 운운하지 않았다. 나중에 서울에 갈 때도 이혜진에게 말을 하지 않았다.

그녀도 서울행 운운하는 것은 동숙을 원한다는 말과 동의어가 되어버렸는지 언급을 하지 않았다. 그렇게 이혜진과의 서울행은 짧은 키스로 막을 내렸다.

조혜숙이 처음으로 목표달성을 했다. 장성영업소 영업망에서 저축성 장기보험 10건은 쉽지가 않다. 조혜숙이 보험을 받은 곳은 철암에 있는 제재소다. 탄광의 갱이 무너지지 않도록 받쳐주는 갱목을 취급하는 제재소인데 제법 규모가 커서 직원이 15명 정도 되는 곳이다. 그곳에서 사장을 비롯해서 근무 연차가 10년 이상 직원 열 명 단체보험을 가입시켰다.

보험 계약이 성사되는 날 조혜숙이 원하는 대로 대형 벽시계에 영업소 이름을 써서 기증을 했다. 보험료를 받아서 오는 길에 철암에 있는 식당에서 이른 저녁을 대접했다.

소주 몇 잔을 마신 조혜숙은 두고 보라며, 앞으로 매달 목표를 달성할 수 있다며 너무 즐거워했다.

“저도 믿습니다. 다음 달에도 목표를 달성하시면 제가 한턱 내겠습니다. 물론 지점장님께 말씀을 드려서 별도로 시상을 하도록 하겠습니다. 생보에 있을 때도 영업을 잘하셨겠군요.”

“솔직히 영주에서 보험회사 다닐 때는 공무원들보다는 많이 벌었다 안 합니꺼? 애기아빠가 부도만 안 났어도 예, 여기로 이사 올리도 없었고, 지금도 영업을 하고 있었을 겁니더.”

“남편분이 광업소에 근무하고 계신다고…”

“네, 맞아요. 부도 맞고 집에서 놀고 있다가 국회의원 빽으로 광업소 과장으로 취직했다 안합니꺼.”

“부도를 맞다뇨? 사업을 하셨습니까?”

“건설회사를 크게 했어예. 밑에 직원이 영업자금을 빼서 도망을 치는 통에, 알거지 됐습니더.”

조혜숙은 한숨을 내쉬며 빈 잔을 들었다. 조금 전만 해도 붉게 취기가 돌던 얼굴에 씁쓸한 웃음이 감 돌았다. 영업권역이 워낙 협소해서 조혜숙을 도울 수 있는 방법은 쉽지가 않을 것이다. 하지만 최대한 지원해 줘야겠다는 생각이 들었다.

내가 장성영업소에 부임해서 박미자가 금액 시상과 모집인 시상을 한 번씩 받았다. 보험계약 건수를 목표달성 한 것은 조혜숙이 처음이다. 날을 잡아서 한 달에 몇 번씩이라도 출근하는 모집원이며 대리점 사장들을 모두 영업소로 불렀다. 영업소에 모이는 모집인 중에는 처음 얼굴을 보이는 사람도 있었다.

나는 이혜진의 소개로 한 명도 빠짐없이 인사를 했다. 가는 말이 고우면 오는 말도 곱게 마련이다. 비록 초면이지만 반가운 얼굴로 인사를 했다. 상대방은 그렇지가 않았다. 오래전부터 나를 잘 알고 있었다는 얼굴로 고개만 끄덕거리거나 자리를 피했다.

인사를 하고 나서 보니까 내가 영업소로 부임하고 두 번째로 많은 인원들이 영업소에 모였다. 주인공은 당연히 조혜숙이다. 조혜숙을 모집인으로 등록시킨 박미자는 이혜진을 도와서 커피를 끓이고 차를 타서 돌렸다.

시상금은 십오만 원이지만, 영업소 업무추진비 오만 원을 더해서 이십만 원을 지급했다. 냉정하게 판단해 보면 시상금 이외에 오만 원을 더 지원해 줄 필요는 없었다. 오히려 선례가 돼서 박미자도 영업소 지원금을 달라고 할지도 모른다. 그런데도 하루하루가 너무 무의미하게 흐르고 있는 중에, 그나마 신규모집인이 목표달성 했다는 점이 생기를 불어넣는 것 같아서 지원해 줬다.

"소장님 더 오실 분은 안 계신 것 같아요. 그만 시작하시죠."

이혜진의 말에 시계를 봤다. 여섯 시가 지났는데도 밖은 어둡지가 않았다. 나는 장성의 영업권역이 작지만, 작으면 작은 대로 노력만 하면 충분히 고소득 모집인이 될 수 있다는 간단한 격려사를 하고 조혜숙에게 시상 소감을 발표하라고 주문했다.

"저는 여기가 객지입니더. 남편이 광업소 과장으로 취직을 해서 여기로 이사를 왔습니더. 고등학교 다니는 아들하고 딸이 있고요. 당장 2년 후면 아들이 대학에 가야 카는데, 남편의 수입으로는 서울에서 대학을 보낼 수 없을 것 같아서 보험영업을 시작했습니더. 이번에 목표를 달성하고 느낀점이지만, 여기서도 얼마든지 목표를 달성할 수 있다는 자신감이 생겼습니더. 여러분들도 모두 노력하셔서 좋은 결실을 얻길 빕니더."

조혜숙은 말도 조리 있게 잘했다. 마지막 인사로 영업소장의 전폭적인 지원이 있었다는 점도 잊지 않았다.

자리를 삼거리에 있는 장성옥으로 옮겼다. 정육점과 식당을 겸영하는 장성옥은 장성에서 고기가 가장 맛있다고 소문이 난 곳이다. 2층은 상호가 없고 그냥 한글로 비어홀이라는 글씨가 유리창에 선팅되어 있을 뿐이다. 20평도 안 되는 작은 홀에는 아가씨들이 접대를 한다. 기타를 치는 사람이 전자오르간으로 소형 무대에서 연주하는 곳으로 저녁마다 손님들이 붐볐다.

스무 명을 상대로 술을 마시다 보니 금방 취기가 돌았다. 계산은 영업소에서 하더라도 적당한 시기에 일어나야겠다며 틈을 노렸다.

"소장님 제 술 한잔 받으셔야죠."

조혜숙과 같이 앉아 있던 박미자가 소주병을 들고 내 옆에 와서 앉았다. 다른 모집인과 대화를 나누던 이혜진도 소주병을 들고 일어서서 내 옆으로 왔다.

"소장님 총무 술부터 받으시죠."

술자리에 빙 둘러앉아 있는 사람들은 최소한 나보다 여덟 살 이상은 많은 분들이다. 이혜진은 나보다 두 살이나 어려서, 삼촌이나 고모나 이모들과 술을 마시는 기분이 들 것이다. 그런데도 얼굴이 빨갛게 물들었다. 그녀는 주량이 있어서 반병 정도는 얼굴에 살짝 노을이 질 정도다.

이혜진과는 엉겁결에 짧은 키스를 하고 나서 한동안은 시선을 마주치지 못할 만큼 서먹서먹했었다. 취중에 서로 마음이 동해서 키스를 한 것도 아니다. 남녀 관계는 늘 묘할 묘(妙)자가 성립된다. 갑자기 묘한 상황이 연출되어 키스를 했을 뿐인데도 영업소라는 공간에 둘이서 주로 시간을 보내다 보니 긴장이 좀처럼 녹지 않았다.

어쩌다 시선이 마주치면 할 말이 있는 것 같은 눈빛으로 바라보다 이내 고개를 숙였다. 나도 미안하고 민망하기도 해서 슬쩍 시선을 돌리기 일쑤였다.

"총무님 순서를 지켜야죠."

사람이란 느낌이 있을 것이다. 박미자는 요즘 들어 이혜진이 예전 만큼 살갑게 대하지 않다는 것을 알고 있을 것이다. 박미자는 이혜진에게 양보를 하지 않고 내게 빈 잔을 내밀었다.

"어머! 죄송해요. 전 벌써 박 사장님이 소장님께 술을 드린 줄 알았어요. 어서 따라 드리세요."

이혜진은 놀랍도록 명랑하게 양보를 했다. 하지만 승리한 자로서 패배자에게 아량을 베푸는 표정이다. 박미자의 표정이 빠르게 일그러지는가 했더니 이내 생긋 웃으며 내 술잔에 소주를 따랐다.

"소장님 저도 한잔 따라 주세요."

이혜진은 나한테 술을 따르지 않았다. 내가 마신 잔을 얼른 들어서 내 앞으로 내밀었다. 박미자가 어이없다는 얼굴로 바라보든 말든 시치미를 뚝 떼고 웃었다.

"총무는 나하고 자주 마시잖아."

나는 어깨를 으쓱거리며 박미자에게부터 술을 따랐다. 이혜진은 만족한 얼굴로 자기 자리로 돌아갔다.

봄이 되면서 부쩍 얼굴이 피는 것 같은 이혜진은 자기 자리에서 나를 바라보며 술잔을 들어 보였다. 나도 이혜진에게 술잔을 들어 보이며 건배하자는 표정을 지었다.

"소장님은 언제 결혼할 생각이세요. 결혼할 나이가 됐잖아요."

박미자가 다른 모집인이 보든 말든 삼겹살을 상추에 싸서 내밀며 물었다.

"장가?"

나는 박미자의 말이 너무 생소하게 들려서 고개를 갸웃거렸다. 결혼은커녕 여자에게도 별다른 관심이 없었다. 물론 스물일곱 살의 피 끓는 정력이 가끔 견딜 수 없도록 여체를 갈구할 때도 있었다. 그럴 때는 자위를 하거나, 직업여성을 찾기도 했다. 그뿐이다. 정욕의 찌꺼기를 배설하고 나면 여자는 내게 먼 그대일 뿐이었다.

"애인 있으세요?"

"없는데요? 소개해 주시려고요?"

박미자의 표정이 농담같지 않아서 웃는 얼굴로 물었다.

"학교 선생님이거든요. 스물다섯 살인데 한번 만나보실래요?"

"에이, 누가 저 같은 보험쟁이를 만나겠어요."

"어머, 소장님이 어때서요? 장성에서 소장님 정도면 에이스라구요. 에이스가 무슨 뜻인지 아시죠?"

"박 사장님의 호의는 고맙지만 전 아직 생각없습니다. 한 서른 살쯤에…"

"서울로 가셔서 결혼하시려고 그러시는구나? 소장님도 이 년 있으시면 서울로 가실거잖아요."

"아닙니다. 제가 좀 계획하고 있는 것이 있어서요. 그때 좋으신 분 소개해 주세요."

"그럼 서울 가서도. 결혼하시려면 저한테 연락을 주셔야 해요. 자, 약속."

박미자가 갑자기 새끼손가락을 내밀었다. 나는 얼떨결에 박미자와 새끼손가락을 걸었다. 무심코 이혜진을 바라봤다. 이혜진이 황당하다는 표정을 짓고 있는 모습을 보니까 마른 웃음이 나왔다.

얼굴을 쓰다듬는 밤바람이 아직은 차가 왔다. 술을 많이 마셔서 차가운 바람이 오히려 좋았다. 집으로 가는 길에 화장품 가게 앞에서 멈췄다.

화장품 가게 앞에 내놓은 스피커에서 비지스의 노래가 흘러나오고 있었다. 유리창 안으로 음악 테이프를 진열해 놓은 것이 보였다.

주인 남자가 신문을 읽고 있다가 게으르게 시선을 돌렸다. 내가 테이프 진열된 곳으로 가는 것을 확인하고 다시 신문에 코를 박았다.

보니 엠의 테이프를 골랐다. 몇 번 들은 적이 있는 펑키타운이 수록되어 있는 테이프다.

"비닐 뜯으면 꼭 사야 합니다."

남자주인이 신문지를 카운터 위에 올려놓으며 말했다.

"계산 먼저 하겠습니다."

내가 지갑을 꺼내자 주인이 테이프의 포장을 뜯기 시작했다. 가게 앞에 있는 스피커와 연결이 되어 있는 카세트에 집어넣었다. 아닌 밤중 시커먼 거리에 보니 엠의 선율이 흘러나가기 시작했다. 발음이 빨라서 가사는 정확히 해석할 수 없었지만 경쾌하면서도 강렬한 리듬이 좋았다.

"소장님 오늘 한잔하신 것 같네요."

여주인이 가게 안으로 들어와서 반갑게 인사를 했다. 나도 얼떨결에 인사를 했다. 남편에게 우리 가게 단골손님이라고 소개를 했다.

"소장님이라니? 어느 광업소?"

"광업소가 아니고, 보험회사."

"아! 보험회사 영업소장님이세요?"

남편이 카운터 밖으로 나와서 악수를 청했다. 젊은 사람이 출세했다면서 잠깐 이야기를 좀 할 수 있냐고 물었다.

"네, 괜찮습니다…"

"보험에 대해서 좀 물어봐도 되겠습니까?"

"당연하죠. 뭐든 물어보십시오."

뜬금없이 보험이라는 말에 술이 확 깨는 것 같았다. 그러나 이내 실망으로 변했다. 남편이 묻는 보험은 장학보험으로 생명보험회사에서 취급하는 상품이었다. 내색은 하지 않고 저희 보험회사는 상해와 화재나, 사고에 대한 보험만 취급한다며, 원하시면 제가 자세하게 말씀드려 볼 분을 소개해 주겠다고 말했다.

"아, 아닙니다. 저는 소장님이 단골이라시는 말에, 나도 보험 하나 들어줘야 하지 않겠나, 하는 생각에 물어봤습니다."

"감사합니다. 저희도 저축성 보험을 취급하고 있으니까 한번 들려주세요."

나는 무의식중에 말을 하고 사람은 환경의 동물이라는 것이 실감

나는 것 같았다. 늘 보험영업을 하는 사람들과 같이 있다 보니 나도 영업사원이 되어 버린 것 같았다.

집으로 가기 전에 슈퍼에 들렀다. 캡틴큐를 사서 주머니에 넣고 집으로 가려다 숙이네분식쪽으로 돌아섰다. 비틀거리는 몸짓으로 쓸쓸함을 품고 있는 식당 안으로 들어섰다. 이영숙은 어묵에 꼬챙이를 끼우고 있었다.

"술 마셨네? 칼국수 끓여줄까?"

이영숙이 어묵을 꼬챙이에 끼우며 물었다.

"한잔할까요."

나는 배가 부르지만, 칼국수라는 말에 뜨거운 국물이 생각났다. 의자에 앉으면서 이영숙을 바라봤다.

"많이 마신 것 같은데…"

이영숙은 어묵꼬치를 얹은 쟁반을 비닐로 감쌌다. 냉장고 안에 넣고 주방 쪽으로 갔다. 설설 끓고 있는 물을 국자로 퍼서 냄비에 넣었다. 칼국수를 한 줌 집어넣고 밑반찬을 챙겨 쟁반에 담았다.

"고기 구워 먹었구나?"

이영숙이 쟁반에 있는 반찬들을 식탁에 주섬주섬 내려놓으며 냄새를 맡는 표정을 지었다.

"네. 오늘 직원들 회식했습니다. 직원들은 장성옥에서 아직 먹고 있습니다. 저 혼자만 나왔거든요."

나는 이영숙이 남동생처럼 살갑게 대해주는 점이 부담돼서 가끔은 슬펐다. 이영숙은 바람이 유난히 많이 부는 날이나, 소나기가 내리는 날, 눈이 소복하게 쌓이는 날은 남편을 잊지 못해 술에 의존하고 자는 날이 많다고 말했다. 자신의 외로움도 주체하지 못하면서 나를 위로해 주는 행동을 할 때마다 가슴이 저렸다.

"죽음은 관념이라는 말이 딱 맞는 말 같아."

이영숙이 소주잔을 기울이면서 내 얼굴을 응시했다. 소주잔을 물고 있는 입술 안으로 소주가 조금씩 빨려 들어가고 있었다. 마치 그녀의 영혼을 술잔에 담아서 조금씩 삼키는 모습처럼 보였다.

"요즘 안 좋은 일이 있었어요?"

"왜?"

"지난번에도 죽음 운운하더니, 오늘도…"

이영숙의 말이 예사롭게 들리지 않았다. 그동안 죽음에 관해서 쭉 생각하고 있었다는 말처럼 들려서 반문했다.

"나 같은 년한테 안 좋은 일이 생길 턱이 있나. 이상하게 요즘 죽는 것이 뭔지 하는 생각이 들어서 말했을 뿐야."

"좋은 남자 만나서 새로운 인생을 살아보시지 그래요. 박미자 씨가 그러는데 장가오고 싶어 하는 남자들이 많다고 하든데?"

"미자가 그래? 저나 시집 가라고 그래."

이영숙이 코웃음을 치면서 스스로 잔을 채우려고 술병을 들었다. 내가 얼른 술병을 받아서 천천히 잔을 채워줬다.

"그 분은 애가 둘이잖아요."

배는 부르지만 뜨거운 칼국수 국물은 시원했다. 이영숙은 저녁을 먹지 않았노라며 칼국수를 안주 삼아 소주를 마셨다. 나는 시간의 낚싯대를 이영숙에게 드리웠다. 이영숙은 다른 날과 다르게 현실적 언어로 다가왔다.

"난 아들이 없어? 나도 제천 친정에 아들 있잖아. 아들 때문에도 재혼 생각은 안 해봤어."

"돌아가신 분도 사장님이 행복하게 사시는 걸 원하고 계실 것이라는 생각은 안 해 보셨어요?"

"그런 생각을 왜 해?"

"사랑은 희생이라고 하잖아요."

"내가 왜 자기를 좋아하는지 알어? 자기는 주관이 뚜렷한 면이 있어. 다른 여자들은 몰라도 내 눈에는 그래."

이영숙이 술잔을 홀짝 비워버리고 일어섰다. 간판의 불을 끄고 내 옆에 앉아서 빈 술잔을 들었다.

"나하고 결혼할까요?"

이영숙의 얼굴이 갑자기 낯설게 보였다. 낯설게 보이는 이영숙의 손을 잡고 간절하게 말했다.

"우린 절대로 부부가 될 수가 없어. 자기도 그 점을 잘 알잖아."

이영숙이 내 바짓가랑이를 주물렀다. 염불하고 있던 그놈이 화들짝 놀라더니 이내 침묵을 삼켰다.

"내가 진지해지면 결혼해 줄래요?"

나는 갑자기 소설가 흉내는 이쯤에서 끝내고 이영숙의 품에 빠져 살고 싶은 생각이 들었다. 이영숙의 얼굴을 바라보면서 바짓가랑이를 더듬고 있는 손목을 잡고 진지하게 말했다.

"남녀 사이에서는 진지해질수록 상처가 크다네. 우리 서로 진지해지지 말자."

이영숙이 내 얼굴에 가볍게 키스를 했다. 어린 동생을 다루듯 내 머리를 부드럽게 쓰다듬으며 말했다.

5. 렛미 미 데어

토요일 퇴근 후에 혼자 늦은 점심을 먹으려고 춘양식당으로 갔다. 식당 안에는 낮인데도 드럼통 테이블은 빈자리가 거의 없었다. 뒷문 쪽에서 막 손님들이 일어나고 있었다. 계산대 앞에 서 있다가 손님들이 일어선 자리로 가서 앉았다.

봄 날씨치고 무더워서 뒷문을 열어놓았다. 시커멓게 흐르는 하천에 초등학생 몇 명이 쪼그려 앉거나 돌아다니며 무언가를 찾고 있었다. 한눈에 봐도 학생들이 입은 옷은 브랜드가 있는 옷들이다. 브랜드 옷을 입은 학생들이 검은물이 흐르는 검은자갈밭 위에서 놀고 있는 모습이 아이러니하게 보였다.

원래 시장기를 느끼면 술맛도 땡기는 법이다. 다른 사람들이 소주잔을 기울이며 돌구이를 맛있게 먹는 모습에 갈증이 일어났다. 그렇다고 혼자서 돌구이를 먹을 수는 없는 노릇이다. 된장찌개를 먹을까, 김치찌개를 먹을까 갈등하고 있는데 내 또래의 남자가 테이블 앞에서 멈췄다.

"동석 좀 할까요?"

나는 대답 대신 가벼운 웃음을 날렸다. 남자는 주먹을 말아 잔기침을 하며 드럼통테이블 맞은 편에 앉았다.

주인이 먼저 온 나한테 먼저 무엇을 먹을 것이냐고 물었다. 돼지고기를 넣어 끓인 된장찌개와 소주 한 병을 주문했다. 남자는 된장찌개만 주문했다.

처음 보는 남자 둘이 할 말이 있을 리 없다. 나는 곁눈질로 슬쩍 남자를 바라봤다. 나처럼 평범한 얼굴이다. 가벼워 보이는 봄 재킷을 입은 모습이 광부처럼 보이지는 않았다.

테이블이 십여 개밖에 없는 식당 안은 한낮인데도 시장바닥처럼 시끌시끌했다. 대부분 광업소 유니폼을 입었거나, 작업복 차림의 손님들 얼굴은 하나같이 건강해 보였다. 맥주잔에 따른 소주를 벌컥벌컥 마시고 볼이 미어터지도록 상추쌈을 먹는 손님들의 목소리는 굵고 기름기가 흐르고 있었다.

넥타이에 양복 차림의 손님들이 옆 테이블의 눈치를 보아가면서 조용히 술잔을 기울이고 있는 서울의 식당의 분위기가 시냇물이라면, 검게 빛나는 얼굴로 거칠게 술을 마시는 춘양식당의 분위기는 황톳물이 흐르는 급류같았다. 질풍노도와 같이 흐르는 황톳물 속에는 무엇이 살고 있는지 보이지 않는다. 오직 평안과 안식이 있는 바다를 향해 흘러갈 뿐이다.

주인이 소주와 밑반찬을 가져왔다. 깍두기며 어묵볶음에 콩나물무침, 멸치볶음과, 검은콩자반이다. 검은콩자반을 보니까 장성에 온 첫 날 숙이네분식에서 소주 안주로 먹던 검은콩자반이 생각났다. 숙이네분식은 깨끗하고 하얀 사기접시에 담겨 있었다. 불에 검게 그을리거나 탄 흔적이 있는 에나멜 접시에 담긴 검은콩자반은 말라비틀어져 윤기가 없었다.

"한잔하실래요?"

소주 뚜껑을 따다가 남자를 바라봤다. 남자는 내 소주병을 바라보는 중이다. 혼자 마시기가 미안해서 소주병을 들어 보였다.

"지낼 만합니까?"

남자가 기다렸다는 얼굴로 일어섰다. 주방 쪽으로 가서 자연스럽게 빈 소주잔을 들고 와서 내밀며 물었다.

"저를 아십니까?"

길거리를 걷다 보면 갑자기 낯선 남자가 다가와서 '전생을 믿습니까?'라고 물을 때가 있다. 황당하기도 하고 어이가 없기도 해서 대답을 안 하고 옆으로 슬쩍 피해 가던 길을 간다. 내가 남자에게 전생을 믿느냐는 표정으로 물었다.

"보험회사 영업소장님 아니세요?"

남자가 내 잔에 술을 따라주면서 묻는 말에 이혜진의 말이 생각났다. 장성 시내에 사는 사람들은 모두 날 알고 있으니 남자 역시 날 알고 있을 것이다. 실소를 머금고 남자 앞으로 술잔을 내밀었다.

남자들 사이에 술은 없어서는 안 될 소통의 화신이다. 우리는 된장찌개가 나오기 전에 소주를 각 한 병씩 마셨다. 남자의 이름은 권태익이다. 그도 장성이 객지였다. 원래 집은 제천이고 고등학교도 제천에서 나왔다. 제천 부잣집으로 시집을 간 누나가, 매형이 보증을 잘못 선 통에 재산 모두 말아먹고 장성으로 내려와 산다고 했다. 광업소 경리과에 근무하는 매형의 소개로 우체국에 취직해서 다니고 있다고 말했다.

그 시절에도 우체국은 공무원이었는데 임시직으로 취직을 해서 1년 정도 근무를 하면 정식 공무원이 되는 케이스가 있었다. 권태익은 그런 케이스로 우체국에 다닌지 4년째라고 말했다.

아픈 사람 심정은 아픈 사람이 아는 법이다. 권태익은 나보다 2살 많았지만 서로 장성이 객지라서 금방 친해졌다. 친해졌다고 해서 고등학교 동창이나 고향 친구들처럼 마음을 터놓는 사이는 아니다.

권태익에게서 나는 보험회사 영업소장이고, 내게서 권태익은 우체국에서 우표를 팔고 저울로 소포의 무게를 재는 우체국 직원에 불과했다. 꼭지가 돌도록 술잔을 나누어도 그즈음 사북에서 일어나는 노동문제라든지, 정치적으로 민감한 계엄 문제 같은 것은 거론하지 않았다. 남자들끼리 모여서 할 말이 없을 때 단골 메뉴로 등장하는 군대 이야기라든지, 축구 이야기를 하면서 시간을 까먹었다.

오랜만에 삼중당 문고에서 나온 '폭풍의 언덕'을 읽기 시작했다. 방안에 연탄불을 피우지 않아서 담요가 눅눅하기는 했지만 참을만했다.

독수리표 전축에서는 김정호의 노래가 가냘프게 흘러나오고 있었다.

폭풍의 언덕은 영국 작가 에밀리 브론테가 썼다. 폐결핵으로 30살에 세상을 떠나서 유일한 소설인 셈이다. 하지만 그녀의 소설은 지금도 영국하고는 아무런 관계가 없는 한국의 한 독자가 읽고 있다는 것을 생각하면 절망이 밀려왔다.

다른 한편으로는 나도 이 정도는 충분히 쓸 수 있다는 자만심이 샘솟았다.

소설 읽기를 그만두고 막상 쓰려면 자만심은 꼬리를 감추고, 생각은 글의 바다를 덧없이 떠돌기 시작한다. 나침판도 없이 글의 바다를 떠돌다가 희미한 등대 불빛이 보이기 시작하면 희망이 생긴다. 희망의 끈을 놓지 않으려고 안간힘을 쓰며 노를 저어가도 배는 좀처럼 앞으로 나가지 않고 등대의 불빛이 멀어져 가는 것을 느끼면 절망이 밀려오기 시작했다.

일요일이다.

늘어지게 늦잠을 자고 마당으로 나갔다. 햇살이 마당에 깔린 시멘트 바닥을 환하게 비추고 있었다. 수도꼭지의 물이 겨울처럼 차갑지가 않았다. 머리를 감으니까 간밤의 심란한 꿈이 깨끗이 사라져 버렸다. 이어폰을 귀에 끼고 벌렁 누웠다. 올리비아 뉴튼 존의 '렛미 미 데어'가 흘러 나오기 시작했다.

당신이 어디를 가든

인생의 어느 곳에서 방황을 하든
확실히 알고 있겠죠
그곳에 나도 함께 있고 싶어한다는 것을
당신의 손을 잡고 옆에 서 있다가
넘어지면 잡아 줄 거예요…

마당에 먹을 것도 없는데 안채 슬레이트 지붕에서 참새들 울음소리가 들렸다. 올리비아 뉴튼 존의 목소리가 멀어져 가고 참새 울음소리가 귓전을 울렸다. 문득 어머니에게 전화나 해야겠다는 생각이 들어서 일어났다.

영업소 안은 서늘한데 창문 밖에는 햇볕이 요란했다. 대전 집에 전화했다. 가는 날이 장날이라고, 오늘이 일요일이라는 걸 알고 맥없이 수화기를 내려놓았다. 아버지는 목회를 진행 중이시고, 어머니는 신도들이 점심때 먹을 국수 삶는 것을 진두지휘하고 있을 것이다.

햇볕이 등을 따뜻하게 쓰다듬고 있었다. 신문을 읽었다. 사북사태에 관한 기사는 더 나오지 않았다. 계엄령을 전국으로 확대할 것이라는 기사가 나왔다. 문득 준석이 어떻게 지내는지 궁금했다.

준석의 자취를 하는 집주인의 준석이 어디 사는지 모른다는 허망한 답변만 들었다.

계엄령에 관한 뉴스를 읽고 있는데 전화벨 소리가 요란하게 침묵을 흔들어 깨웠다.

권태익의 목소리가 수화기를 통해 흘러나왔다. 심심해서 우체국에 출근했는데 딸기 사 먹으러 가지 않겠냐고 물었다? 웬 딸기? 딸기는 삶거나 볶아 먹는 것이 아니다. 생으로 먹는 딸기를 장성에서도 재배하냐고 물었다.

“탄광이 없는 지역에 가면 딸기 농사를 많이 짓거든.”

“그래도 딸기는 좀 그렇잖아. 우리가 여고생들이나 이십대 여자 애들도 아니고…”

“에이, 바람 쐬러 가자는 거지. 딸기밭에 가서 바람도 쐬고 놀다오자구.”

권태익의 생각은 나쁘지 않았다. 장성에서 교통수단은 택시나 버스와 오토바이다. 버스는 철암에서 황지 도계까지 운행을 한다. 다른 지역을 가려면 택시를 이용하거나 오토바이를 이용해야 한다.

권태익과 버스 영업소 근처 버스정류소에서 만나기로 했다. 5월이라서 장성의 하늘은 푸르렀고 바람은 싱그러웠다.

석탄가루를 뒤집어쓴 버스가 도착할 때마다 얼굴이 거무스름한 피부가 구릿빛으로 번쩍이는 남자들이 붉은색 작업화를 신고 내렸다. 검은 매연을 날리며 버스가 떠나면 무위도식하는 세월을 보내고 있다는 자괴감이 고개를 들었다. 그러면 푸른 하늘에서 검은 탄가루가 가슴에 쌓이는 것 같은 느낌이 들어서 답답했다.

권태익이 광부들처럼 작업화를 신고 왔다. 금천골에 가면 딸기밭이 있다고 해서 버스를 탔다. 버스 유리창을 통해 투과되는 햇살이 더웠다. 광업소를 지나서 황지쪽으로 가다 금천골로 들어가는 초입에서 내렸다.

"누나가 딸기를 엄청나게 좋아하거든."

"결국, 누나 심부름으로 딸기 사러 가는 거네?"

나는 권태익의 속내가 기분 나쁘게 들리지 않았다. 영업소 일이 아닌 자유로운 영혼의 의지에 따라 처음으로 장성 시내를 벗어나서 기분이 상쾌했다. 버스를 기다릴 때의 답답하던 기분도 사라졌다.

탄광이 있는 산은 갱에서 파낸 바위며 돌들이 아래로 깔려 있어서 금방 알아볼 수가 있다. 권태익이 접어든 산에는 탄광의 흔적이 없었다.

작은 계곡에 흐르는 물도 맑았다. 장성 와서 처음으로 보는 맑은 물이다. 물이 너무 맑아서 한 모금 마시고 싶은 충동이 일어날 정도였다. 물은 계곡에서 천으로 흘러 강을 이루고 바다를 만든다.

계곡에서 흐르는 맑은 물도 황지천에 합류를 하면서 검은물이 되어버릴 것이다. 맑은 물은 이야기를 품고 있지만 검은 물은 침묵을 삼키고 있다는 생각이 들어서 감개가 무량했다.

산비탈에 딸기밭이 보였다. 삼백여 평의 딸기밭에 60대로 보이는 밭 주인이 풀을 뽑고 있었다. 권태익이 밭 주인하고 잘 아는지 반갑게 인사를 했다. 밭 주인한테 물어보지도 않고 딸기를 따서 내게 내밀었다.

"먹어 봐. 새콤달콤한 맛이 서울에서 사 먹던 딸기 맛하고 다를 거야."

나는 엉겁결에 딸기를 받았다. 미안해서 밭 주인에게 인사를 하고 딸기를 한입 베어 물었다. 허구한 날 술에 절어 있어서 그런지 놀랍도록 새콤한 맛은 아니다. 산을 오르느라 갈증이 일어나던 참이라서 식감이 좀 시원하다는 느낌이 들 뿐이었다.

딸기밭 한쪽에는 원두막처럼 지붕을 하고 평상을 만들어 놓았다. 근처에 탄광이 없어도 바람은 슬레이트 지붕 위에 탄가루가 묻어 있었다. 비바람을 견뎌내느라 모서리가 깨지고 낡은 슬레이트 지붕 밑은 그늘이 져 있었다.

권태익과 나는 작은 바구니에 먹을 만큼 딸기를 땄다. 밭 주인에게는 집에 가지고 갈 딸기를 따 달라고 부탁을 하고 평상에 걸터앉았다. 밭 근처의 숲에는 나무들이 우거져 있지 않았지만 바람은 시원했다. 밭이랑에 쪼그려 앉아서 딸기를 따고 있는 밭 주인의 모습이 정겹게 다가왔다. 어디선가 뻐꾸기 울음소리가 낭랑하게 들려왔다. 시간이 멈춰버린 것 같은 고요한 평화가 이상하게 슬픔 같은 것을 몰고 와서 가슴속에 조용히 내려놓는 것 같은 기분이 들었다.

여고생으로 보이는 여자 두 명이 산자락을 타고 올라오고 있었다. 저 애들도 딸기 사 먹으러 오는 모양이지? 권태익이 딸기에 매달려 있는 파란색 잎을 떼어내며 속삭였다. 글쎄, 다시 뻐꾸기 울음소리가 들렸다.

여자들을 바라보던 시선을 숲으로 돌리고 어디쯤에서 뻐꾸기가 울고 있을까 가늠해 봤다. 여자들이 점점 가깝게 다가왔다.

한 명은 머리카락을 양갈래로 땄고, 다른 쪽은 단발머리인 것으로 보아 장성여고에 다니는 학생들로 보였다. 영업소 총무 이혜진도 장성여고를 졸업했다. 광업소며 읍사무소나 다른 기관에 다니는 여직원들 대부분 장성여고 출신들이라고 해도 무리는 아니다.

"딸기 사 먹으러 온 모양이지?"

딸기밭 어귀에서 걸음을 멈춘 여고생들이 망설이는 표정으로 우리를 바라봤다. 권태익이 딸기바구니를 들어 보이며 말을 걸었다.

"아저씨들이 사 주실 거에요?"

단발머리가 양갈래로 머리를 땋은 친구의 손을 잡고 종달새처럼 물었다.

"딸기 먹으러 왔으면 이리 와. 내가 사 줄게."

"어머! 진짜예요?"

"이 딸기밭에 있는 딸기 모두 사 줄게."

"정말이죠?"

둘은 잠깐 서로의 얼굴을 바라보며 생긋 웃었다. 나이를 짐작해 볼 때 3학년쯤으로 보였다.

나하고 권태익은 신발을 벗고 평상 위로 올라갔다. 여고생들은 평상에 걸터앉았다. 주인이 작은 바구니 넘치도록 딸기를 들고 왔다. 권태익이 단발머리에게 딸기 한 개를 내밀었다. 그것을 시작으로 여고생들이 토끼처럼 딸기를 먹기 시작했다.

"너희들 장성여고 다니지? 이름이 뭐냐?"

"저는 엄경애고, 내 친구는 박순영이에요. 우리가 장성여고 다니는 줄 어떻게 아셨어요?"

단발머리가 시원하게 이름을 밝히며 권태익에게 물었다.

"척 보면 알지."

"아저씨들은 뭐하시는 분들이세요. 광업소 다니시는 분들 같지는 않은데?"

양 갈래 머리를 땋은 순영이 딸기에 붙어 있는 잎사귀를 떼어내서 나한테 내밀며 물었다. 나는 대답을 하지 않고 권태익을 바라봤다.

"나는 우체국 직원이고, 이 사람은 보험회사 영업소 소장님이셔."

"어머, 그럼 서울서 오셨다는 영업소장님이세요?"

순영이는 말을 잇지 못했다. 놀란 얼굴로 경애를 바라봤다. 경애가 눈을 동그랗게 뜨며 나를 바라봤다.

"서울에서 오기는 했지만 고향은 대전이야."

나는 막내 여동생벌 되는 여고생들 앞에서 얼굴이 붉어질 정도로 부끄러웠다. 내가 무슨 영화배우나, 정치인이거나, 장성을 빛낸 인물도 아니다. 보험회사의 영업 일선에서 영업을 지원하는 일개 영업소장에 불과했다. 부끄럽다 못해 민망하기도 해서 일부러 대전이라는 말에 힘을 주어 말했다.

"어디 아프세요?"

"내가 아파 보여?"

순영이 갑자기 목소리를 흐리며 작은 목소리로 물었다. 순영이와 시선이 마주쳤다. 순영의 입술이 유리처럼 투명하다. 소녀들의 입술이 투명하다는 것을 처음으로 알았다.

"네, 좀 아파 보이는 것 같아요."

"딸기를 너무 많이 먹었나?"

"아저씨 참 싱겁다."

순영은 재미있다는 얼굴로 눈웃음을 지으며 나를 계속 바라봤다. 가끔 딸기를 내 앞으로 내밀었다.

"우리 아저씨들 아냐. 스물일곱 한참 때인 총각들이라구."

"피! 저희들이 볼 때는 아저씨들처럼 보이는데요?"

"그래도 오빠라고 불러. 돈 들어가는 것도 아니잖아. 노래 잘 부르게 생겼는데 노래 한번 해 봐."

권태익이 경애를 바라보며 말했다.

"저는 노래 못하는데 순영이는 잘해요. 순영아 노래 한번 불러 봐."

"어머! 내가 언제 노래를 잘했어?"

"빼지 말고 한번 불러 봐."

권태익이 손뼉을 치면서 흥을 돋웠다. 나도 얼떨결에 손뼉을 치면서 순영을 바라봤다. 바람은 시원했고, 순영의 얼굴은 싱그러웠다. 이상하게 순영의 여고생처럼 보이지 않고 성숙한 여자처럼 보였다. 눈을 깜박거리고 다시 바라봤다. 아직 사회의 때가 묻어 있지 않은 여고생이 수줍은 얼굴로 몸을 비틀고 있었다.

"흉보시면 안 돼요.

순영이는 몇 번이나 거절을 하다 하는 수 없다는 얼굴로 일어나서 목소리를 다듬었다. 노고지리의 '찻잔'이라는 노래를 다소곳한 목소리로 부르기 시작했다. 노고지리 테이프는 자취방에 있다. 가끔 들어서 가사를 잘 알고 있었다. 노고지리가 부르는 노래를 이어폰을 통해 들을 때보다 더 생동감 있고 아름답게 들렸다.

너무 진하지 않은 향기를 담고
진한 갈색 탁자에 다소곳이
말을 건네기도 어색하게
너는 너무도 조용히 지키고 있구나
너를 만지면 손끝이 따뜻해
온몸에 너의 열기가 퍼져
소리 없는 정이 내게로 흐른다

깨진 슬레이트 지붕 사이로 빠져 들어오는 햇살에 물들어 있는 순영의 얼굴을 올려다봤다. 아이처럼 뽀얀 살결에 눈이 부셨다. 먼 하늘을 응시하는 순영의 눈동자는 반짝였고, 시장에서 사 입은 것 같은 티셔츠는 고급스러워 보였다. 살짝살짝 보이는 하얀 치아에 햇볕이 박살 나고 있었다. 부드럽게 움직이는 입술은 햇살을 받은 딸기 표면처럼 투명해서 눈이 부실 지경이었다. 부모님 직업이 무언지 모르지만 참 곱게 자란 소녀라는 생각이 들었다.

"제가 노래를 불렀으니까 다음에 노래 부를 사람 지명해도 되죠?"

순영이 한껏 부끄러움으로 얼굴을 물들이고 나에게 물었다.

"권 형도 노래 잘 불러."

나는 막내 동생뻘밖에 되지 않는 순영의 말에 가슴이 떨렸다. 얼굴을 붉히면서 권태익의 어깨를 두들겼다.

"저는 오빠 노래 듣고 싶어요."

순영이가 내 말을 무시하고 나를 바라보며 부끄럽게 말했다. 나는 스물일곱이 되도록 맑은 정신에 사람들 앞에서 노래를 불러 본 적이 없었다. 너무 쑥스럽고 민망한 나머지 가슴이 떨렸다.

"안 나오면 쳐들어간다. 쿵따리 짝!짝!"

권태익이 기다렸다는 얼굴로 손뼉을 치며 분위기를 유도했다. 경애와 순영이도 질세라 손뼉을 치며 내 노래를 기다렸다. 딸기를 따고 있던 밭 주인도 밭이랑에 퍼더버리고 앉아서 재미있다는 얼굴로 나를 바라봤다.

"난 노래 못 부르는데…"

권태익은 내 등을 떠밀고, 경애와 순영이 빨리 부르라고 재촉을 하는 통에 버틸 수가 없었다. 엉거주춤 일어섰다. 슬레이트 지붕 천장이 낮아서 머리에 닿을 것 같았다. 어떤 노래를 불러야 할지 아무 생각도 나지 않았다.

"학교 종이 땡땡땡!"

"에이, 그거 말고 빨리 불러. 그래야 다음에 경애 노래 들을 거잖아."

권태익이 내 장딴지를 치면서 노래를 끊었다. 어서 부르세요. 제 노래를 들으셨잖아요. 순영이 나를 올려다보는 눈빛이 너무 간절해 보여서 그냥 앉을 수가 없었다. 에라! 내가 소녀들 앞에서 떨 나이도 아니고, 아무거나 부르자. 목청을 가다듬고 노래를 부르기 시작했다.

초연(硝煙)이 쓸고 간 깊은 계곡, 깊은 계곡 양지녘에
비바람 긴 세월로 이름 모를, 이름 모를 비목이여
먼 고향 초동친구 두고 온 하늘가
그리워 마디마디 이끼 되어 맺혔네

나는 멀리 광업소 탄광에서 산 아래로 흘러내린 돌무더기를 바라보며 비목을 불렀다. 노래를 잘 불러야겠다는 생각은 없었다. 그저 혼자서 강둑을 거닐며 콧노래를 부르는 식으로 불렀다. 지난밤에도 소설을 쓰겠다고 폼만 잡다가 결국 제풀에 지쳐 잠이 들었다. 소설 한 자도 못 쓰는 놈이 여고생들 앞에서 팔자 좋게 노래나 부르고 있다. 부모님들이 이런 나를 보신다면 얼마나 좌절하고 분노할까를 생각하니 한심하다 못해 비참해져서 콧잔등이 시큰거렸다. 확 죽어 버려! 스스로 목숨을 끊는 사람들을 이해할 것 같다는 생각이 들면서 콧잔등이 시큰거렸다. 눈물을 감추려고 고개를 돌리고 슬쩍 눈가를 닦았다. 순간 순영과 시선이 마주쳤다.

순영이도 울고 있었다. 잘못 봤나? 먼 하늘을 바라보면서 눈물을 슬쩍 닦고 순영을 내려다봤다. 순영이도 경애 모르게 눈물을 훔치고 있었다. '비목'이란 노래에 말 못 할 사연이 있을 것이라는 생각이 들었다.

조혜숙이 장성영업소는 물론이고 황지지점 관내에서 보험 계약 건수, 수금액, 유지율 부분에서 1등을 차지해 3관왕이 됐다. 황지 지점

장으로부터 조혜숙을 데리고 지점으로 오라는 연락이 왔다. 조혜숙은 마침 장성 시내에서 영업을 하는 중이었다.

"저도 따라가면 안 될까요?"

커피를 홀짝거리면서 가망 고객들에게 전화하고 있던 박미자가 가방을 챙기며 말했다.

"지점장님이 조 사장님만 오라고 하셨잖아요."

카운터 앞에 앉아서 보험청약서를 정리하던 이혜진이 끼어들었다. 노골적으로 박미자가 나를 따라서 황지가는 것을 막겠다는 표정이다.

"점심 사 주시려고 하는 것 같은데 같이 가죠. 오랜만에 지점장님께 인사도 드리고…"

내가 가만히 있으면 박미자가 민망해할 것 같았다. 이혜진의 말을 무시해 버리고 박미자에게 눈짓했다.

"소장님, 그럼 저도 따라갈게요. 저도 영업소에 갖다 줄 서류도 있고, 지점장님 뵌 지 한 달이 넘었어요."

"그래, 그럼 영업소 문 잠그고 다 같이 가자."

이혜진은 내가 반대를 하면 금방이라도 울 것 같았다. 박미자는 겉으로 내색은 안 하고 있지만, 눈빛은 별꼴이야, 라고 말하는 것 같았다.

조혜숙이 지금 영업소 밖에 도착했다는 전화가 왔다. 황지 가는 방법에 대해서도 이혜진과 박미자가 주장을 달리했다. 박미자는 네 명이니까 택시를 타고 가자는 쪽이고, 이혜진은 황지지점이 버스정류소 앞 건물이니까 버스를 타고 가자고 말했다.

"마! 고마 버스 타고 가입시더. 시간도 많이 남았고."

다른 날과 다르게 재킷과 스커트로 빼입고 온 조혜숙이 두말할 필요도 없다는 얼굴로 결정을 내렸다.

황지지점장은 우리를 곧장 근처에 있는 삼계탕집으로 데리고 갔다. 지점에서 업무과장이 동행했다.

"영업소장이 인복은 있네. 조 사장님처럼 훌륭하신 분과 함께 하는 것이 인덕 아닌가?"

"지점장님 제가 추천했다는 거 아시죠?"

지점장 옆자리에서 삼계탕을 먹고 있던 박미자가 기회는 왔다는 얼굴로 자연스럽게 말했다.

"압니다. 제가 항상 모집인들에게 말합니다. 장성영업소의 박 사장만큼만 하면 자식 대학 보낼 수 있다고 말입니다. 솔직히 우리 지점 관내에 전업 모집인이 열 명도 안 되잖아요. 상위급 두 분이 장성영업소에 있다는 것만 아시면 됩니다."

좋은 말 해 주는데 얼굴에 침 뱉을 사람 없고, 칭찬해 주는 데 돈 들어가지 않는다. 지점장은 인삼주를 반주 삼아서 삼계탕을 비울 때까지 조혜숙과 박미자를 연신 추켜 세웠다.

"지점장님 어려운 부탁 좀 하나 해도 될까 모르겠심더."

후식으로 인삼차를 먹는 도중에 조혜숙이 어렵게 입을 열었다.

"뭡니까? 조 사장님 부탁이라면 제가 뭘 못 해 주겠습니까?"

"영업하다 보니까예, 영업비가 적지 않게 들어갑니더. 그카고 이왕이면 황지가 아니라 강원도 전체에서 일등 하고 싶은 욕심도 듭니더."

"그래서요?"

지점장의 얼굴에 금방 긴장이 흐르기 시작했다.

"보험대출을 받았으면 해서요."

"아! 전 또 뭐라고요. 아, 얼마든지 해 드리죠. 장기보험 드시고 매월 이자하고 보험료만 내시면 됩니다. 언제든 영업소장에게 말씀만 하십죠. 제가 책임지고 해 드리겠습니다."

"아이고! 너무 고마워예. 사실 제가 거래 하나는 깔끔하게 하는 성격입니더. 영주 사는 친구한테 빌린 돈이 쪼매 있는데, 그걸 갚을라고 합니더."

"걱정하시마십시오. 내일이라도 서류 준비해 오시면 됩니다."

나도 구경만 하고 있을 수는 없었다. 조혜숙을 바라보면서 지점장을 대신해서 말했다.

지점장 일행과 헤어져서 길가에 섰다. 인삼주도 얼큰하게 취하도록 마셨다. 지점장이 점심을 대접했으니 택시비는 내가 지불 할 생각으로 택시를 기다렸다. 이혜진도 인삼주를 몇 잔 마셔서 얼굴이 사과처럼 붉었다. 박미자가 가만히 있으니까 버스 타고 가자는 말을 하지 않았다.

경부선은 복선이지만 강원선은 모두 단선이다. 기차는 도중 도중에 역에서 하염없이 연착했다. 여덟 시간이나 엉덩이가 아프고 좀이 쑤

시도록 앉아서 기차가 출발하길 기다렸다.

창밖의 풍경도 강이 있거나, 아름다운 산이 있는 것이 아니다. 황지에서부터 고한을 지나 사북까지는 탄광이 자주 보이고, 제천까지는 시멘트 광산이 이어졌다.

황지에서 2시에 기차를 탔는데 청량리역에 내리니까 9시였다.

서울에 인척들이 살고 있지만 들어갈 수가 없었다. 부모님은 물론 형제들까지 내가 큰 잘못을 저질러서 장성으로 좌천된 것으로 알고 있다. 인척들이라고 내 본심을 알아 줄 리는 없을 것이다. 그렇다고 해명을 하고 싶지는 않았다.

거의 5개월 만에 보는 서울은 봄이 왔지만, 군인들은 더 많이 보였다. 가로수들은 짙푸른 잎사귀를 품고 있는데 거리에는 찬 바람이 부는 것 같았다.

준석이 자취를 하던 신설동으로 갔다.

내 얼굴을 알고 있던 주인 여자는 반가운 얼굴로 대문을 열어줬다. 준석은 지난 4월에 방을 빼고 나서는 한 번도 연락하지 않았다며 안부를 궁금해했다.

"학교를 졸업하지도 않았을 텐데, 자취방을 옮기겠다는 말도 안 하고 방을 빼겠다는 말이 이상하기는 했구먼."

"준석이가 서울에 안 있는 것 같습니다. 혹시 준석이가 여기 들리면 저한테 전화 좀 해주십시오."

여주인이 커피를 내왔다. 준석이 살던 방은 여전히 비어 있었다. 닫힌 방문을 바라보며 커피를 마시고 일어섰다.

본사에서 친하게 지내던 이희승은 커피숍에서 기다리고 있었다. 이희승과는 나이도 같고, 같은 시기에 군대에서 전역했다는 공통점이 있다.

내가 맡은 업무의 연관 부서에 근무하고 있어서 친구가 됐다. 둘이 만나면 특별하게 정치적 대화를 하거나, 미래에 관해서 토론을 하는 등 진보적인 대화는 없었다. 오로지 재미있는 이야기를 나누며 취하도록 술을 마시며 시간을 보냈다.

오랜만에 이희승과 통금 전까지 술을 마셨다. 그것도 부족해서 여관에 들어갈 때 소주와 족발을 사 들고 갔다. 거의 새벽 3시까지 마시고 곯아떨어졌다.

아침 늦게 일어나 해장국에 반주로 소주 한 병씩 사이좋게 나누어 마시고 헤어졌다.

평화시장 헌책방 거리에 가서 읽을만한 책을 라면박스로 가득 샀다. 이혜진이 생각나서 그녀가 읽을만한 시집을 한 권 골랐다. 화물이 도착하고 시집을 선물함으로써, 그녀는 내가 서울에 혼자 다녀 왔다는 것을 알게 될 것이다. 이것으로 그녀와 서울 동행은 완전히 없던 이야기가 되어 버릴 것이다.

동대문 지하철역 입구에는 가판대서 액세서리를 팔고 있었다. 이영숙처럼 생긴 여자가 목걸이를 걸고 거울을 보며 어깨를 좌우로 흔들고 있었다. 이영숙에게 목걸이를 사다주면 어떤 표정을 지을까 하는 생각이 들었다.

"장성에 나 모르게 사귀는 여자 있냐?"

내가 목걸이를 고르는 걸 보고 이희승이 너답지 않다는 얼굴로 물었다.

"사귀지는 않고 잘 아는 분야."

나는 여자를 보는 안목도 없지만, 삼십 대 여자에게 어울릴만한 여자에게 어울릴만한 목걸이를 고르는 재주는 더 없었다. 누나에게 사주려고 하는데 어떤 것이 좋을까요? 거울을 보고 있는 여자에게 부탁했다.

"누나? 그러면 그렇지. 네 주제에 애인이 있을 리 없지."

내 옆에서 건성으로 반지를 껴보고 있던 이희승이 피식 웃으며 중얼거렸다. 이희승 말에 반박할 명분이 없어서 여자가 목걸이 고르는 모습을 지켜봤다. 여자가 하트가 달린 목걸이를 추천해줬다.

"침대차를 끊어."

청량리역까지 배웅 나온 이희승이 기차 시간표를 쳐다보며 말했다.

"강릉 가는 것도 침대차가 있냐?"

"저기 써있잖아."

이희승의 말처럼 침대차 요금이 따로 있었다. 특실요금보다 비싸지만 8시간 동안 편하게 갈 수 있다는 생각에 침대차가 어떻게 생겼는지 호기심까지 겹쳐졌다.

침대차에 들어가니까 책상 앞에 앉았던 승무원이 일어섰다. 침대차는 2층으로 되어 있었다. 커튼이 있고 담요와 베개가 준비되어 있었다.

승무원이 황지역에 도착하면 깨워주겠노라는 말이 당연한 서비스지만 고마웠다.

장성에 도착하니까 어설프게 술이 깨서 목이 말랐다. 처음 장성에 도착했을 때는 숨을 쉴 수 없을 정도로 거칠게 바람이 불었다. 5월이라서 바람은 차갑지 않았지만 쓸쓸했다. 숙이네분식집 불이 켜져 있었다.

"서울 냄새가 나는 거 같은데?"

이영숙이 내가 주문하지 않았는데도 칼국수를 끓이며 주방에서 물었다.

"어떻게 알았어요? 어제 서울 갔다가 지금 내려오는 길입니다."

"서울가서 뭐 했어? 집은 서울이 아니라고 했지? 잠은 어디서 잤어? 여관에서? 혼자?"

"친구하고 여관에서 새벽 세 시까지 술 마시고, 평화시장 헌책방 거리 가서 책 사서 화물로 부치고 내려왔습니다."

"나도 서울 가고 싶다."

이영숙이 칼국수가 끓기 전에 밑반찬을 들고 왔다. 소주를 주문하지 않았는데 두 병을 내왔다. 의자에 앉으며 한숨 섞인 목소리로 중얼거렸다.

"서울 가면 되잖아요. 방법 몰라요? 황지역에서 기차 타고 가면 돼요."

"언제쯤 나도 서울에 가게 될까?"

이영숙이 얼큰하게 끓인 칼국수를 테이블 가운데 놓았다. 손님도 없었는데 왜 저녁을 안 먹었는지 몰라. 이 나이에 살 빼서 잘 보일 남자도 없는데. 혼잣말로 중얼거리며 소주 한 잔을 달게 마시고 칼국수 한 수저를 떠먹었다.

"한 살이라도 젊을 때 가는 것이 정착하는 데 도움이 안 될까요? 내가 집 알아봐 줄까요?"

"남편이 내 가슴속에서 사라지면 갈 거야. 지금 가면 남편 생각에 말라 죽을지도 몰라."

이영숙은 늘 남편 이야기를 할 때의 얼굴은 늦가을을 걸었다. 조금 전까지만 해도 농담을 하던 목소리가 바람속으로 사라졌다. 바람에 갈대가 서걱거리며 울고는 것 같았다.

이영숙의 남편은 망자다. 망자에 대한 사랑이 이처럼 애틋하다면 생전에는 내 몸 이상 사랑했을 것이다. 생전에는 그렇다 치더라도, 망자를 변함없이 사랑하는 이영숙을 이해할 것 같으면서도 이해가 되지 않았다.

"오히려 여기를 떠나면 더 쉽게 잊혀지지 않을까요?"

"남편이 죽은 그다음 해에 서울에서 육 개월 정도 살았어. 정말 밤마다 남편 생각이 나서 미치겠더라. 사람이 이렇게 미치는구나 하는 생각이 들 정도였어. 밥맛도 없구, 작은 회사 경리과에 다녔는데 일도 손에 잡히지 않구. 육 개월 동안 있으면서 몸무게가 십오 킬로나 빠졌다면 더는 말이 필요 없잖아."

"남편의 어떤 점이 좋았어요?"

"나를 처음 가진 남자."

이영숙이 책을 읽는 것처럼 왼손으로 턱을 괴고 칼국수 접시를 내려다보며 자랑스럽게 말했다. 고개를 드는 그녀의 눈가에 이슬 같은 눈물이 맺혀 있었다. 취중이라서 그런지 몰라도 나답지 않게 그녀의 눈물이 내게 전이되어 오는 것 같아서 슬펐다.

"누나는 참 영혼이 맑네요. 소설속의 여자 같습니다. 첫 남자를 못 잊어서 밤마다 우는 여자."

"불행한 여자지. 다른 여자들은 잘도 잊어버리고 재혼을 하는데, 나는 이미 흙이 되어 버린 남자의 영혼의 사슬에서 벗어나지 못하고 있으니까."

이영숙은 쓸쓸하게 웃으며 천천히 소주잔을 비웠다. 잔을 비우길 기다렸다가 그녀의 눈물과 같은 색인 소주를 천천히 따라 줬다.

"참, 누나 선물 사 왔는데…"

"선물? 내 선물을 사 왔단 말야?"

이영숙이 슬쩍 고개를 돌려서 눈물을 닦고 나서 밝게 웃었다.

"길에서 액세서리를 팔고 있더라구요. 갑자기 누나 생각이 나서 샀어요. 비싸지 않고 싼 겁니다."

목걸이는 손바닥 크기 종이봉투에 담겨 있었다. 금색으로 도금을 한 목걸이를 손가락에 걸어서 들어 보였다. 희미한 형광 불빛에도 목걸이가 찬란하게 빛났다.

"어머. 너무 예뻐. 직접 걸어 줘."

이영숙이 테이블 위로 목을 길게 뺐다. 그녀의 목덜미는 처음 봤다. 속살처럼 뽀얀 속살이 너무 아름답고 순결해 보여서 가만히 입을 맞췄다. 이영숙이 가볍게 신음을 터트렸다. 순간 잠자고 있던 그놈이 바짝 긴장하는 것을 느꼈다. 목걸이를 걸어주는 손이 가볍게 떨리는 것을 느끼며 숨을 참았다.

"고마워. 오늘부터 칼국수는 공짜다."

이영숙이 벽에 걸려 있는 거울 앞으로 갔다. 체크 무늬 남방 윗단추를 두 개 열었다. 목에 걸려 있는 목걸이를 이리저리 살피며 소녀처럼 좋아했다.

"아닙니다. 그러면 제가 미안해서 여길 못 오죠."

이영숙이 뽀얀 젖가슴의 계곡이 훤하게 드러났다. 풍만한 젖가슴이 긴장하고 있던 그놈의 고개를 눌러버렸다.

이영숙은 단추를 잠그지 않고 문 앞으로 갔다. 간판의 불을 끄고 문을 걸어 잠갔다. 빠르게 내 옆자리에 와서 앉았다. 내 얼굴을 끌어당기며 입술을 내밀었다. 그녀의 숨소리가 유난히 빨랐다. 그녀를 껴안고 키스를 하고, 또 키스를 하고, 젖가슴을 애무했다.

비상계엄령이 제주까지 확대가 돼서 전국이 계엄 정국에 들어갔다. 파출소에도 군인들이 드나들기 시작했다. 전에는 통금 십 분 전에도 취객들이 비틀거리며 집으로 향하는 걸음 소리가 어둡고 둔탁하게 바람을 탔었다. 11시 반이면 거리는 영화세트장의 세트처럼 차가운 바람이 점령해 버렸다.

파출소 옆 골목으로 다니다 보니 최 순경이라는 사람을 알게 됐다. 지난 4월 준석이가 왔을 때 파출소 앞에서 지켜보던 순경이다.

파출소 앞에서 마당을 쓸고 있는데 지나가는 말로 술이나 한잔합시다. 라는 말이 씨가 돼서 몇 번 술을 마셨다. 남자들의 세계는 술을 같이 마시는 사이가 되면 말을 놓는다. 나이도 비슷하고 서로 객지라는 점이 통해서 시선이 마주치면 손을 흔드는 사이가 됐다.

"영업 소장님 몸조심해야 합니다. 요즘 잘 못 걸리면, 그날로 바로 이거."

아침에 출근하는데 마당에 서 있던 최 순경이 담 앞으로 다가왔다. 나를 불러 세워서 비밀 이야기라도 전해주는 얼굴로 심각하게 말했다.

"에이, 나는 정치의, 정 자도 모르는 사람입니다…"

"뭘 모르는 모양인데, 소장님처럼 하고많은 날 술 먹고 다니다가 쥐도 새도 모르게 이거."

최 순경이 손날을 세워서 목을 쓱 그어 버리는 흉내를 내보였다. 이내 파출소 안의 동정을 살피고 요즈음은 전 국민이 근신하고 있어야 할 때라고 속삭였다.

"언제 술 한잔합시다."

최 순경 앞에서는 웃는 얼굴로 손을 흔들며 돌아섰지만, 마음은 심란했다. 전 국민이 뭘 잘못했길래 근신해야 하는지 동의할 수가 없었다. 하지만 나한테는 맞는 말일 것 같았다. 다른 청춘들은 계엄철폐를 외치며 감옥 가길 두려워하지 않고 국가의 미래에 몸을 던지고 있다. 나는 나라를 걱정하며 데모는커녕 타락한 부르주아처럼 소설이 써지지 않는다고 절망의 심연에 빠져 생각이 없는 식물처럼 살아가는 중이다.

최 순경의 말이 준석이의 안부를 걱정하게 만들어서 시간을 우울하게 만들었다. 창문 밖의 하늘은 청잣빛인데 영업소 안에는 우울한 침묵이 고여 있었다. 책상 앞에 앉아서 신문으로 계엄 상황을 훑어 보고 있는데 대리점 사장이 들어왔다.

"신상품 계약을 하러 가려고 하는데 좀 모르는 것이 있어서…"

나는 이혜진에게 커피를 타 오라고 주문을 하고 대리점 사장을 손님 접대용 테이블로 안내를 했다. 장기보험 팸플릿을 펼쳐놓고 볼펜으로 써가면서 설명을 하고 있는데 내 책상의 전화기가 울렸다.

"순영이에요. 기억나세요?"

소녀티를 벗어나지 못한 목소리가 대뜸 귀를 울렸다. 순영이! 어디선가 들은 이름 같기는 한데 얼른 생각이 나지 않았다. 상대방은 나를 잘 알고 있는 목소리라서, 누구냐고 묻기도 미안해서 가만히 있었다.

"딸기밭?"

순영의 목소리가 다시 귓속으로 파고들었다. 내가 비목을 부르며 까닭 모를 슬픔에 젖어 있을 때 눈물을 흘려주던 순영이 떠 올랐다.

까맣게 잊고 있었던 순영의 얼굴이 갑자기 보고 싶었다. 우울하던 기분이 조금은 사라지는 것을 느끼며 고개를 끄덕거렸다.

"저, 거기 놀러 가도 되죠?"

"여길?

순영이 내 대답을 기다리지도 않고 일방적으로 물었다. 순영의 목소리가 너무 자연스러워서 오랜 세월 동안 통화를 하던 사이처럼 느꼈다.

"안 돼요?"

"아, 아냐. 언제 올 건데?"

벽에 걸려 있는 달력을 바라봤다. 두 달 있으면 방학이다. 순영은 방학이 되면 서울에 본사가 있는 무슨 회사 영업소에 출근하게 될 것이라고 말했었다.

"이따 갈게요. 점심 맛있는 거 사 주셔야 해요."

"그, 그래.

순영이 내 대답 따위는 필요 없이 이미 결정했노라는 목소리로 말하는 통에 거절할 수가 없었다. 엉뚱하게 오늘 학교 가는 날 아닌가? 하는 생각이 들어서 다시 달력을 바라봤다. 목요일이다.

"무슨 전환데 땀을 그렇게 흘려요?"

나를 바라보고 있던 대리점 사장이 묻는 말에 이혜진도 고개를 돌렸다.

"날씨가 여름 날씨처럼 덥네."

나는 어색하게 웃으며 대리점 사장앞으로 가서 앉았다.

"소장님, 에어컨 틀까요?"

이혜진이 물었다.

"괘, 괜찮아. 그러니까, 이 상품은 보장형이 아니라 저축성이라고 봐야 합니다…"

나는 과장스럽게 손을 내저으며 얼른 상품 설명을 하기 시작했다. 대리점 사장은 바로 고객에게 전화를 걸었다. 보험 계약에 관한 설명을 하고 곧바로 가방을 챙겼다. 지금 계약을 하러 가겠다며 일어섰다.

순영이 사무실 안에 고개를 내민 시간은 11시 무렵이다. 오랜만에 보는 순영은 처음 봤을 때처럼 양 갈래머리를 하고 있었다. 그런데 그때보다 훨씬 성숙해 보여서 금방 알아보지 못했다. 내 앞으로 오며 인사를 하는 걸 보고 일어서며 반겼다.

"어머, 언니."

순영은 나한테 반갑게 인사를 했다. 이혜진을 보고 활짝 웃으며 뛰어갔다.

"순영이가 웬일이니?"

"놀러 왔어요."

"놀러 오다니?"

이혜진이 나를 바라보며 어리둥절한 표정을 지었다.

"아, 얼마 전에 딸기밭에서 만났었거든…갑자기 전화해서 놀러 오겠다길래. 오라고 했지."

나는 괜히 얼굴이 붉어졌다. 마치 이혜진 모르게 순영을 몰래 만나기라도 한 것처럼 기분이 묘하기도 했다.

"어머머! 소장님 순영이하고 데이트했어요?"

이혜진이 놀랐다는 얼굴로 멈칫 뒤로 물러섰다.

"데이트가 아니고 딸기를 사 줬어요. 근데 저는 언니가 여기 근무하는 줄은 몰랐어요."

순영이 들고 온 음료수 상자를 이혜진 책상 위에 올려놓았다. 사방을 두리번거리다 부러운 얼굴로 이혜진을 바라봤다.

"둘이 어떻게 아는 사입니까?"

"아! 같은 사택에 살아요. 어렸을 때부터 알고 지냈어요. 순영이 넌 내가 보험회사 다니는 줄 몰랐어?"

이혜진이 의자를 끌어다 자기 책상 옆에 놓으며 물었다. 장성에 있는 건물의 3/2 이상이 광업소 사택이다. 광업소 사택은 현대식 아파트로 지어진 4층 건물이다. 군소 광업소 사택은 서울 봉천동이나 사당동의 판자촌이 무색하리만큼 허름했다. 광업소에서 사무직으로 근무하거나, 근무를 오래 한 직원들은 15평 규모의 아파트 사택에서 살았다.

"보험회사 다니는 건 알았는데 여긴 줄은 몰랐어요. 저도 방학 끝나고 구월 일일부터 영업소 다니기로 했어요. 서울에 본사가 있는 벽산이라고 하는 회산데 언니는 아는지 모르겠어요."

"벽산이라면 페인트 만드는 회산데?"

순영이는 나를 보려고 왔지만, 상황이 바뀌었다. 이혜진과 앉아 있는 통에 이방인이 되어 버린 것 같았다. 어정쩡하게 서 있다가 내 책상 앞으로 가서 앉았다. 괜히 보험청약서를 들척이는 척하다가 끼어들었다.

"네, 맞아요."

순영의 표정은 내 옆으로 오고 싶어 하는 눈치였다. 이혜진이 붙잡고 있는 통해 안타까운 얼굴로 나를 슬쩍 바라봤다.

"그러고 보니 너 올해 3학년이구나. 야! 세월 참말로 빠르다. 너 정말 꼬맹이였는데?"

"어머머, 저 얼마 안 있으면 호적으로 20살이에요. 다 컸다고요."

순영이 이혜진보다는 내가 들으라는 얼굴로 크게 말했다. 고등학교 3학년이면 19살 정도가 된다. 딸기밭에서 본 순영도 19살짜리 여고생이었다. 12월에 20살이 될 수도 있다. 당연하고 그럴 수도 있는 사실을 힘주어 말하는 순영의 의도가 궁금했다.

"그러고 보니까 너 경애하고 동창이구나."

"어머, 엄경애는 철암 사는데 어떻게 아세요?"

"경애, 내 외사촌 동생이잖아. 너, 경애 사촌 오빠가 서울대학교에 다닌다는 거 알고 있어?"

"경애한테 들었어요…합격했을 때 철암역 앞에 크게 현수막도 걸고 그랬다고 하대요. 태백공고 교문에 걸려 있는 현수막은 저도 봤어요. 참! 언니 동생도 서울에서 대학 다니잖아요. 언니는 서울 자주 가겠네요?"

"서울?"

이혜진은 서울이라면 할 말이 많다는 얼굴로 나를 바라봤다. 이혜진에게는 김소월의 '못잊어'라는 제목의 시집을 선물했다. 이혜진은 시집 속 표지에 내 이름이 써 있는 것을 보고 뛰듯이 좋아했다. 이내 나 혼자 서울 다녀왔다는 걸 뒤늦게 깨닫고 저하고 같이 간다고 해 놓구선…이라며 혼란스러운 표정을 지었었다.

"아무래도 동생한테 자주 갈 거잖아요."

"엄마 혼자 다니셔. 나두 같이 가고 싶기는 하지만, 가서 뭐 하니? 동생이 서울 구경시켜 줄 것도 아니고."

"그럼 언니도 서울 안 가봤단 말이에요?"

"동생 입학식하는 날은 엄마하고 아빠하고 같이 갔었지."

"언니는 좋겠다. 서울 구경도 해 보고. 우린 수학여행도 부산으로 갔다 왔어요."

"지금도 부산으로 가서 하룻밤 지고 경주에서 하룻밤 자고, 설악산 다녀오는 코스니?"

"언니 때도 그랬다면 우리 학교 전통이네요."

이혜진과 순영은 점심시간이 될 때까지 학교 이야기며 선생들의 근황을 주고받거나, 동네에서 일어난 일들을 이야기했다. 내가 볼 때 이혜진이 일부러 순영을 붙들고 있는 것처럼 보였지만 모르는 척했다.

점심시간이 됐는데도 그녀들의 수다는 끝나지 않았다. 계속 모르는 척할 수가 없어서 순영에게 무엇이 먹고 싶냐고 물었다.

"짜장면이 먹고 싶어요."

"짜장면 먹으면 입술에 묻잖아?"

이혜진이 그녀답지 않게 소곤거렸다.

"그럼 짬뽕 먹을래요."

순영이 누이동생처럼 망설이지도 않고 하는 말이 귀여워서 짬뽕과 탕수육을 주문했다. 점심을 먹고 난 순영은 나와 오붓하게 시간을 보낼 장소가 아니란 걸 안 것 같았다. 빈 그릇을 배달하는 사람이 갖고 가기 쉽게 포개서 신문지로 쌌다.

"다음에 또 놀러 와도 되죠?"

이혜진이 커피를 탔다. 순영은 커피를 안 좋아한다며 나한테 인사를 했다.

"응, 언제든 와. 다음에는 언니가 점심 사 줄게."

내가 대답하기 전에 이혜진이 먼저 말했다. 이혜진은 짬뽕하고 탕수육 잘 먹었다고 이혜진에게 인사를 하고 나갔다.

나는 순영이 배웅해 주지 않으면 서운해 할 것 같았다. 순영을 따라 나가서 1층으로 내려가는 계단 앞에서 놀러 오고 싶으면 언제든 오라고 말했다.

"혜진이 언니 없을 때 올래요."

순영이 얼른 내 귀에 대고 빠르게 속삭였다. 귀에 와 닿는 순영의 따뜻한 입김이 사라지기 전에 부끄럽다는 몸짓으로 빠르게 계단을 내려갔다. 계단 아래에서 멈춰 나를 바라보며 손을 살짝 흔들어 주고 사라졌다.

핸드폰은 고사하고 삐삐라 부르는 무선호출기도 없는 시절이다. 가끔 순영이 얼굴이 떠올랐다. 특별하게 할 말이 있다거나, 밥을 같이 먹고 싶다거나, 그런 생각은 들지 않았다. 누이동생 같기도 하고, 어딘지 모르게 귀엽고 발랄한 면이 있어서 같이 있으면 괜히 마음이 즐겁고 편해질 것 같았다.

6. 바람 속으로

서울 헌책방 거리에서 소설책을 한 박스나 사 왔지만 한 권도 읽지 않았다. 소설을 읽기 시작하면 마지막 한 권까지 다 읽어야 직성이 풀릴 것이다. 아침에 출근할 때는 오늘 저녁부터 소설을 읽겠다고 결심을 했다. 그런 날이면 권태익으로부터 술 한잔하자는 전화가 온다. 그도 아니면 알코올중독자처럼 유난히 술이 마시고 싶어서 주점으로 발길이 향했다.

순영은 더는 영업소에 오지 않았지만, 가끔 전화를 했다. 나한테도 집 전화번호를 알려주면서 학교 끝난 시간 후에는 언제든 전화를 해달라고 부탁했다.

순영은 이제 겨우 열아홉 살이다. 하지만 전화를 걸 명분이 없어서 전화를 하지 않았다. 객지에서 온 스물일곱 살 먹은 남자가 열아홉짜리 여고생에게 전화를 걸어서 무슨 말을 한단 말인가? 공부 열심히 했느냐? 오늘 학교에서 무슨 일이 있었느냐? 사귀는 남학생은 없느냐? 라는 전화를 할 것인가. 아니면 순영에게 사랑의 감정을 갖고 있지 않으면서, 목소리를 듣고 싶어 전화를 했다. 언제 얼굴 보여 줄 거냐? 는 식의 낯 뜨거운 전화를 한단 말인가. 그렇다고 순영이 하고 전화통화를 하고 싶지 않은 것은 아니다.

순영의 목소리에는 석탄가루가 묻어 있지 않았다.

세상 물정을 모르는 철부지 19살짜리 소녀로서가 아니다. 오히려 순영은 탄광에 다니는 아버지를 걱정하고, 부모님을 돕기 위해 빨리 취직을 해야 한다고 걱정을 할 정도로 세상 물정에 이미 발을 담그고 있다. 순영이하고 전화 통화를 하면 진흙으로 착착 이겨 놓은 가슴에 조금은 숨통이 트이는 것 같았다.

통화를 하는 횟수가 늘어가니까 순영의 목소리에 중독이라도 된 것처럼, 비가 오는 날이나, 지독하게 하루가 질긴 날은 이상하게 순영의 목소리가 듣고 싶었다. 하지만 전화를 할 수가 없어서 갈증을 참으며 마냥 기다리고 있을 수밖에 없었다.

광주에서 폭도들이 경찰서를 습격한다는 기사가 나왔다. 지금 광주는 무정부 시대라는 기사가 신문 1면을 가득 채웠다. 신문에서는 하루가 멀다고 광주 폭도들의 난동에 관한 기사를 쏟아내는 데 사람들은 광주에 대해서 말하기를 꺼렸다.

"간첩들이 침투했다는 정보가 있어. 우린 알지."

최 순경의 말대로 간첩들이 광주에 침입해서 선량한 시민들을 부추겨 폭동을 일으켰을 것이라는 생각은 들지 않는다. 삼척이라든지 울진처럼 북한에서 가까운 지역도 아니다. 내륙 깊숙이 있는 광주에 간첩들이 침투하기는 어려울 것이라는 생각이 들어서 최 순경의 말이 심각하게 들리지 않았다.

그 해, 그러니까 1980년도 5월의 장성은 광주와는 너무 먼 거리에 있었다. 군복을 입은 군인들이 광업소 입구며 파출소나, 읍사무소를 지키고 있어서 황지천 건너 낡은 사택들의 검은색 슬레이트 지붕은 더 검게 보였다.

황지천이 머물다 간다는 구문소의 검은색 물은 더 까만색으로 흘렀다. 철모를 쓰고, 군장을 한 군인들이 시커먼 도로를 걸어가는 모습이 두렵지가 않았다. 그들도 장성에 머물다 보면 석탄가루를 뒤집어써서 카키색 군복이 검게 변할 것이다. 그래서 군인들을 두려워할 이유가 없었다.

권태익이 오토바이를 한 대씩 사자고 제안을 했다. 기아산업에서 일본의 혼다자동차와 합작으로 생산한 기아혼다 오토바이를 사서 여행을 다니자는 것이다. 권태익의 말이 아니더라도 오토바이가 있으면 육지의 섬 같은 장성을 벗어날 수 있을 것이라는 생각이 가끔 들었었다.

문제는 오토바이 가격이 만만치 않다는 점이다. 90CC 신형 오토바이 가격이 삼십만 원 정도다. 소설을 쓰는 데 반드시 필요한 장비도 아닌데 30만 원을 투자하는 것이 과연 옳은가. 장성을 떠나서 여기저기 여행을 하다 보면 답답증이 사라져서 소설이 써질지도 모르니 30만 원 정도는 투자를 해도 된다를 두고 고민을 하고 있던 중이었다.

떡 본 김에 제사 지낸다고 오토바이 구경이나 하자는 생각으로 권태익을 따라서 오토바이센터로 찾아갔다.

"계약금 십만 원씩만 내고 두 달 끊어서 갖고 가슈."

오토바이센터는 장성 시내에 잇지 않고 철암 가는 쪽의 하장성에 있었다. 오토바이센터 사장은 우리의 직장을 보증으로 월부 구입을 권했다.

"생각 좀 해 보겠습니다. 그런데 오토바이 타는 걸 배우려면 며칠이나 걸립니까?"

기실 나는 오토바이를 한 번도 타 본 적이 없었다. 권태익 보기 좀 창피하기는 하지만 어차피 나중에라도 알게 될 것이라는 생각에 솔직하게 물었다.

"자전거 탈 줄 아슈?"

사십 대 초반의 사장은 나와 권태익을 번갈아 쳐다봤다. 권태익도 말을 아끼는 것을 보니 나하고 사정이 비슷한 것 같았다.

"자전거야 초등학교 다닐 때부터…"

권태익이 눈을 반짝이며 사장을 바라봤다. 사장은 오토바이가 자전거보다 훨씬 쉬우니까 단 십 분만 투자하면 된다고 말했다.

십 분이라…

때마침 육십 대로 보이는 남자가 오토바이를 타고 왔다. 시동이 잘 안 걸리는데 배터리에 문제 있는 것 같다고 말했다.

저 사람도 타는데…

육십 대도 오토바이를 타는데 나라고 못 탈 이유가 없다는 생각이 들었다. 문제는 돈이다. 매달 십만 원씩 지출하려면 대책을 세워야 한다. 권태익에게 오늘은 그만 가고 다음에 와서 사자고 말했다.

조혜숙이 웬일인지 박카스 한 박스를 사 들고 왔다. 박미자는 막 영업소를 나가는 중에 조혜숙과 마주쳤다.

"어머, 언니 또 한 건 했어요?"

"어데 가는데?"

"장성초등학교 교무실에 보험료 받으러 가요."

"난, 대출 쪼매 받을라꼬."

조혜숙에게 가볍게 인사를 한 이혜진은 커피를 준비하러 탕비실로 들어갔다. 조혜숙을 응접 소파로 안내했다.

박미자와 헤어진 조혜숙이 박카스박스를 내밀었다. 제가 사 드려야 하는데, 뭘 이런 걸 사 오셨습니까. 박카스박스를 열고 한 병을 꺼내서 조혜숙에게 내밀었다.

"소장님 장가 안 가실랑교?"

"겨, 결혼 말입니까?"

나는 조혜숙이 대출 이야기를 할 줄 알고 은근히 긴장했다. 느닷없는 없는 말에 황당하다는 표정을 지었다. 이혜진도 커피를 내오다 말고 멈췄다. 눈을 깜박거리며 조혜숙의 뒷모습을 지켜봤다.

"장가갈 나이 안됐능교? 농협에 다니는 참한 아가씨 하나 있는데

선 한번 안볼랑교?"

"소장님은 결혼 생각 없데요."

조혜숙이 내 손을 잡고 흔들며 당장 오늘 점심때라도 선을 보자고 눈웃음을 쳤다. 이혜진이 웃는 얼굴로 커피잔을 내려놓으며 말했다. 내가 볼 때 표정은 웃고 있었지만, 눈빛은 조혜숙에 대한 원망이 섞여 있는 것 같았다.

"맞습니다. 저는 아직 결혼 생각없습니다."

"와요? 장성 여자들은 맘에 안 맞능교?"

"장성에 마음씨 착하고 얼굴 예쁜 미인들이 얼마나 많은데요…"

이혜진은 자기 자리로 돌아갈 생각을 하지 않았다. 쟁반을 들고 조혜숙 옆자리에 앉았다. 말을 하며 나도 모르게 이혜진을 바라봤다. 어이가 없다는 표정을 짓는 것을 보고 슬그머니 말꼬리를 흐렸다. 내 책상에 있는 전화기가 요란하게 울렸다.

"소장님, 제 말 듣고만 있어야 합니다."

뜻밖에도 수화기 안에서 박미자의 긴장한 목소리로 흘러나왔다.

"네, 제가 영업소장입니다."

나는 짐짓 큰 소리로 말하며 창문을 향해 돌아섰다.

"오늘 언니가 이천만 원 대출해 달라고 할거에요. 지난번에 천만 원 대출받았잖아요. 그때 남편분이 보증을 섰는데, 이번에 또 이천만 원 대출받으려면 남편 하나 갖고는 안 되잖아요. 소장님께 보증 서 달라고 하면 절대로 서 주시면 안 돼요. 요즘 그 언니 평판이 안 좋아요.

내 말 무슨 뜻인지 아셨죠?"

"네. 잘 알겠습니다. 언제든 영업소로 찾아오시면 됩니다."

"그 언니, 영주에서도 뒤끝이 안 좋게 이사 나왔어요. 그러니 절대로 보증 서 주신다고 말씀하지 마세요."

전화는 일방적으로 끊어졌다. 나는 일부러 영업소가 있는 위치를 크게 말해주고 전화를 끊었다. 박미자가 무슨 생각으로 전화를 했는지 자세하게 알 수는 없지만 대충 짐작은 갔다. 조혜숙 모르게 전화를 했을 때는 그만한 이유가 있으리라 생각하며 점잖게 소파에 앉았다.

"소장님, 우에든지 장성에 계실 때 장가가야 합니더. 안그라모 서울 가서 후회 할겁니더. 여기 이 총무님도 시집갈 나이가 됐잖아예. 그카고 봉께 멀리서 찾을 필요 없어, 앞에서 찾으모 되겠네. 둘이 잘 해 보이소."

"사장님두 참."

이혜진은 은근히 경계의 눈빛으로 조혜숙을 바라보고 있다가 얼굴을 붉히며 일어섰다. 싫지만은 않다는 얼굴로 조혜숙을 흘겨보며 자기 자리로 돌아갔다.

조혜숙은 갑자기 목소리를 낮추고 친정 동생이 갑자기 사업자금이 부족하다며 이천만 원을 대출해 달라고 부탁했다.

"당연히 해 드려야죠. 일단 지점에 전화를 해보겠습니다."

조혜숙의 얼굴에 박미자 얼굴이 겹쳐지는 것을 느끼며 일어섰다. 책상 앞에 앉아서 지점으로 전화를 걸어 업무과장을 찾았다. 내 말을 들은 업무과장은 직장인으로 보증을 한 명 더 세우면 이천만 원이 가능하다고 대답했다.

"우야노? 장성이 객지라서 아는 사람이라고는. 영업소 식구들밖에 없는데…"

내 말은 들은 조혜숙이 내 눈치를 살피면서 바닥이 꺼져라 한숨을 내쉬었다.

"정말 곤란하게 됐군요. 저라도 보증을 서 주면 좋겠는데, 저도 형님이 오천만 원 대출받을 때 보증을 서 줘서 보증 한도가 없거든요. 제가 대출을 받을 수 있었으면 지금 사글셋방에 살겠습니까? 당장 대출 이자가 월세보다 싼데…"

나는 제법 그럴듯한 핑계를 대고 나서, 내가 왜 사글셋방에 살고 있지? 하는 생각에 잠겼다. 전세방이 비싼 것도 아니다. 그런데도 겨울이면 하루건너 연탄불이 꺼지는 문간방에 사는 나 자신이 이해가 되지 않았다.

"우야꼬, 난 소장님만 믿고 왔는데예…"

조혜숙은 난감한 얼굴로 식은 커피를 홀짝거렸다. 조혜숙이 부탁을 하기 전에 먼저 연막작전을 폈다. 박미자의 말이 아니더라도 영업소장이 모집인이나, 대리점 사장 보증을 서 줬다가 피박쓰는 경우는 흔하다. 이럴 때는 냉정해야 된다고 자신에게 다짐을 주면서도 조혜숙의 얼굴을 똑바로 바라볼 수가 없었다. 이혜진은 내 작전을 눈치챘는지 나를 바라보는 눈빛이 정겹다.

여름날 오후 6시에 영업소를 나오면 햇볕이 쨍쨍 내리쬔다.

오후 6시면 아침 8시부터 4시까지 근무를 한 '갑(甲)'반 광부들이 술집에 앉아서 돌판에 올려놓은 돼지고기를 안주 삼아 막걸리를 마시고 있을 시간이다.

노을이 질 무렵에는 술 취한 광부들의 얼굴에도 노을이 묻어 있기 마련이다. 젓가락으로 드럼통 테이블을 두들기며 합창을 하거나, 이차를 가자고 비틀거리며 주점을 나가기도 한다..

태백관을 비롯해서 중앙관이니 하는 제법 규모가 큰 술집은 안주 가격이 따로 없다. 5만 원짜리 상, 10만 원짜리 상에 맥주 한 박스 등으로 가격이 책정되어 있다. 술 가격이 비싼 대신 옆에서 시중을 드는 아가씨들에게는 팁을 따로 주지 않았다.

광부들은 신입 광부가 들어 와도 돈을 각출해서 태백관이며 중앙관으로 몰려가기도 한다. 월급날 몰려가서 탄가루가 남아 있는 군화에 맥주를 담아서 돌려 마셔야 사고 없이 오래 산다는 속설이 있기도 하다.

퇴근 무렵 순영이 전화를 했다. 영업소는 언니때문에 가지 못하고 자취방에 놀러 가도 되냐고 물었다.

"커피 사 줄까?"

요즈음은 연탄을 때지 않아도 잘만하다. 하지만 옷이며 술병에 음료수병이며, 대충 엎어 둔 밥그릇에 냄비 등이 널려 있는 자취방을 보여주기 싫었다.

"저, 아직 학생이잖아요. 하지만 9월에는 다방에서 만날 수 있어요.

그때는 회사원이니까요."

"자취방은 너무 추워."

나는 자취방이 너저분하다는 대신 춥다는 말을 해 놓고 쓰게 웃었다. 그즈음 그림물감과 붓을 이용해서 자취방 벽에 낙서 같은 시를 쓰기 시작했다. 딱히 제목이 있는 시가 아니다. 대부분 10행 미만의 단시(短時)로, 그때 그날의 감정을 적어 놓은 시들이 천장을 채워 가고 있는 중이다.

"어머, 지금 초여름이잖아요."

"나중에 놀러 와. 좋은 방으로 이사를 가면."

순영의 목소리에 웃음기가 묻어 있었다. 머쓱해졌지만 누이동생을 달래는 목소리로 부드럽게 말했다.

"오빠가 어디 살고 있는지 알아요. 파출소 뒤에 있는 양장점 집에 살고 있다는 거 알고 있어요."

"어떻게 알았어?"

"혜진이 언니한테 슬쩍 물어봤거든요. 반찬 만들어서 갖다 주려고…"

"그럼, 지금 반찬 갖고 오겠다는 거야?"

요즘 들어 자취방에서 밥을 해 먹는 경우는 드물다. 어쩌다 아침에 일찍 일어날 때 라면이나 끓여 먹거나, 일찍 들어간 날 무딘 시간을 보내려고 일부러 밥을 해서 고추장에 비며 먹는 정도다. 굶거나 식당에서 술을 마시면서 안주로 배를 채우는 경우가 많다. 반찬을 갖다 준다는 말은 고맙지만 너무 미안해서 놀란 목소리로 물었다.

"사실은 반찬을 방 앞에 갖다 놓았어요. 제가 직접 만든 거니까 맛있게 드셔야 해요. 아셨죠?"

순영은 다음에 전화하겠다는 말도 없이 전화를 끊었다. 통화가 끊어졌다는 신호음이 나올 때까지 수화기를 들고 있다가 맥없이 내려놨다.

이혜진은 조혜숙의 부탁을 받고 보험료 수금을 하러 갔다. 집에 일찍 가봐야 음악을 듣고나 캡틴큐에 취해 잠이 들 뿐이다. 퇴근하지 않았다는 것을 알리기 위해 책상 위를 정리하지 않고 자취방으로 갔다.

방 앞에 파란색 보자기로 싸 놓은 찬합이 보였다. 방문을 열었다. 방 안이 말끔하게 청소되어 있었다. 구석에 던져두었던 양말이며 속옷이며 와이셔츠와 바지 등이 보이지 않았다. 그때서야 마당의 빨랫줄을 바라봤다. 부끄럽게도 팬티며 양말에 와이셔츠까지 빨랫줄에 널려 있었다. 한꺼번에 빨려고 모아 두었던 수건도 나란히 걸려 있었다. 빨랫줄에 걸려 있는 내 옷이며 수건이 낯설게 보였다. 내 것이 아닌 타인의 것이 걸려 있는 것처럼 느껴졌다. 방 안을 둘러 보았다.

봄이 되도록 속살을 보여 준 적이 없던 이불도 각이 맞도록 얌전하게 개어져 있었다. 독수리표전축 주변에 어지럽게 널려 있던 테이프들도 벽을 의지하고 차곡차곡 쌓여 있었다.

순영의 여리고 가는 손들이 방 안을 꼼꼼히 훑었다고 생각하니까 엄청난 잘못이라도 한 것처럼 가슴이 아려왔다.

순영의 영혼이 새벽이슬처럼 투명하고 맑지 않았다면 방 안을 치울 생각을 하지 않았을 것이다. 타락한 영혼들이 뒹굴고 있던 더러운 방을 치우는 순영의 고운 손에 쓸쓸한 먼지가 묻고, 술 취해 잠든 외로운 영혼의 흔적이 그녀의 가슴을 아프게 했을 것이다. 이럴 줄 알았으면 문을 잠그고 다녀야했다는 생각이 들었다.

문에 잠금장치가 매달려 있지 않은 것으로 보아서 전에 세 들어 사는 사람도 대문을 잠그고 다니지 않았다. 나도 파출소 담장을 통해 들어와야 하는 문간채에 도둑이 들 것이라는 생각을 해 본 적이 없었다. 설령 도둑이 들어봤자, 훔쳐 갈 것이라고는 워크맨과 독수리표 전축밖에 없다. 문을 잠그지 못한 후회가 밀려왔지만 이미 어두운 밤을 향해 출발하는 배는 항구를 떠났다.

미안함과 부끄러움을 품은 바람 한 줄기가 허무하게 스쳐가는 것을 느끼며 천천히 보자기를 풀었다. 사각으로 된 찬합이 여러층 포개져 있었다. 찬합 뚜껑을 열었다. 멸치조림이며, 어묵볶음, 마늘종 무침 등의 몇 가지 반찬이다. 갑자기 부끄러운 갈증이 밀려왔다. 어제 마시다 둔 캡틴큐 대짜를 끌어당겼다. 단숨에 몇 모금을 마시고 손가락으로 마늘종을 집어 먹었다. 가슴에서 슬픔 같은 것이 빠르게 차오르는 것을 느끼며 하늘을 바라봤다. 안채와 바깥채 사이로 보이는 하늘은 더없이 푸르다.

나는 몇 모금의 캡틴큐를 더 마시고 집을 나왔다. 골목 중간에서 멈춰 문득 하늘을 바라봤다.

푸른 하늘에 새하얀 구름이 무심하게 흘러가고 있었다. 급하게 마신 캡틴큐가 얼굴에 화끈거리는 취기를 밀어 올리려 목을 간질거렸다. 문득, 27살의 청춘이 왜 이 시간에 왜 여기 서있냐? 하는 자괴감이 불쑥 튀어나왔다.

소설을 쓰는 것도 아니다.

직장에서 바쁘게 일을 하는 것도 아니다.

지하 수천 미터를 내려가 목숨을 담보 삼아 탄을 캐려고 온 것도 아니다.

완벽한 소설을 쓰고 말겠다는 강박관념은 시간이 흐를수록 퇴색되어 가고 있었다. 어느 때는 과연 내가 소설을 쓸 수 있기는 하는 거냐? 하는 자괴감에 시달리다 아무도 모르는 곳으로 훌쩍 떠나서 산사의 스님이 되거나, 원양어선의 선원이 되어 망망대해를 떠돌고 싶을 때도 있었다.

나는 영업소로 들어가지 않았다.

첫사랑 소녀가 다가오는 줄도 모르고 담벼락에 오줌을 갈기던 소년처럼 부끄러움에 휩싸여 무작정 택시를 타고 황지역 앞으로 갔다.

쓸쓸한 바람이 탄가루를 품고 있는 역까지는 무작정 갔지만 비겁하게도 서울행 기차를 탈 수는 없었다. 부끄러움에 무작정 엉겅퀴가 무수하게 피어 있는 들판을 달려가는 소년처럼 황지역에 도착한 것이 혼란스러움으로 살아났다.

해는 아직 하루의 짐을 꾸리지 않았다. 황지는 장성보다는 번잡하고, 장성보다는 화려하고, 장성보다는 사람들이 많지만, 익숙지 않은 지역이라서 갈 곳이 없었다.

역을 빠져나오는 골목 벽에 영화 포스터가 붙어 있었다. 황지 극장에서 '죽음보다 깊은 잠'을 동시 상영하고 있다는 포스터다. '죽음보다 깊은 잠'은 박범신 원작 소설을 지난해 12월에 개봉한 영화이다.

영화를 꼭 보고 싶다는 생각이 없으면서 극장으로 향했다. 극장 근처에 있는 슈퍼에서 캡틴큐 중(中)짜와 오징어를 한 마리 사 들고 극장으로 들어갔다. 극장 안은 한산했다. 뒷자리는 텅 비어 있었고, 앞자리에 드문드문 관객들이 앉아 있었다.

5시부터 상영하는 영화는 중국무협 영화다. 장성 문화원보다는 필름 상태가 좋았지만 무슨 내용인지 도통 이해를 할 수가 없었다.

캡틴큐를 마시면서 건성으로 영화를 봤다. 앞자리에서 누군가 담배를 피웠다. 담배 연기가 2층에서 쏘아 내리는 영사기 불빛에 뽀얗게 피어오르고 있었다. 스크린에서는 협곡의 혈투가 벌어지고 있었다. 스크린을 바라보지 않고 달빛에 투영되는 것처럼 뽀얗게 피어오르는 담배 연기를 바라보며 오징어 다리를 질겅질겅 씹었다.

중국 무협 영화가 끝나고 '죽음보다 깊은 잠'이 상영되기 시작했다.

캡틴큐가 빠르게 취기를 얼굴로 밀어 올렸다. 의자에 비스듬하게 누워서 오만한 눈빛으로 스크린을 응시하며 오징어를 쭉 찢었다. 잘게 찢은 오징어를 돌돌 말아서 입에 넣고 눈물이 눈가에 그렁하게 맺히는 것을 느끼며 스크린을 바라봤다.

정윤희가 주인공으로 출연을 한 '죽음보다 깊은 잠'은 소설 원작의 의미를 충분히 살려내지 못했다.

캡틴큐에 취한 데다 마음이 우울해서 그런지 스크린을 가득 채우는 러브씬도 무의미하게 다가왔다. 영화가 끝나기 전에 밖으로 나갔다.

저녁을 먹지 않았지만 배는 고프지 않았다. 소년이 돈을 벌기 위해 객지로 떠나며 억지로 참는 눈물처럼 비가 잘금잘금 내리고 있었다. 큰길에는 네온사인의 붉고 푸른 불빛이 창백하게 보도블록에 누워있었다. 갈 곳이 없었다. 버스 정류소 근처 전파사 앞 처마 밑으로 들어갔다.

나는 물끄러미 차도를 바라봤다.

이 시간 장성은 술 취한 광부들이 비를 맞으며 비틀비틀 술집을 전전하고 있을 것이다. 황지 시내에도 광부 작업복을 입은 남자들이 드문드문 보였으나 모두가 바쁘게 어디론가 가고 있었다.

전파사에서 요즘 한참 유행하고 있는 비지스의 Too Much Heaven(너무 많은 천국)이 우울하게 흘러나오고 있었다.

그건 너무 통과하기 힘들어요
천국은 누구에게도 더 이상 들어가기 어려운가 봐요
난 줄서서 기다릴게요.
누구도 사랑은 쟁취하기 어려운가봐요
그건 산처럼 높으니까요

처마에서 흘러내리는 낙숫물을 바라보며 비지스의 음률에 젖었다.

꿈을 꾸는 것 같았다. 꿈이 아니라면 낯설고 물설은 황지 땅에서 열아홉 소녀의 이슬 같은 순수에 빨려서 방황하고 있지 않을 것이다. 꿈에서 벗어나려면 술을 마셔야 된다. 술만이 나의 유일한 친구요. 나의 등불이고, 나의 희망이고, 나의 꿈을 저승으로 이끌어 가는 티켓이라고 생각하며 걸음을 옮겼다.

택시를 타고 장성으로 갔다.

장성에는 실비가 아닌 소나기가 내리고 있었다. 택시에 우산이 있을리 없다. 빗속으로 파고 들어갔다. 이대로 집에 가면 이슬처럼 맑은 순영의 영혼에 내 타락한 절망을 흘려버릴 수가 있다.

나는 비를 맞으며 숙이네분식으로 향했다.

아직 간판불을 끌 시간이 아닌데 불이 꺼져 있었다. 어둠이 고여 있는 건물 앞에는 장대비가 내리고 있었다. 간판불을 내리고 다른 남자와 키스를 하고 있나? 하는 생각에 문틈으로 살펴봤다.

홀에 희미한 불빛이 이영숙의 머리 위에서 내려앉고 있었다. 안주도 없이 혼자 소주를 마시고 있었다. 울고 있는지 손바닥으로 턱을 괴고 술잔을 내려다보고 있었다. 남편 생각을 하고 있을 것이다. 아니면 제천에 있는 아들 생각하며 혼자 술잔을 기울이고 있을 것 같았다. 오늘 같은 날은 문을 열고 들어가면 안 될 것 같다는 생각에 쓸쓸하게 돌아섰다.

이튿날 몸살감기에 걸렸는지 온몸이 아프고 머리에 열이 났다. 일어나야 한다고 생각하면서도 깜박 잠이 들었다. 다시 눈을 떴을 때는 출근 시간이 지났다.

출근을 못하더라도 이혜진에게 말을 해야 한다는 생각에 억지로 일어났다. 거울을 보니까 어제 비에 흠뻑 젖은 채로 잠이 들어서 머리카락이 엉망이다.

마당으로 나가서 수돗물 밑에 머리를 대고 감고 있는데 가랑이 사이로 여자의 하체가 보였다. 비누칠을 한 체 허리를 폈다. 이혜진이 걱정스러운 표정으로 서 있었다.

"어디 아프세요?"

이혜진이 햇볕을 피해 바깥채 처마 밑으로 들어가면서 물었다.

"몸살감기 같아."

"많이 편찮으신 것 같아요. 얼른 병원에 가 보세요. 영업소 걱정은 하지마시구요."

장성 여자들은 모두 일방적으로 행동하는 걸 좋아하는가? 이혜진이 돌아서서 방문을 열었다. 뒷모습이 깨끗해진 방 안을 보고 놀라는 눈치였다. 수돗물에 비누 거품을 헹구고 빨랫줄을 바라봤다. 어제 빨래를 걷지 않아서 순영이 정성 들여 빤 빨래들이 모두 축 늘어져 있다. 순영의 정성이 빗물에 씻겨 내려가 버린 것 같은 기분이 들어서 기분이 안 좋았다.

"누가 왔다 갔어요?"

"무슨 말야?"

"여자의 눈에는 여자의 냄새가 보이거든요. 방 청소를 여자가 해 준 것 맞죠?"

"여자가 청소해 준 것 같아?"

순영의 얼굴이 떠올랐다. 이혜진은 순영이 청소를 하고 빨래를 해 놨다는 것을 모를 것이다. 좁은 바닥에서 내가 다른 여자를 만나고 다녔다면 벌써 소문이 났을 것이다. 머리가 좋다면 순영의 존재를 떠 올릴 것이다. 그래도 상관없다고 생각하며 방으로 들어갔다. 찬물로 머리를 감아서 조금은 몸이 낳아진 기분이 들었다.

"소장님이 청소를 너무 깨끗이 해서 그런지. 제 눈에는 여자가 왔다 간 것처럼 보여요."

"방이 너무 지저분해서 몸살이 나도록 맘먹고 청소했더니 보람이 있네."

"소장님은 알면 알수록 모르는 부분이 더 많이 생기는 것 같아요. 많이 아프시면 병원에 가서 주사 맞고 집에서 쉬세요."

이혜진이 빨랫줄에 걸려 있는 빨래를 바라봤다. 무언가 의심이 가기는 하지만 물증이 없어서 혼란스러워하는 것 같았다.

"아무래도 그래야겠어. 지점장님한테 오늘 휴가라고 보고 좀 해줘."

"지점장님한테는 보고 안 할 거예요. 급한 일 있으면 소장님에게 말씀드리러 올게요. 영업소가 멀리 떨어진 것도 아니고…"

이혜진은 차마 발걸음이 떨어지지 않는 표정으로 나를 바라보았다. 내가 옷을 갈아입으려는 몸짓을 보고 내키지 않은 표정으로 방문을 닫았다.

장성에는 근로복지공사에서 운영하는 장성병원이 있었다. 장성병원이 종합병원인데도 근로자들을 위한 병원이다 보니 장성에는 의원급 병원은 없었다.

장성병원 가는 길에 권태익이 근무하는 우체국이 있다. 컨디션이 좋아지면 권태익과 한잔해야겠다고 생각하며 장성병원으로 갔다.

장성병원은 정부에서 운영하는 병원답게 분위기가 단조로웠다. 긴 복도 뒤쪽은 뒷마당이고, 앞쪽은 응급실이며 진료실이 있다. 곧바로 내과로 갔다. 내과 앞의 벤치에는 여러 명이 대기를 하고 있었다.

"진폐증인 걸 언제 알았데요?"

옆 벤치에 명태처럼 마른 오십 대 남자가 앉아 있었다. 옆에 앉은 파마머리를 한 중년 여자가 남자에게 물었다.

"작년 종합검진 때 재수 없이…"

진폐증은 미세한 먼지가 폐에 쌓여 폐를 섬유화시키는 병으로 광부들에게 많이 걸린다. 알게 모르게 흡입한 석탄가루가 원인이다. 깡마른 남자는 진폐증 걸린 것을 재수 탓으로 돌리고 있었다. 카르릉 거리며 숨을 쉴 때마다 목이 심하게 꿈틀거렸다.

"진폐증에 걸리면 공기 좋은 데로 이사를 가서 요양을 해야 한다는데…"

벤치에 앉아 있거나 서 있는 대기자들은 모두 파마머리와 진폐증 환자를 응시하고 있었다. 나도 그들을 바라봤다.

"이거, 이거이 있어야 이사를 가지. 여기선 그나마 무료로 치료를 해주잖아요."

진폐증 환자가 손가락을 동그랗게 말아서 흔들어 보이며 얼굴을 찡그렸다. 햇볕을 받아 번쩍이는 석탄처럼 시커먼 얼굴이 가죽만 남아 있었다. 형광 불빛에 가죽만 남은 얼굴이 번쩍 빛을 냈다. 그 모습이 그의 얼굴에서 영혼이 빠져나가는 것처럼 보여서 불쌍해 보였다.

광부들은 허리 허리춤에 배터리 통을 달고 다닌다. 배터리와 연결된 랜턴은 노란색 파이버에 달려 있다. 그는 허리를 숙이고 랜턴 불빛을 의지하고 진땀을 흘리며 곡괭이질을 했을 것이다. 그 덕분에 가족들은 하루 세 끼 걱정 없는 생을 꾸려갔겠지만, 그의 폐는 섬유처럼 굳어 버려서 죽을 날만 기다리고 있을 것이다.

나는 폭음에 빗속을 방황하느라 몸살에 걸려서 주사를 맞으러 왔다고 생각하니까 미안한 생각이 들어서 벤치에 앉아 있을 수가 없었다. 진폐증 환자에게 최소한의 예의를 표하려면 감기몸살 정도는 견뎌내야 한다고 생각하며 긴 복도를 걸었다.

햇볕은 하늘을 바라보기 눈이 부실 정도로 찬란한데 몸은 말이 마음대로 움직여 주지 않았다.

장성병원에서 자취방까지 걸어서 갈 수 있는 거리다. 평소 같으면 산책 삼아 슬슬 걸어가도 이십 분이면 도착할 수 있다. 온몸의 뼈마디가 쑤시고 식은땀으로 러닝셔츠가 축축하게 젖도록 힘겹게 걸었다.

누군가가 나를 본다면 대낮부터 취해서 비틀거리며 걷고 있을 것이라고 생각할 정도로 간신히 걸어서 자취방에 들어갔다.

체육복으로 갈아입고 이불을 덮었다. 몸이 덜덜 떨려서 잠이 오지 않았다. 며칠 전에 마시고 남은 캡틴큐를 반병 정도 마셨다. 그래도 오한이 가시지 않았다. 오징어 다리가 나무껍질처럼 아무 맛도 없었다.

태아처럼 잔뜩 몸을 웅크리고 방문을 바라봤다. 방 안은 창문이 작아서 컴컴한데 마당은 환하다. 개도 감기몸살에 걸린다. 하지만 개는 주사를 맞거나 감기약을 먹지 않는다. 나는 인간이다. 개보다는 빨리 낳을 것이라고 생각하며 눈을 감았다. 슬프지는 않은데 눈물이 날 만큼 외로웠다. 요즈음 자주 외로움을 탄다. 외롭다는 생각을 할 때마다 쓴웃음이 나온다.

단 한 줄의 소설도 쓰지 못하면서도 마약중독자처럼 소설가가 되겠다는 꿈의 중독에서 벗어나지 못하고 있는 내가 싫었다. 소설 쓰기를 정말 포기하겠다고 결심을 하면 금단증상이 왔다. 좁은 방 안에서 벽이며 천장의 글씨가 흐느적거리는 것으로 보일 정도로 캡틴큐를 마시거나, 세상을 살아가야 할 이유를 찾지 못해서 감쪽같이 죽는 방법에 대해 연구하기도 했다.

죽음 연습의 종착역에는 늘 부모님과 형제들이 서 있었다. 그래, 나라고 못 쓰라는 법은 없지. 사람은 언젠가 죽게 되어 있다. 그러나 장성병원 시체실에 누워있는 자식을 보게 될 부모님들의 마음을 헤아려보면 죽음은 새처럼 날개를 달고 창공으로 날아가 버리곤 했다.

병원에서 본 진폐증 환자의 시커먼 얼굴이 선명하게 떠오르는 것을 느끼며 잠속에 빠져들었다. 꿈속에서 갑자기 광업소로 발령을 받았다. 랜턴이 달린 노란색 헬멧을 쓰고 배터리를 챙겼다.

갱 안으로 들어가는 탄차를 타려고 하는데 이혜진이 달려왔다. 순영이 지금 영업소에 와 있다는 것이다. 영업소에 가 보니까 순영이 울고 있었다. 아버지가 진폐증이 걸려서 장성병원에 입원했는데 어떡하면 좋겠냐는 것이다. 장성병원으로 가는데 토끼풀이 지천으로 깔린 초원이 나왔다.

"시계 만들어 줄까?"

내가 토끼풀 두 개를 엮어서 시계처럼 만들었다. 토끼풀 시계를 순영이 손목에 매주고 있는데 비가 내리기 시작했다. 비를 피할 곳을 찾아서 순영이와 들판을 뛰어다니다가 눈을 떴다.

온몸이 식은땀에 젖어서 체육복이 축축할 지경이었다. 밖은 아침인지 오후인지 환하다. 일어나려고 몸을 움직였다. 여전히 뼈마디가 쑤시고 머리가 아파 일어나고 싶지 않았다. 입안은 쓴 약을 먹었을 때처럼 몹시 썼다. 터질듯한 요의에 억지로 일어나서 마당으로 나갔다. 오후 서너 시쯤 된 것 같았다.

화장실에 다녀와서 방으로 들어가지 않았다. 수돗가 난간에 걸터앉았다. 마당이 좁은 데다 담과 축대가 사방을 막고 있어서 겨울에는 몸서리치도록 불어대던 바람이 조용했다. 바람만 조용한 것이 아니다. 이 시간에는 일이 있으나 없으나 영업소에 앉아 있어야 할 시간이다.

체육복 차림으로 마당에 앉아 있으니까 마음도 고요했다.

안채를 감싸고 대문까지 연결되어 있는 맞은편 축대를 따라서 잡초가 띠처럼 자라고 있었다. 아침저녁으로 마당을 오갔지만, 축대 밑에 많은 잡초가 자라고 있는 것을 유심히 본 것은 처음이다. 보아 주는 이 없어도 봄이면 촉을 세우고 제멋대로 자라고 있는 잡초가 예사롭게 보이지 않았다. 흔한 망초나, 씀바귀나 제비꽃처럼 꽃 한 송이 달지 않았다. 키가 크면 큰대로, 작으면 작은 대로. 줄기가 굵으면 굵은 대로 실처럼 연하면 연한대로, 비가 오면 비를 맞고, 바람이 불면 바람이 원하는 대로 흔들려 주며 사는 잡초들도 생명이 있으니까 영혼이 있을 것이다.

머리에 돌덩이가 들어 있는 것처럼 묵직하게 통증이 살아났다. 눈을 질끈 감았다가 뜨는데 식은땀이 이마에서 흐르는 것을 느꼈다. 잡초들도 영혼이 있으니까 해가 뜨는 남쪽을 바라보며 서 있을 것이다. 낯설고 물설은 장성 땅의 빈 집 앞에 앉아 있는 나는 영혼이 없을 것 같았다. 어쩌면 나는 잡초만도 못한 인간인지도 모른다는 자괴감이 두통을 잠시 잊게 만들었다.

햇볕이 어지러워서 일어났다. 비에 젖은 빨래들이 어느 사이에 말랐다. 비를 맞았으니까 다시 빨아야 입을 수 있을 것 같았다. 어린 시절 마당에서 빨래를 널고 있던 어머니가 떠 올랐다. 어머니는 자식이 강원도 태백하고도 어느 탄광촌에서 열심히 살고 있을 것으로 믿고 있을 것이다. 자식이 소설가가 되겠다는 꿈에 중독이 되어서 잡초처럼 살고 있다는 것은 까맣게 모르고 있을 것이다.

나는 어머니를 슬프게 해서는 안 된다고 생각하며 일어섰다. 방으로 들어가서 누웠다. 온몸이 아프고 추웠다. 약을 사 먹던지 캡틴큐를 마시든지 해야 안정이 될 것 같았다. 일어나 앉으면서 시간을 확인했다. 다섯 시다. 이혜진이 퇴근하려면 한 시간 남았다. 영업소에 들어갔다가 캡틴큐라도 한 병 사 와야겠다는 생각으로 일어섰다.

2층에 있는 영업소 계단을 올라가다 이혜진을 만났다. 이혜진은 보험료를 입금하러 은행에 가는 중인지 통장을 들고 있었다.

"어, 어머! 소장님?"

"은행에 가려고?"

"네, 어머, 이 땀 좀 봐. 병원에 갔다 오셨어요."

이혜진이 빠르게 계단을 내려왔다. 내 옆구리에 손을 넣어 부축해 올라가면서 놀란 얼굴로 물었다.

"은행에 다녀와. 난 괜찮으니까."

나는 이혜진에게 아픈 모습을 보이기 싫었다. 애써 웃으면서 부축을 풀었다. 문을 열고 들어가 소파에 천천히 앉는다는 것이 무너지듯 앉아 버렸다.

"너무 아프신 거 같아요. 약은? 주사는 맞았어요?"

이혜진이 탕비실로 뛰어갔다. 물을 컵에 따라 들고 와서 아이에게 먹여주듯 내 입에 댔다. 나는 그렇지 않아도 갈증을 느끼던 참이었다. 물컵을 받아서 단숨에 마셔 버렸다. 갈증이 가시고 나니까 좀 살 것 같았다. 이혜진이 수건을 들고 와서 착착 접었다. 수건으로 얼굴을 꾹꾹 눌러 식은땀을 닦았다.

"별일 없지?"

"별일이 왜 없어요. 소장님이 출근 안 하셨는데. 어휴, 술 냄새. 약 안 드시고 술 드셨죠?"

"별일 없으면 그만 가 볼게. 문단속 잘하고 퇴근해."

이혜진이 어이가 없다는 얼굴로 하는 말에 할 말이 없었다. 일부러 웃으며 일어서는데 비틀거렸다. 이혜진이 깜짝 놀란 얼굴로 얼른 부축한다는 것이 양손으로 나를 껴안는 자세가 되어 버렸다. 놀란 이혜진의 얼굴이 코앞에 와 있다는 걸 뒤늦게 알았다. 소파 등받이를 잡고 자세를 바로잡았다.

캡틴큐와 우유, 안주가 될만한 새우깡을 사 들고 자취방으로 갔다. 억지로라도 걸었더니 뼈마디 쑤시는 통증이 조금은 좋아진 것 같았다. 독수리표 전축의 라디오 버튼을 눌렀다. 수잔 잭슨의 에버그린(Evergreen)이 감미롭게 흘러나오기 시작했다.

때로는 봄이면 사랑이 움트고

여름이면 내 사랑의 꽃이 자라나죠

그리고 겨울이 다가와

차가운 바람이 불기 시작하면

그 꽃은 시들어 버려요.

에버그린을 듣기가 싫어서 산울림 테이프를 꽂았다. 워크맨하고는 다른 울림이 방 안을 조용히 채우기 시작했다. 산울림 리더 김창완 특유의 아이 같은 목소리로 '창문 너머 어렴풋이 옛 생각이 나겠지요'가 흘러나오기 시작했다. 캡틴큐 뚜껑을 열었다.

그런 슬픈 눈으로 나를 보지 마세요
가버린 날들이지만 잊혀지진 않을 거예요.
오늘처럼 비가 내리면은 창문 너머 어렴풋이
옛 생각이 나겠지요
그런 슬픈 눈으로 나를 보지 마세요
가버린 날들이지만 잊혀지진 않을 거예요.

캡틴큐를 병째 들고 절반 정도를 목 안에 비워 버렸다. 숨이 턱 막히는 것을 느끼며 고개를 늘어뜨렸다. 빈속에 들어간 국산 위스키가 요동을 일으키면서 짜릿한 통증이 살아났다. 마약에 중독이라도 된 사람처럼 어깨를 축 늘어뜨리고 개침을 흘리며 산울림의 노래를 들었다. 통증이 서서히 가라앉는 것을 느끼며 우유 몇 모금을 마셨다.

새우깡 한 개를 씹어 먹으며 이불 위에 벌렁 누웠다. 새우깡 냄새를 품은 한숨이 저절로 나왔다.

얼마나 잠을 잤는지 모른다. 심한 요의를 느끼며 눈을 떴다. 방 안에 불이 환하게 켜져 있다. 창문 밖에는 어둠이 커튼을 치고 있었다. 누군가 옆에 있는 것 같은 인기척에 고개를 돌렸다. 이마에서 물수건이 툭 떨어졌다. 놀랍게도 이혜진이 얼굴 가득 슬픔을 담고 앉아 있었다.

“왜 이렇게 사세요?”

이혜진이 방 안을 휘둘러 보고 내 얼굴을 바라봤다. 나는 할 말이 없었다. 순영이는 반찬을 갖다 주고 빨래까지 해 줬다. 이혜진은 병문안을 왔다. 이 시간 순이네 분식에 가면 이영숙은 칼국수를 끓여주고 젖가슴을 내밀 것이다. 장성 여자들은 모두 천사 같다는 생각이 들었다.

“병원에도 안 갔죠? 술만 드시고?”

이혜진이 캡틴큐가 절반 정도 들어 있는 병을 들어 보였다.

“이열치열이라는 말도 있잖아. 원래 미국 같은 나라에서는 감기몸살에 걸리면 약을 안 먹고 위스키나 코냑을 마신다잖아.”

나는 일단 일어나 앉았다. 잠을 자면서 식은땀을 흘렸는지 러닝셔츠가 축축하다. 이혜진 등 뒤에 있는 개다리소반이 눈에 띄었다. 냄비와 몇 가지 반찬이 있었다. 허! 반찬까지. 또 순영이 얼굴이 떠올랐다. 둘이 경쟁이라도 하듯 반찬을 갖다 주는 것이 고맙지가 않았다. 오히려 부담스럽기만 했다.

“진짜 미국 사람들은 감기몸살에 위스키를 마셔요?”

“사람은 원래 감기몸살 같은 것은 약을 먹지 않아도 자연 치유하게 되어있다구.”

“미국 사람들하고 한국 사람들하고 같아요? 그 사람들은 밥대신 커피하고 빵만 먹잖아요. 약 드시려면 죽이라도 드셔야 해요.”

“이따 먹을게.”

이혜진의 성의가 고마워 입맛이 없다는 말은 할 수가 없었다. 도라지무침이며 연뿌리 볶음 같은 반찬은 집에서 가져왔지 못 보던 것들이다.

"제 앞에서 죽 안 드시면 저 오늘 집에 안 갈 거예요. 그러니까 어서 드세요."

이혜진이 개다리소반을 내 앞으로 가져왔다. 내 옆에 앉아서 수저를 들어 내 손에 쥐여 주었다. 이혜진에게서 향수 냄새가 나는 것 같았다. 나도 모르게 이혜진을 바라봤다. 이혜진이 금방이라도 죽을 떠서 먹여 주겠다는 표정이다.

"술 한잔할래?"

이혜진의 성의를 봐서 죽을 먹어야 할 것 같았다. 입맛이 없어서 그냥은 먹을 수가 없었다. 캡틴큐 병을 들어 이혜진에게 마실래? 하는 표정을 지었다. 주세요. 이혜진이 망설이지도 않고 빈 밥그릇을 가져왔다.

"남자들은 참 바보 같아요. 맛이 있는 것도 아닌데 이렇게 쓴 술을 왜 마시는지 모르겠어요."

이혜진에게 캡틴큐를 따라줬다. 얼굴을 찡그리며 마시는 사이에, 나도 숭늉처럼 마셨다. 젓가락을 들어 멸치볶음을 안주로 먹으려 하는데 이혜진이 중얼거렸다.

"예전에 소장님도 혼자 술을 얼마나 좋아하셨는지 몰라요. 밥보다 술을 더 좋아해서 술 안 마시는 날이 없었어요."

"우리 나이가 철없이 술 좋아할 나이잖아. 그분하고 친했나 보지?"

"아, 아니에요. 소장님이셨잖아요. 저는 총무였고, 그게 전부에요. 다른 관계는 없었어요."

이혜진이 반찬이 담긴 접시들을 내 앞쪽으로 옮겨 놓으면서 말했다. 다른 관계는 없었다는 말이 묘한 뉘앙스를 풍겼다. 어쩌면 전임소장을 이성적으로 사랑했는지도 모른다고 생각하며 캡틴큐를 몇 모금 마셨다.

7. 희미한 첫사랑의 그림자

이혜진이 보온도시락에 밥을 싸고, 국거리를 챙긴 냄비에 반찬까지 싸들고 왔다. 영업소 총무된 입장으로 소장님을 보살필 의무가 있다며 앞으로 계속 도시락을 싸오겠다고 선포를 했다.

"어쩌지, 춘양식당에서 점심 대 놓고 먹기로 했는데. 월말에 계산하기로 하고."

단호하게 말하는 이혜진의 배려는 고마웠다. 하지만 마냥 고마워할 일이 아니다. 이혜진과 결혼하게 될지도 모른다는 생각이 번뜩 들었다. 더는 점심을 싸 와서는 안 된다는 생각에 거짓말했다.

"어머, 잘됐네요. 엄마가 그러는데, 소장님 나이 때 자꾸 굶으면 나이 들어서 골병 든대요. 오늘은 제가 싸 온 도시락 드실 거죠?"

이혜진의 말을 듣고 나니까 거짓말을 참 잘했다는 생각이 들었다. 도시락은 이혜진의 어머니가 싼 것 같았다. 두 모녀가 도시락을 준비할 때, 일개 영업소장 건강을 생각하며 반찬을 만들지는 않았을 것이다. 미래 남편감이나 사윗감으로 염두에 두고 즐거운 마음으로 쌌을 것이라고 생각하니까 남모르게 안도의 한숨이 저절로 나왔다.

이혜진의 성의는 박미자가 사정없이 깨트려버렸다. 황지에서 저축성 장기보험에 가입할 계약자에게 상품 설명 좀 해 달라. 오늘 제가 점심을 사기로 했으니 같이 가자. 라며 데리러 왔다. 그것도 그냥 온 것이 아니고, 택시를 영업소 앞에 세워 놓고 숨이 차도록 2층으로 뛰어 올라왔다.

"미안해."

나하고 둘이 점심 먹을 생각에 들떠 있던 이혜진의 얼굴은 변화가 없었다. 너무 미안해서 손이라도 잡아주고 싶어 주고 싶었지만 문 앞에 박미자가 서 있어서 그럴 수가 없었다. 어깨를 툭 쳐 주고 나서 박미자를 따라나섰다.

"저녁에 같이 먹어요. 아셨죠?"

문을 닫으려는데 뒤통수가 간지러워 견딜 수가 없었다. 이혜진에게 시선을 돌렸다. 이혜진이 뛰어왔다. 계단을 내려가는 박미자의 뒷모습을 흘겨봤다. 하여튼 도움이 안 돼. 입술까지 삐죽거리고 내 품에 안길 것처럼 가까이서 속삭였다.

오후에는 시간이 남아서 지점에 들렀다. 지점장님께 인사나 하고 들렀는데, 강릉 출장 갔다가 지금 오는 중이니 기다리라는 말에 대기를 했다. 특별하게 할 말이 있는 것 같은 눈치여서 5시까지 기다렸다.

"오랜만에 만났으니 저녁이나 같이 먹자구."

지점장이 지점에 들어오자마자 업무과장을 불러서 식당 예약을 하라고 지시했다. 나는 영업소로 전화를 해서 이혜진에게 상황을 설명했다. 이혜진은 가타부타 말을 하지 않았다. 너무 미안해서 조금만 먹고 갈 테니 기다려 줄래? 침묵하고 있던 이혜진의 목소리가 너무 밝아서 귓속이 환해지는 것 같았다.

서울에서는 월요일부터 토요일을 기다렸다.

토요일은 잘 익은 사과 같은 날이다. 오전에 사과껍질을 벗겨내면 오후부터 일요일 저녁까지 편하게 사과의 맛만 즐기면 되는 일만 남았다. 내게 일요일 글쓰기는 사과의 가장 맛있는 부분이다. 사과에서 가장 맛이 있는 부분은 씨를 품고 있는 딱딱한 씨방을 감싼 부분일 것이다.

사과의 가장 맛있는 부분 같은 소설을 쓰기 위해서 등산이라든지, 실업팀끼리 경기를 하는 농구 구경이나, 극장가를 배회하지 않았고, 지인들을 만나서 술을 마시지도 않았다. 오로지 소설을 습작하거나, 읽거나, 구상하는 데 시간을 할애했다.

소설을 쓰지 않고 맞는 월요일은 나그네가 목적지에 도착해서 휴식을 취하지 않고, 다시 먼 여행을 떠나는 것처럼 무기력했다. 일요일 소설을 쓴 월요일은 충분한 휴식을 취한 것 같아서 상쾌한 기분으로 출근을 했다.

여름이 되면서 주말이 너무 싫었다. 소설을 쓰면 황금같은 주말이 되겠지만, 소설이 써지지 않는 주말은 시간이 너무 더디게 흘러서 가슴이 답답했다.

토요일 오전부터 술에 절어 지내는 것도 너무 잦다 보니 시간을 쏜 살같이 흘려보내는 효과를 주지 못했다. 영업소 출근해서 텔레비전을 보거나, 신문을 봐도 시간은 흘러가지 않고 맴을 도는 것 같았다.

금요일 오후부터 시간은 고래 심줄처럼 질겨지기 시작했다. 권태익에게 전화해서 오토바이를 사자고 제안했다. 그래, 나도 오토바이가 필요하다구. 다음 주쯤에 오토바이 센터에 가자. 다음 주에 오토바이를 사겠다고 생각하니까 소풍을 앞둔 아이처럼 설레기 시작했다. 신문철을 뒤져서 오토바이 광고를 찾아냈다.

순영이 저녁을 사달라고 전화가 왔다. 장성에는 소장님을 아는 사람들이 많으니까 황지에서 만나자. 지금 황지에 나와 있으니까 버스를 타고 오시면 된다고 일방적으로 통보를 하고 전화를 끊었다. 일방적으로 통보를 하지 않고, 부탁을 했더라면 열아홉 살짜리 소녀와 만남이 부담스러웠을 것이다. 친동생이나 되는 것처럼 당당히 말하는 목소리가 귀여워서 부담이 없었다.

황지에는 백여 개의 군소 탄광이 있어서 장성과 분위기가 확연히 다르다. 여름날의 장성이 느릿하게 부채질을 하는 지역이라면, 황지는 공업용 대형 선풍기가 팽팽 돌아갈 정도로 활기가 넘쳤다.

시장으로 들어가는 길에서 서성거리고 있는 순영을 만났다. 나이가 들어 보이게 하려고 긴 머리카락을 늘어트리고 청바지를 입은 순영이 반가운 얼굴로 다가왔다. 정면을 보고 걸으면서 무엇이 즐거운지 계속 웃었다.

"오늘 왜 오빠한테 저녁 사 달라고 했는 줄 아세요?"

"좋은 일 생겼나 보지."

"오늘이 제 생일이에요."

"몇 개월 더 있어야 스무 살이라고 하지 않았어?"

"호적에는 십이 월이 생일로 되어 있지만, 원래 오늘이 진짜 생일이에요."

"그럼 가족끼리 같이 보내야 되는 거 아냐?"

"아빠가 오늘 병반이라서 오후에 광업소에 출근하시거든요. 그래서 아침에 미역국 먹을 거로 생일빵 했어요. 오늘은 제 생일이니까 저 먹고 싶은 거 사 주실 거죠?"

"뭐가 먹고 싶은데? 제과점 가서 케익 먹을까?"

웃는 얼굴에 침 뱉을 수 없는 것처럼, 가슴을 열고 다가오면 부담이 줄어든다. 순영은 이혜진과 다르게 누이동생처럼 부담 없이 다가와서 좋았다.

"짜장면 먹고 싶어요. 짜장면 먹고 극장 구경시켜주세요."

"학생이 극장가면 안 되잖아."

"제가 아까 말했잖아요. 음력으로는 오늘부터 스무 살이거든요."

순영이 중국음식점 앞에서 멈췄다. 서울 버스 종점 근처나 변두리에서 쉽게 볼 수 있는 평범한 음식점이다. 일부로 사람들이 많이 찾지 않는 음식점을 선택한 것처럼 보였다.

"제 얼굴 뭔가 달라진 것 같지 않으세요?"

순영이 원하는 데로 짜장면을 주문했다. 짜장면만 주문하면 허전할 것 같아서 탕수육과 소주 한 병을 시켰다. 순영이 보리차 한 모금을 얌전하게 마시고 내 얼굴을 빤히 바라봤다.

"글쎄?"

순영은 긴 머리가 어깨를 덮고 있었다. 옷도 아가씨들처럼 검은색 반소매 티셔츠에 청바지 차림이다. 그밖에는 변한 것이 없어 보여서 얼굴을 뜯어봤다.

"저한테 관심이 없으신가 봐. 저 많이 변했거든요. 다시 한번 봐 주세요."

순영이 사진이라도 찍는 것처럼 양손을 가지런히 모으고 수줍게 웃었다.

"아가씨 같네…"

주인아줌마가 단무지와 양파를 들고 왔다. 여자를 사랑할 줄 모르는 사람은 여자를 보는 눈도 없다. 순영을 자주 안 봐서 그런지 몰라도 변한 곳이 없는 것 같았다. 소주를 마시고 생각나는 대로 말했다.

"칠십 점! 다 큰 아가씨 같다고 하셨으면 백 점이었을 텐데…저도 한잔 주세요."

"안 돼. 졸업하면 한잔 사 줄게."

"미워. 조금 전에는 아가씨 같다고 하셨으면서…"

순영은 이내 포기한 얼굴로 단무지를 잘근잘근 씹어 먹었다. 짜장면이 나왔다. 직장 다니면 매일 점심때마다 짜장면 먹을 거예요. 순영은 금방 여고생으로 돌아가서 입맛을 다시며 나무젓가락을 들었다.

황지극장에는 작년에 종로에 있는 단성사에서 개봉한 "록키" 포스터가 붙어 있었다. 복싱 글로버를 끼고 있는 실버스텔론의 사진 옆에 최인호 원작의 '도시의 사냥꾼' 포스터가 붙어 있었다. 주인공 정윤희가 뒤돌아서서 브래지어만 걸친 체 옷을 벗고 있는 모습이다.

"재미없겠는데?"

"전 재미있을 것 같아요."

록키는 순영과 같이 봐도 괜찮을 정도다. 도시의 사냥꾼은 영화는 보지 않았지만, 최인호의 소설은 읽었다. 러브신이 나올 것 같아서 몸을 돌렸다. 순영이 깜짝 놀라서 얼른 내 팔짱을 끼고 매표구 앞으로 걸어갔다.

훗날 순영은 어두운 극장에서 내가 손을 잡을까 봐 내내 영화 내용이 들어오지 않았다고 고백했다.

"만약 내가 손을 잡았으면 어떡할 번했어?"

"아프게 손등을 꼬집으려고 했어요…"

"정말?"

나는 영화에 몰입하고 있어서 순영이 옆에 앉아 있다는 것도 의식하지 못했었다. 그래도 궁금하다는 얼굴로 반문했다.

"솔직히 손등을 꼬집겠다는 생각은 안 했어요. 오빠가 손을 잡으면 어떡하나, 계속 가슴이 두근거려서 영화를 보지 못했어요."

순영은 귀밑까지 붉게 물들이면서 고개를 숙였다. 그럼 나한테 손 잡히고 싶어서 영화 보여 달라고 한 거야? 순영이 민망해할 것 같아서 슬쩍 말을 돌렸다. 아! 아니에요. 생일날 오빠하고 정말 영화 보고 싶었거든요. 순영은 금방 새침한 얼굴로 말을 하며 흘겨봤다.

영화가 끝나고 밖에 나갔을 때 어둠이 깔려 있었다. 짜장면을 먹으면서 마신 소주의 취기는 영화를 보는 사이에 증발해 버렸다. 순영이만 없다면 어디 가서 혼자라도 한잔하고 싶은 생각이 간절했다.

"오빠, 황지에 나이트클럽 있다는 거 아시죠?"

어둠은 순영에게 용기를 주는 것 같았다. 극장에 갈 때와 다르게 팔짱이라도 낄 것처럼 바짝 붙어서 걷다가 갑자기 생각났다는 얼굴로 물었다. 장성 같으면 인적이 드물 시간인데도 황지는 많은 행인들이 오가고 있었다. 우린 사람들이 걸어오면 잠깐 떨어졌다가, 지나가면 다시 붙어서 걸었다.

"안 가봤어. 가보고 싶어?"

이혜진도 순영하고 같은 말을 했었다. 둘 다 순진해서 같은 질문을 할 것으로 생각하며 물었다.

"나중에 크리스마스 날 밤 데려다 주실래요?"

"그때도 학생이잖아."

"그때는 괜찮을 것 같아요. 호적상으로도 스무 살이거든요."

순영이 꿈을 꾸는 눈빛으로 나를 바라보며 속삭였다. 나는 대답을 하지 않고 고개만 끄떡거렸다. 12월은 영원히 오지 않을 것 같다는 생각이 들면서 이영숙이 보고 싶었다.

권태익과 오토바이를 구입했다. 선수금 십만 원을 지불하고 잔금 이십만 원은 나눠서 갚는 조건이다.

"잘 봐요. 오른쪽 핸들의 손잡이는 액셀러레이터, 발로 밟는 이건 천천히 밟으면 일단, 또 한 번 밟으면 이 단, 더 깊게 밟으면 삼단. 뒤로 밟으면 브레이크…"

오토바이 기종은 기아혼다 90cc다. 가격이 저렴하면서도 장성처럼 산길이 많은 곳에서 잘 팔리는 기종이다. 오토바이센터 사장은 나와 권태익을 옆에 세워놓고 오토바이 기능에 대해서 진지하게 설명을 했다.

"내가 한번 타 보겠습니다."

사장의 설명을 가만히 들어보니까 어렵지 않을 것 같았다. 권태익이 놀란 얼굴로 바라보든 말든 오토바이에 올라탔다.

사장은 반신반의하는 얼굴로 웃으면서 내 손을 끌어 핸들을 잡게 했다. 키가 커서 한쪽 다리로 땅을 짚고 핸들을 움켜잡았다. 오토바이에 앉아서 보는 시내 풍경은 장성이 아닌 낯선 지역처럼 보였다.

"우선 일 단으로 자전거 타는 것처럼 천천히 타 보세요."

나는 긴장한 얼굴로 1단을 집어넣었다. 사장이 액셀러레이터 라이터를 천천히 당기세요. 라고 옆에서 말하기 무섭게 오토바이가 굉음을 내며 튕겨 나갔다. 경험이 많은 사장이 재빠르게 달려들어서 액셀러레이터를 원위치시켰다. 사장이 시키는 데로 천천히 액셀러레이터를 당긴다는 것이 긴장 탓에 이번에는 뒷바퀴가 번쩍 들렸다. 사장이 얼른 짐받이를 눌러서 오토바이를 바르게 세웠다. 등에서 식은땀이 주르르 흐르는 것을 느끼며 권태익을 바라봤다.

“내려. 내려!”

나보다 더 놀란 권태익이 힘없는 목소리로 손짓을 해가며 중얼거렸다. 나는 다시 한번 타 보면 될 것 같은 생각이 들기는 했지만 내리고 말았다.

무식하면 용감하다는 말이 있다. 권태익과 나는 하장성에서 집에까지 오토바이를 끌고 왔다. 곧바로 장성초등학교로 갔다. 사장이 알려준 데로 액셀러레이터를 조절해 가면서 오토바이를 탔다. 핵심은 기어를 넣는 단계에 따라서 액셀러레이터를 당겨야 한다는 점이다. 처음이니까 기어 넣는 것하고 액셀러레이터 당기는 것하고 따로 놀았다. 1단 기어를 넣고 액셀러레이터를 당기니까, 왱! 하는 소음이 운동장 멀리까지 퍼져 나갔다.

운동장에서 연이어 퍼져 나가는 오토바이 굉음에 반바지에 티셔츠를 입은 선생이 나왔다. 오늘 밤 숙직인 듯한 선생은 담배를 피우면서 심심하던 차에 잘됐다는 얼굴로 우리의 묘기를 지켜봤다.

오토바이가 자전거를 타는 것보다 쉽다는 오토바이센터 사장의 말은 빈말이 아니다. 자전거를 배울 때 어른들이 타는 자전거로 배웠다. 안장에 앉으면 발이 페달에 닿지 않아서, 안장 밑으로 다리를 집어넣어서 타는 것이 여간 어렵지가 않았다. 오토바이는 페달을 밟지 않고 액셀러레이터와 기아 넣는 것만 잘하면 탈 수가 있다.

초등학교 운동장에서 해가 질 무렵까지 서너 시간 오토바이와 씨름하다 보니 제법 균형이 잡혔다. 가끔 액셀러레이터와 기아가 균형이 맞지 않아 굉음을 토해내기는 하지만 원하는 방향으로 갈 수는 있었다.

권태익과 오토바이를 타고 중국음식점으로 갔다. 음식점 앞에 나란히 오토바이를 세워놓고 들어갔다.

"축하주 한잔해야지?"

음주운전에 대해서 단속도 없었지만 경각심이 없던 시절이었다. 둘이 짬뽕을 안주 삼아 고량주를 두 병씩 마셨다. 세 살 버릇 여든까지 간다는 말이 있다.

오토바이를 구입한 날 취하도록 술을 마신 것이 시초가 됐다. 그 후로는 오토바이 타고 장성을 벗어나는 날은 술 마시러 가는 날과 동의어가 되어 버렸다.

그날 저녁 처음으로 소설을 써야 한다는 강박관념에 시달리지 않았다.

내일 새벽에 일어나 오토바이를 더 능숙하게 타겠다는 생각을 하면서 잠이 들었다. 꿈속에서 오토바이를 탔는데 앞으로 나가지 않았다. 권태익은 내게 손을 흔들어 보며 쏜살같이 달려갔다. 오토바이가 고장이 났는지 모른다는 생각에 오토바이센터 사장에게 전화를 했다. 오토바이를 타고 달려온 사장은 고장 난 곳이 없다며 타보라고 했다. 오토바이가 가기는 하는데 자전거보다 느렸다. 뒤를 돌아다 보니 순영이 뒤에서 오토바이를 잡아당기고 있었다. 위험하니까 타지 말라며 울었다.

새벽에 눈을 뜨니까 6시 20분이다. 바쁘게 옷을 입고 밖으로 나갔다. 마당에 세워져 있는 오토바이를 도로까지 끌고 갔다. 장성초등학교 운동장까지 가야 하는데 액셀러레이터를 잡아당기는 속도와 기어를 넣는 속도가 엇박자를 일으킨 까닭이다. 그냥 시동만 꺼지는 것이 아니다. 오토바이는 앞으로 나가지 않고 액셀러레이터만 잡아당기니까 조용한 새벽 도로가 들썩일 정도로 요란한 굉음을 내며 시동이 꺼졌다.

새벽부터 진땀을 흘리며 절반 정도는 타고, 절반 정도는 끌면서 장성초등학교에 들어갔다. 권태익은 벌써 운동장을 돌고 있었다. 어제보다 훨씬 능숙하게 타는 모습을 보니까 꿈 생각이 났다. 꿈은 반대라고 하던데…권태익이나 나나 초보운전 등급은 같다. 나도 권태익처럼 능숙하게 탈 수 있다는 자신감을 갖고 새벽바람을 가르기 시작했다.

내게 오토바이는 말라비틀어진 잡초에게 내리는 단비 역할을 해 줬다. 영업소에 출근해서도 퇴근 후에 오토바이 탈 생각을 하면 즐겁기만 했다. 오토바이가 있기 전의 하루가 노동능력을 상실한 노인이 공원 벤치에 앉아서 하염없이 비둘기를 바라보는 시간이라면, 오토바이를 구입하고 난 시간들은 여행 준비를 끝내놓고 출발을 기다리는 청춘들과 같았다.

"소장님 오토바이 샀어요?"

이혜진이 보험료 수금을 나갔다가 들어오면서 물었다.

"어떻게 알았어?"

오토바이는 집 마당에 고이 모셔두었다. 대문을 잠그지는 않았지만, 이혜진이 알 턱이 없다는 얼굴로 물었다.

"제일약국 약사님이 봤대요. 새벽에 어떤 놈이 오토바이를 갖고 왱왱거리며 시끄럽게 굴길래 내다봤대요. 새벽 단잠을 깨우는 놈이 어떤 놈이냐고, 한마디 하려고 보니까, 소장님이 새 오토바이와 씨름을 하는 모습을 보고 그냥 뒀대요."

"우체국 권태익 씨 알지?"

"소장님 친구분?"

"권형이 자꾸 오토바이를 같이 사자고 조르는 통에 어제 구입했어."

"오토바이 위험 할 텐데, 여기는 길이 안 좋아서 오토바이 사고가 자주 나거든요. 우리하고 같은 31동 사택에 사는 광업소 총무과 직원도 오토바이 사고로 죽었어요. 철암가는 쪽 구문소 있잖아요. 거기 삼거리서 왼쪽으로 핸들을 틀어야 하는데 그냥 똑바로 달려서 바위를 처박고 죽었거든요."

"일 절만 하자. 무서우니까…"

이혜진의 말뜻을 모르는 것은 아니다. 오토바이 조심해서 타라는 말보다 기분은 안 좋았다.

"저는 소장님이 오토바이 타는 거 싫어요. 차라리 자동차를 한 대 구입하시지 그래요."

이혜진은 원망스러운 눈으로 나를 흘끔 바라보고 자기 의자에 털퍼덕 주저앉았다. 보험료 수금할 때 가지고 다니는 서류 가방을 책상 위에 던지듯 내려놨다.

"차 있으면 갈 데는 있어? 오토바이는 작으니까 어디든 갈 수 있지만 차 몰고 갈 수 있는 데는 버스도 다니잖아."

"권태익, 그 사람 자기 분수도 모르는 사람 같아. 우체국 월급 얼마 받는다고 오토바이래?"

이혜진이 고개를 숙이고 볼펜으로 무언가를 마구 휘갈겨 쓰면서 원망 서린 목소리로 말했다.

"내가 오토바이 잘 타게 되면, 뒤에 태워서 바다도 데리고 가 줄게."

"어머! 진짜예요? 근데, 어느 바다를 갈 수 있어요?"

이혜진이 의자를 빙 돌려서 나를 바라보며 거짓말처럼 밝은 표정을 지었다.

"권태익 씨가 그러는데 황지에서 호산이라는 바다가는 길이 있데. 서너 시간이면 충분히 갈 수 있다고 하든데…"

이혜진하고 호산을 가겠다는 생각도 안 해보고 불쑥 말하고 나니까 목적이 생겼다. 호산은 바닷가다. 사방이 산으로 막혀 있는 섬을 벗어나 바다를 보면 새로운 힘이 솟아날 것 같았다. 더불어서 소설도 잘 써질지 모른다는 희망도 생겼다.

순영은 방학이 끝나고 벽산 영업소에 취직했다고 전화가 왔다. 영업소 직원은 소장을 포함해서 3명이다. 순영은 출근해서 사무실을 청소하거나, 직원들이 출장을 갔을 때 전화를 받거나, 손님이 왔을 때 커피를 끓여 내는 일을 한다고 했다.

순영이 벽산영업소에 출근을 한 날 박미자와 조혜숙과 이혜진을 데리고 저녁을 먹으러 갔다. 장성 시내에 있는 식당 중에서 가장 크고 장사가 잘되는 장성옥으로 갔다. 앞에서도 언급했지만, 장성옥은 정육식당이고, 2층은 맥주 홀이다.

1970년대 후반 파주나 평택 같은 곳에서 쉽게 볼 수 있는 맥주 홀에는 작은 무대가 있다. 칸막이로 만든 홀에는 커튼이 쳐져 있고, 아가씨들이 술 시중을 드는 그런 곳이다.

'관'자가 들어가는 태백관이니, 중앙관 등의 술집은 모두 산기슭에 있는데 맥주 홀 형태의 술집은 시내에 있다. 로터리를 중심으로 산재해 있는 맥주 홀에는 대여섯 명, 적게는 두세 명의 아가씨들이 웃음을 팔고 술을 팔았다. 이른 아침이면 서너 명씩 떼를 지어서 목욕탕에 가는 그녀들을 쉽게 볼 수 있었다.

초저녁인데도 2층에 있는 장성옥의 창문에서는 붉은 불빛이 쏟아져 나오고 있었다. 기타와 전자오르간 반주에 맞춰서 노래를 부르는 소리가 낮게 새어 나왔다. 권태익과 장성옥에서 고기를 구워 먹고 2층으로 올라가기도 했었다.

정육식당은 방처럼 앉아서 먹는 구조다. 초저녁인데도 많은 손님들이 고기를 구워 먹거나 술을 마시고 있었다. 빈자리를 찾아 두리번거리다 뜻밖에도 순영을 봤다. 순영은 회사원으로 보이는 두 명의 중년들과 저녁을 먹는 중이다.

"어머, 언니."

순영은 나와 시선이 마주치는 순간 반가움에 어쩔 줄 모르는 얼굴로 바라봤다. 그러나 말은 걸지 않았다. 이혜진에게 손을 흔들어 보이며 반겼다.

"웬일이니?"

이혜진이 놀란 얼굴로 물었다.

"오늘부터 출근하잖아요. 소장님하고 과장님이 환영식 해 주신다고…"

순영이 나 들으라는 목소리로 말을 하면서 이혜진을 바라봤다. 테이블에는 소주잔이 있었다. 얼굴을 보니 이미 한 잔을 했는지 빨갛게 물들어 있다. 여린 꽃망울 같은 나이다. 순영이 영업소장이나 과장에게 술을 달라고 하지는 않았을 것이다. 그들은 순영을 성인으로 인정을 하고 술을 권했겠지만, 기분이 안 좋았다. 순영을 계속 바라볼 수가 없어서 등을 보이며 앉았다.

순영과 반가움을 나눈 이혜진이 뒤늦게 내 옆에 앉았다. 조혜숙과 박미자는 건너편에 앉아서 물수건으로 손을 닦았다. 고기와 술을 먹는 내내 순영의 얼굴이 어른거려서 고개를 돌리고 싶었다. 가뜩이나 의심스러운 눈빛으로 보고 있는 이혜진 때문에 시선을 돌릴 수가 없었다.

"전에 생보에 다닐 때 거기는 지원이 참 많았다 안합니꺼. 칸데 여긴 시상금 말고는 특별지원 같은 것이 없능교?"

"우린 지원을 많이 해주는 편이에요. 다른 회사는 시상금이 우리보다 절반밖에 안 돼요. 그쵸 소장님."

이혜진이 나이 순서대로 물을 따라주기 시작했다. 조혜숙이 물 한 모금을 마시고 작심한 얼굴로 입을 열었다. 박미자가 새침데기 같은 얼굴로 조해숙의 말꼬리를 잡았다.

"요새 같은 경우는 회사에서 받는 수당보다 고객들한테 선물하는 선물 비용이 더 들어간다카이. 해서 하는 말이제."

"그럼 안 되죠. 돈 벌려고 보험 팔고 있는데, 내 돈 들어가면 안 하는 것이…"

박미자가 차마 다음 말은 할 수 없다는 얼굴로 말꼬리를 흐렸다. 나는 박미자가 무슨 말을 하고 싶은지 알 것 같았다. 부도나거나, 자갈밭 팔 일이 생긴다는 말을 하고 싶었을 것이다.

"제가 이런 말씀 드릴 처지는 아니지만 가랑비에 옷 젖는다는 말 있잖아요. 영업하시려고 밥 한두 끼 사주시다 보면 나중에 감당하기 힘들어요. 박 사장님도 아시겠지만 의욕에 넘쳐서 자기 돈 꼬나박고 나가 떨어지신 분들 많아요.

종업원이 고기를 가져왔다. 이혜진이 얼른 집게를 챙겨 들고 고기를 굽기 시작했다. 나를 대신해서 하는 말일 것이라는 생각이 들어서 고마웠다.

조혜숙의 빈 잔에 술을 따라주며 눈치를 살폈다. 조혜숙은 요즘 금전적으로 힘들어하는 것 같았다. 박미자 말대로 남편은 광업소에서 돈을 벌고, 조 사장님은 영업해서 돈을 보는데 왜 쪼달리며 사는지 이해가 되지 않았다.

고기를 먹는 둥 마는 둥 소주를 마시고 있는데 순영이가 먼저 일어섰다. 순영이 나가는 뒷모습을 슬쩍 바라보며 마시는 소주 맛이 유난히 달게 느껴졌다.

"소장님 요즘 스트레스 너무 많이 받으시죠. 이 고기 드시고 스트레스 푸세요."

이혜진이 고기를 삼겹살에 싸서 자연스럽게 내밀었다. 경쟁이라도 하듯 박미자도 쌈을 싸서 내밀었다. 나도 가만히 있을 수가 없어서 쌈을 싸서 조혜숙에게 먼저 내밀었다. 박미자, 이혜진 순으로 쌈을 싸줬다.

숙이네분식센터 간판이 꺼져 있지 않은 걸로 보아 10시가 안 된 것 같았다. 장성옥에서는 소장의 신분으로 주량껏 마실 수가 없었다.

캡틴큐를 사 들고 분식센터 앞으로 갔다. 문을 열려고 하는데 느낌이 이상했다. 유리문틈으로 홀 안을 살폈다.

이영숙은 안주도 없이 혼자 술을 마시고 있었다. 술잔을 내려다보고 있는데 머리카락이 흘러내렸다. 손가락을 갈고리처럼 만들어서 머리카락을 끌어 올리는 모습이 너무 쓸쓸해 보이고 외롭게 보였다. 어떤 상념에 젖어 있는지 모르지만 감히 접근을 못하도록 외로움의 날개가 너무 커 보였다.

문을 열고 들어갔다가는 나 또한 그녀의 쓸쓸한 아우라에 휩싸여 가슴을 쥐어뜯으며 괴로워할 것 같은 느낌이 들었다.

나는 이영숙이 힘들어 할수록 가까이서 위로를 해줘야한다고 생각하면서도 천천히 돌아섰다. 밤이 깊었는데도 더위는 제자리걸음을 하고 있었다.

파출소가 보이는 지점에서 멈췄다. 지금이라고 돌아서서 이영숙에게 가볼까? 뒤로 돌아서서 두어 걸음 걷다 멈췄다. 아니지, 누구나 외로움을 견딜 권리가 있는 거잖아. 숙이네 간판 불이 꺼졌다. 술병을 비운 그녀는 울면서 방에 들어갔을지도 모를 일이다. 아니면 방에 들어가서 소주를 홀짝이면서 신세 한탄을 할지도 모른다는 생각이 들었다.

자취방은 무더웠다. 방문을 열어 놓고 선풍기를 틀었다. 마당으로 휩쓸려간 불빛을 바라보며 캡틴큐를 마셨다. 독수리표전축에서는 스모키의 '그 비를 보신 적이 있나요'(Have You Ever Seen The Rain)가 흘러나오고 있었다.

> 전에 누군가 내게 말했어
> 폭풍 전에는 고요가 있었다고…
> 창문을 두들기는 소리가 처음에는 바람 소린가 했다.
> 취한 눈으로 창문을 바라보면 소리가 나지 않았다.

누군가 파출소와 자취방 벽 사이에 있는 좁은 골목으로 들어와 창문을 두들기는 것 같았다. 대문은 열려 있었다. 오토바이 때문에 예전처럼 사람이 드나들 정도로 열어두지 않았지만, 자세히 보면 열려 있다는 걸 알 정도로 한 뼘 정도 틈이 있었다. 무엇보다 이 방에 둥지를 튼 후에 바람 소리를 빼 놓고는 창문을 두들긴 존재들이 없었다.

바람 소린가 했더니 또 창문을 두들기는 소리가 났다. 일어나서 창문을 열고 밖을 내다봤다. 캄캄한 골목 안에 누군가 서 있었다. 뜻밖에도 순영이 고개를 잔뜩 움츠리고 있다가 반갑게 손을 흔들었다.

"웬 일야?"

"축하해 주셔야 되는 거 아닌가요?"

"술 마셨어?"

"쬐끔?"

순영이 부끄럽게 엄지손톱으로 검지손가락 첫마디를 가리키며 웃었다.

"너무 늦은 시간이잖아."

나는 말과 다르게 슬리퍼를 끌고 대문 앞으로 갔다. 대문 안으로 들어서는 순영에게서 향수 냄새 같은 것이 바람결에 풍겼다. 향수에 대해서 잘 몰라서 그런지 몰라도 이혜진에게서 풍기는 향수 냄새와 비슷했다.

"금방 갈 거예요."

"축하받고 싶어서 일부러 온 거야?"

"사실은 며칠 전부터 생각했어요. 출근 첫날 꼭 여기를 와봐야겠다구요."

순영의 손에는 캔맥주 두 개와 새우깡 한 봉지가 들려있었다.

"집에서 걱정하실 거잖아."

"언제까지 벽하고 천장에다 시를 쓰실 거예요?"

순영은 내가 하는 말에 대답하지 않았다. 자기 방처럼 구두를 벗고 들어갔다. 벽에 쓰여 있는 글들을 눈으로 읽으며 물었다.

"그냥 낙서지 뭐."

나는 새삼스럽게 벽이며 천장에 붓으로 빨강거나, 녹색으로, 검은색으로 써 놓은 낙서들을 바라봤다. 짧은 시어(詩語) 형태로 쓴 것들이 대부분이다. 모두 술에 취해서 외로움과 씨름을 하다, 헛다리를 걸고 넘어지면서 쓴 것들이다.

"아니에요. 너무 멋져요. 정말 멋져요. 노트에 적었으면 더 감동이 깊었을 거예요."

순영이 뒷짐을 지고 벽이며 천장에 써있는 낙서 같은 시들을 소리 내어 읽기 시작했다.

·까마귀는 달을 쪼아 먹고, 나는 캡틴큐로 간을 녹여 버리고. 까마귀와 나는 친구다.

·푸른 비가 검은 슬레이트 지붕에서 탱고를 춘다. 바람이 창문 유리를 검게 덮어 버리면, 내 가슴에서는 산불이 일어난다. 소설책 페이지에 검은 먼지가 스며든다.

·내 친구들은 다 어디로 갔을까? 그들도 이 새벽에 얼음을 깨물어 먹고 있을까?

순영이 천정에 써 놓은 '가자! 바다로. 바다에 빠져들면, 나 또한 바다가 될터.'라고 쓴 글을 바라보다 나에게 시선을 돌렸다.

"눈물이 날 것 같아요. 왜 이렇게 사세요?"

"뭐가?"

"여기 써있는 글들이 모두 죽음을 염두에 두고 쓴 것 같아요"

"아무런 의미가 없는 글들이야. 술 취해 쓴 낙서들이라구."

순영은 말을 하지 않았다. 우울한 얼굴로 구석에 있는 라면 박스 앞으로 갔다. 서울에서 사 온 헌책들인데 한 권도 읽지 않았다.

"다 소설책들이네요?"

나는 일부러 대답하지 않았다. 독수리전축에서 스모키 테이프를 꺼내고, 조용한 해바라기 테이프를 삽입했다. '자유인'이라는 노래가 흘러나오기 시작했다. 볼륨을 줄이고 캡틴큐 서너 모금을 마셨다.

"소설 읽기가 취미에요?"

순영이 박스 안에서 이외수의 '들개'라는 소설책을 꺼냈다. 앞부분을 대충 읽다가 나를 바라봤다. 나를 바라보는 눈이 불그스름하다. 술을 마신 탓일 것이다.

"그런 셈이지."

나는 방문 쪽의 벽에 기대어 양쪽 다리를 쭉 뻗었다. 순영이 갑자기 품에 안길지도 모른다는 생각이 들었다. 순영은 다시 고개를 숙이고 '들개'의 페이지를 넘겼다.

"저는 책을 많이 읽는 남자에게 시집을 갈 거예요."

순영이 들개 표지를 유심히 바라보며 혼잣말로 속삭였다.

"소설을 좋아하는 모양이지?"

"가능한 한 많이 읽으려고 노력을 하고 있어요. 왜 거기 앉아 계세요. 이쪽으로 오세요."

순영이 소설책을 내려놓고 방 가운데에 앉았다. 새우깡 봉지를 뜯으면서 슬프게 웃었다.

"책을 좋아한다면 대학을 가지 그랬어?"

순영이는 성격이 차분하면서도 용기가 있다. 매사 적극적이면서 낭만도 느낄 줄 아는 성격이다. 대학에 가서 공부를 열심히 하면 제 몫은 해낼 것이라고 생각하며 물었다.

"제가 빨리 돈을 벌어서 시집을 가야, 아빠가 탄광도 빨리 그만두실 수 있다고 생각해요."

순영은 캔맥주를 한 모금만 마시고 더는 마시지 않았다.

"엄마는 아빠가 퇴근하실 시간이면 항상 문 앞에 앉아 계셔요. 아빠 발소리하고 도시락이 덜커덩거리는 소리를 듣고 난 후에야 가슴을 쓸어 내며 문을 열어요."

순영이 무릎을 세웠다. 무릎을 깍지 껴안고 손바닥만 한 창문을 바라보며 독백을 하는 목소리로 말했다.

"아버지가 갱에 들어가셔?"

순영이는 장녀로 집안을 책임져야 한다는 말을 자주 한다. 탄광에서 일한다는 말은 들었지만 늘 가슴 조이며 사는 줄은 몰랐다.

"이왕 땅속에 들어갈 바에 돈 많이 버시겠다며 선산부를 지원하셨데요."

순영이 숨겨두었던 비밀을 털어놓는 것 같은 얼굴로 차분하게 말했다. 식당개 삼 년이면 라면을 끓인다. 선산부는 막장에서 갱이 무너지지 않도록 버팀목을 설치하거나 탄을 캐내는 일을 한다. 후산부는 선산부 뒤에서 버팀목을 조달하거나, 캐낸 석탄을 탄차에 적재하는 역할이다. 선산부가 월급이 많은 이유는 그만큼 위험이 따르기 때문이다.

"광업소는 사고가 덜 나는 편이에요. 덕대들이 운영하는 쫄딱구뎅이는 갱에 들어갈 때마다 유서를 써 놓고 들어가야 한대요."

쫄딱구뎅이라는 말은 광부들이 영세탄광을 말하는 은어다. 나는 맥주를 두어 모금 마시고 순영을 응시했다.

"더 무서운 건 뭔지 아세요? 진폐증이에요. 탄가루가 몸 안에 많이 쌓이게 되면 진폐증에 걸리거든요. 그 병에 걸리면 시름시름 앓다가 돌아가신데요. 장성병원에서 치료는 해 주지만 보상받기는 굉장히 힘들다고 하더군요. 제가 너무 우울한 이야기만 하고 있죠?"

"아, 아냐. 현실적인데 뭐. 경애라는 친구는 광업소에 취직했나?"

"네. 낮에 통화했는데 경리과에 발령받았데요. 근데 서울에서 방 얻을 돈만 벌면 그만둔대요."

"왜, 한국석탄공사라면 안정된 직장이잖아? 갱에 들어가서 탄을 캐는 일도 아니고?"

"서울 사람한테 시집가려면 서울에 있는 직장을 다녀야 한다나 뭐라나…"

순영이 캔맥주 뚜껑을 열 생각은 안 하고 빙빙 돌리기만 했다. 나한테 고백이라도 하는 것처럼 내 눈치를 살피며 말했다.

"아직 고등학교 졸업장도 못 받았으면서 시집갈 생각만 하고 있네?"

"금방 세월이 가잖아요. 저도 엊그제 초등학교에 입학한 것 같은데, 벌써 술 마실 나이가 됐잖아요."

"애어른 같은 말만 하고 있네…"

"옛날에는 애를 낳아도 둘은 낳았을 거예요…어머! 비 오나 봐요."

순영이 방문을 바라보며 놀란 얼굴로 말했다. 갑자기 콩 볶는 것 같은 소리가 방 안을 가득 채웠다.

"얼른 집에 가야겠네. 우산이 어디 있더라?"

내가 일어나서 방문을 열며 중얼거렸다. 방 안에서 빠져나간 불빛 사이로 벽에 걸어 놓은 우산이 보였다.

"나는 맥주도 안 마셨는데…"

"장성옥에서 소주 마셨잖어. 맥주까지 마시면 안 좋아. 취해서 집에까지 걸어가지도 못할걸."

"오빠가 데려다주시면 되잖아요."

순영이 마지못해 일어나면서도 미련이 남은 얼굴로 말했다.

"누가 보면 어쩌려고?"

시간이 10시 반을 넘기고 있었다. 계엄이 전국적으로 확대되고 나서 통행금지 단속이 더 엄해졌다. 순영을 보내야겠다는 생각으로 밖으로 나가서 우산을 펼쳤다. 비는 금방 그칠 것 같지 않았다. 처마를 때리는 빗소리가 요란해서 크게 말했다.

"알았어요. 다음에 또 놀러 와도 되죠?"

순영이 내가 펼쳐 주는 우산을 받으며 물었다.

"미리 전화 좀 해. 갑자기 오지 말고…"

"알았어요. 그런데 그…그냥 가요?"

순영이 갑자기 침을 삼키는 소리가 나도록 긴장한 얼굴로 속삭였다.

"왜 뭐 잊은 거 있어?"

내가 방 안을 살피며 물었다.

"오빠한테 저 취직한 거 축하받고 싶어요."

순영이 처마 밑에서 나를 향해 섰다. 방 안에서 빠져나오는 불빛을 측면으로 받는 순영의 얼굴이 예뻤다.

"축하해, 순영이는 착하니까 윗분들도 잘 해 줄 거야."

"취직 기념으로 저 한번 안아주세요."

순영이 우산을 내려놓고 내 품에 안겼다. 나는 망설이지 않았다. 가볍게 순영을 껴안고 귀에 축하해. 열심히 하면 좋은 일 많이 생길 거야. 라고 속삭여줬다. 순영이 나를 꼭 껴안았다. 가볍게 떨고 있다는 걸 느끼고 슬그머니 손을 풀었다.

"됐지? 또 할 말 있어?"

"아, 아니에요. 갈게요."

순영이 내 얼굴을 바라봤다. 나보다 키가 작아서 자연스럽게 순영을 내려다보는 자세가 됐다. 순영이 뭔가 말을 하려다 부끄럽다는 얼굴로 얼른 돌아섰다. 바닥에 버려졌던 우산을 들고 빗속으로 파고들었다.

나는 뭐하고 말을 하고 싶었지만, 말이 나오지 않았다. 순영이 방모퉁이를 돌아섰다. 소나기가 억수같이 내려서 순영의 발걸음 소리가 들리지 않았다. 순영이 양철 대문을 나설 때야, 어쩌면 키스를 원했을지 모른다는 생각이 들었다.

8. 그 여자의 생일

토요일 오토바이를 타고 장거리를 가보기로 했다.

영업소에서 퇴근해서 곧장 집으로 갔다. 오토바이를 몰고 권태익과 만나기로 한 중국음식점으로 갔다. 권태익은 중국집 앞에서 오토바이 먼지를 닦고 있었다.

"기름은 충분해?"

"기름?"

권태익의 말에 안장 앞에 있는 연료통 뚜껑을 열었다. 휘발유색이 투명한 붉은색이라 얼마나 들었는지 가늠을 할 수가 없었다. 권태익이 오토바이를 옆으로 살짝 기울여 보라고 했다. 권태익 말대로 하니까 기름이 얼마나 들었는지 가늠이 됐다.

"가볍게 한잔할까?"

"좋지."

짬뽕과 고량주 두 병을 시켰다. 손바닥만 한 고량주는 40도짜리다. 짬뽕이 오기 전에 단무지와 양파를 안주 삼아 고량주 병을 비웠다. 얼큰하게 취기가 오르면서 기분도 넉넉해졌다.

우리는 석포까지 가 보기로 했다. 석포에는 아연이 많이 생산되는 곳이라 아연제련소가 많다. 한국아연에서 운영하는 석포제련소는 우리나라에서 제일 크다. 아연은 금속의 일종으로 합금이나 도금을 할 때 사용된다.

석포를 목적지로 정한 것은 내 생각이다. 검은색을 띤 석탄물이 어느 지점까지 까맣게 흐르는지 확인을 해 보고 싶었다. 그러자면 황지천에서 흐르는 물길을 따라 가봐야 한다. 장성을 통과한 황지천 물이 철암 구문소에서 석포 방향으로 흘러간다는 것을 지도로 확인했다.

날씨가 더워서 중국집을 나오니까 금방 땀이 났다. 둘은 얼큰하게 취한 얼굴로 오토바이에 올라탔다. 원래 오토바이를 타려면 안전을 위해서 헬멧을 써야 한다. 우린 헬멧을 구매조차 안 했다.

하장성 오토바이센터 앞을 지나가는데 사장이 우리를 발견했다. 엄지를 추어올리며 조심해서 타라고 고함을 질렀다. 우리는 손을 흔들면서 철암 쪽으로 향했다.

권태익이 앞장을 서고 나는 뒤를 따랐다.

길은 하천을 따라서 이어지고 있었다. 포장이 되어 있지 않아서 가끔 핸들이 제멋대로 돌아가기도 하고, 땅에서 돌출된 돌을 피하지 못해서 엉덩방아를 찧기도 했지만 무서울 것도 없었고, 두려울 것도 없었다. 장성을 벗어나 바람을 가르며 마음껏 달릴 수 있다는 것 하나만으로 가슴에 겹겹이 쌓여 있던 스트레스가 한 겹씩 벗겨지는 기분이었다.

정면에서 트럭이 달려오면 저절로 몸이 움츠러들었다. 왼쪽은 황지천이 흐르고 있고, 오른쪽은 산이다. 산밑에는 도로에서 흘러내린 물길을 잡아주는 가수로가 이어지고 있었다. 왼쪽에서 핸들을 잘못 놀렸다가는 낭떠러지로 굴러 떨어질 수 있고, 오른쪽은 개수로에 빠질 수가 있다. 그래서 가능한 산쪽으로 피양을 했다.

탄광에서 사용할 목재를 잔뜩 적재한 트럭이 굉음을 내며 달려들 때는 등에서 식은땀이 흐를 정도로 긴장이 됐다. 권태익을 바라보니까 아예 오토바이를 세워놓고 트럭이 지나갈 때까지 기다리고 있었다.

나도 처음에는 트럭이 오면 일찌감치 속도를 줄이고 멈춰서 트럭을 보냈다. 도로 폭이 좀 넓은 곳에서는 기아를 1단으로 넣고 천천히 달렸다. 나중에는 요령이 생겨서 웬만한 도로폭 정도는 멈추지 않고 그냥 지나쳤다.

황지천과 송정리천이 합류하는 지점에 도착했다. 송정리 쪽에서는 아연광산에서 나오는 회색물이 흐르고 있었고, 황지천쪽에는 석탄광산에서 나오는 검은 물이다.

회색물은 검은색 물에 흡수되어 낙동강의 상류에는 검은물이 석포쪽으로 흘러갔다.

검은색 물은 석포역을 지나서도 계속 이어지고 있었다. 석포리 천에서도 맑은 물이 흘러왔으나 검은색 물을 이기지 못했다. 어디까지 검은색 물이 흐르는지 가늠을 할 수가 없었다.

낙동강 물길을 따라 계속 달리다 보면 어느 지점에선가 검은 물이 사라질 것이다. 하지만 이미 세 시간이나 달려왔다. 그냥 세 시간을 달려온 것이 아니다. 오토바이를 능숙하게 타는 사람이라면 한 시간 정도면 충분한 거리를 잔뜩 긴장한 자세로 달려왔더니 피곤했다.

우리는 석포리 쪽으로 들어갔다. 장성에서 점심을 먹으면서 고량주 한 병씩 마신 취기는 석포까지 달려오는 동안 바람에 날아가 버렸다.

빛이 번쩍번쩍 나는 새 오토바이를 탄 두 명의 남자가 석포면 소재지로 들어서자 사람들이 걸음을 멈추고 바라봤다. 둘 다 광부로는 보이지 않는 스타일이라서 어디서 오는 사람들인지 궁금해하는 표정들이었다.

"간단하게 한잔하고 가자."

권태익 뒤를 따르던 내가 해장국집 앞에서 속도를 줄이고 말했다. 권태익도 출출하던 참이라며 오토바이를 세웠다.

오토바이를 타기 시작하면서부터 토요일이 기다려졌다.

소설을 써야 된다는 생각은 가끔 중압감으로 다가오지만 견뎌내지 못할 정도는 아니다. 토요일 오후에는 가까운 거리로 드라이브를 하고, 일요일에는 오전에 출발해서 목적지에서 점심을 먹고 돌아올 수 있는 코스를 선택했다. 가장 좋은 코스가 삼척시 원덕읍에 있는 호산이라는 바닷가다.

오토바이를 타고 황지를 벗어나면 드문드문 탄광이 보였다. 덕대들이 운영하는 개인 탄광들이다. 탄광이 더 이상 보이지 않을 무렵 버스는 첩첩 산골로 접어들었다. 첩첩 산골의 비포장도로는 계곡을 따라 이어진다.

계곡 주변에 서 있는 소나무며 기암괴석들이 한 폭의 산수화처럼 아름다웠다. 계곡에 흐르는 물은 수정처럼 아름다워서 바닥이 훤히 보일 정도다. 계곡 반대편으로는 화전민들이 사는 밭이 드문드문 보였다. 밭 가장자리나 가운데는 너와집이 서 있다. 돌이 많아서 풀 한 포기 없는 황무지처럼 보이는 밭에는 옥수수 가리가 서 있다.

흙먼지를 껴안은 바람이 옥수수밭을 지나가면 하늘에 수만 마리 콩새가 날아가는 것처럼 낙엽들이 떠다녔다.

작은 마을에 도착했다.

담배라는 입간판이 붙어 있는 가게의 유리 창문은 뒤틀려 있다. 유리에는 흙먼지가 뽀얗게 묻어서 가게 안이 보이지 않았다. 10여 채의 슬레이트집은 도롯가에 한 줄로 늘어서 있다.

멀리 산 중턱에 너와 지붕을 한 집 한 채가 보였다. 도로에서 너와집으로 올라가는 꾸불꾸불한 길이 커다란 뱀이 기어간 흔적처럼 보였다. 그 길을 따라서 지게에 무언가를 얹은 남자가 천천히 올라가고 있다.

그날 본 마을의 인상은 내 기억에 깊숙이 저장됐다. 훗날 소설가로 활동을 할 때 그 마을을 배경으로 장편소설을 썼다.

가게에서 소주 한 병을 사서 권태익과 반병씩 나눠 마시고 다시 오토바이 시동을 걸었다. 잊을 만하면 불쑥 나타난 버스는 저 혼자 외롭게 계속 달렸다. 가끔 트럭이 홀연히 나타나서 뽀얀 먼지를 일으키며 지나갔다.

오토바이를 탄 남자가 산모퉁이에서 갑자기 나타났다. 헬멧도 쓰지 않은 남자는 능숙하게 버스 옆을 통과해서 황지 쪽으로 달려간다. 첩첩 산골을 벗어나자 4차선의 산업도로가 나왔다.

산업도로에는 햇볕이 환하게 내려앉아 있다. 오토바이는 드디어 숨통이 트인다는 것처럼 햇살이 점령하고 있는 아스팔트를 질주했다. 자갈밭이나 다름없는 비포장도로를 달릴 때와 다르게 미끈하게 펼쳐져 있는 아스팔트를 달릴 때는 숨통이 확 트이는 것 같았다. 얼굴을 아프도록 후려갈기는 바람을 파고 달리는 쾌감이 짜릿하게 가슴을 울렸다. 호산 바닷가로 가는 길이 나타난다.

권태익는 바닷가에 있는 작은 식당의 들마루에 앉아서 담배를 피웠다. 나 혼자 멀리 등대가 보이는 방파제를 걸었다. 날카로운 이빨을 가진 바닷바람이 얼굴을 물어뜯었다. 얼굴을 감싸고 가능한 고개를 움츠리고 걸었다. 수평선 끝에서 바람은 승리자의 얼굴로 탱고를 추며 달려왔다.

등대 앞에서 멈췄다.

방파제의 허리를 냅다 갈겨 버린 파도가 분을 참지 못해 나까지 삼키려 들었다. 깜짝 놀라 기겁을 하며 물러서는 통에 워크맨을 바다에 빠트리고 말았다. 바닷물 속으로 빨려 들어가는 워크맨이 선명하게 보였다. 워크맨 안에는 김정호 테이프가 들어 있다.

파도가 다시 밀려오는 것을 보고 뒷걸음을 쳤다. 등대에 기대어 워크맨을 품고 있는 바다를 바라봤다. 김정호의 '하얀나비'이라는 노래가 생각났다.

음~ 생각을 말아요 지나간 일들은
음~ 그리워 말아요 떠나갈 님인데
음~ 어디로 갔을까 길잃은 나그네
음~ 어디로 갈까요 님찾는 하얀나비

바다는 워크맨을 흔적도 없이 삼켜 버렸다. 아끼던 워크맨을 삼켜 버린 바닷속으로 미역이 부드럽게 허리를 흔들고 있었다. 아깝다는 생각이 들지 않았다. 워크맨은 나와의 인연의 종말을 고했을 뿐이다. 아니, 어쩌면 나는 워크맨을 바다에 빠트리려고 두 시간 넘게 먼지를 뒤집어쓰며 호산까지 달려왔는지도 모른다.

파도 저편으로 어선 몇 척이 보였다. 몹시 추웠다. 바다를 향해 달려 올 때는 다른 세상이 보일지도 모른다는 기대감으로 충만되어 있었다.

바다는 아무것도 보여주지 않았다. 완전한 타인처럼 내 마음을 헤아려 주지 못하고 냉정하게 출렁거렸다. 그저 바다일 뿐이고, 파도는 바람이 어루만져줄 때마다 거친 숨을 내쉬며 나를 유혹하고 있었다. 나 하나쯤 바다에서 목숨을 버린다 해도 바다는 꿈쩍도 안 할 것이다.

심호흡을 하고 바다에 뛰어들 것 같은 포즈를 취하는 순간 어이없는 웃음이 나와서 씁쓸하게 웃었다.

바다에서 아무런 위안을 받지 못했다. 살이 떨리도록 춥다는 생각밖에 들지 않았다. 천천히 뒤돌아서서 방파제를 걸어 나갔다.

"회 주문해 놨어. 바닷가에 왔으면 회는 먹고 가야지."

들마루에 앉아 있는 권태익이 입맛을 다시며 하는 말에 수족관을 바라봤다. 도미며 광어, 꽃게 같은 생선들이 한가롭게 헤엄치고 있었다.

권태익이 회를 한 접시 주문했는데 둘이 다 먹지 못할 만큼의 분량이 나왔다. 횟집에서 바라보는 바다는 평화스럽게 보였다. 해변에 밀려 나와 있는 엉킨 그물이며, 해초류, 햇살에 반짝이는 조개껍질들이 쓸쓸해 보이지 않았다.

"매주 와야겠는데…"

우리는 회접시를 결국 비우지 못했다. 이번에는 생선이 통째로 들어간 매운탕이 나왔다. 이미 소주를 세 명이나 마셨지만, 주인의 성의가 고마워서 한 병을 더 시켰다.

나는 얼큰하게 취한 얼굴로 횟집에서 나왔다. 바깥에서 바라보는 바다는 평화로워 보이지 않았다. 찬 바람이 무섭게 몰아치는 빈 해변을 삼키지 못해 몸부림치고 있는 바다일 뿐이다.

퇴근 무렵에 이영숙이 전화를 했다. 수화기 목소리가 이영숙이라는 걸 알고 깜짝 놀랐다. 이영숙이 나한테 전화한 적은 한 번도 없었다.

수화기를 고쳐 잡고 어쩐 일이냐고 잔뜩 긴장한 얼굴로 물었다. 홀에 혼자 앉아서 안주도 없이 소주를 마시는 이영숙의 얼굴이 오버랩되어 오면서 긴장이 경직되는 것을 느꼈다.

"어머, 내가 전화하면 안 되는 것처럼 들리는데?"

"그게 아니라, 그 동안 전화를 한 번도 안하셨었잖아요."

"오늘 저녁에 뭐 할 거야?"

이영숙의 목소리는 평범했다. 무슨 일이 생겨서 전화를 하는 것 같지는 않다는 생각이 들었다. 그 점이 한편으로는 전화를 한 궁금증에 불을 지피기도 했다.

"별다른 약속 없는데…"

"그럼, 저녁에 놀러 와. 내가 술 한잔 살게."

"그러죠."

"이따 봐."

이영숙은 이내 전화를 끊었다. 목소리는 평범했지만 술을 산다는 말이 이상하게 들렸다. 술을 처음 사는 것도 아니다. 가끔은 칼국수는 물론 술값을 받지 않는다. 그런데도 술 한잔 사겠다는 말이 이상하게 자꾸 걸렸다.

순이네분식은 저녁 장사가 그런데로 되는 편이다. 근처에 칼국수집도 없지만, 칼국수 맛도 괜찮다. 게다가 이영숙은 칼국수집 주인보다는 카페 주인이나, 옷가게 사장이 어울릴 정도로 젊고 예쁘다. 경험으로 보아 9시쯤이나 손님이 끊어질 것이다. 그때까지 영업소에서 신문이나 잡지를 읽으며 시간을 보내야 할 것 같았다.

이혜진은 정확하게 6시가 돼서 퇴근 준비를 하고 일어섰다. 탕비실 겸 탈의실로 가서 유니폼을 갈아입고 나왔다.

"소장님 오늘 약속있으세요?"

"왜?"

"오늘 저녁 사 드릴게요."

"저녁?"

이혜진의 갑작스러운 말에 이영숙 얼굴이 떠올랐다. 이혜진이 이영숙과 만나기로 한 것을 알고 있나? 이영숙과 전화를 하는 시간에 이혜진은 사무실에 있었다. 이혜진이 들을만큼 큰 소리로 말하지 않았다. 그래도 알고 있을지도 모른다는 생각에 말을 이을 수가 없었다.

"제 친구가 그러는데 황지에 새로 생긴 경양식집이 있대요. 거기 함박스테이크가 엄청 맛있대요. 우리 거기 가서 저녁 먹어요."

"다음에 가면 안 될까? 오늘은 꼭 해야 할 일이 있어서."

"어머, 오늘부터 소설쓰시는 거예요?"

"왜 갑자기 그런 생각을 하지?"

이혜진의 기대에 판 표정이 당혹스러웠다. 한편으로는 부끄럽기도 했다. 요즈음 오토바이에 빠져서 그나마 갖고 있던 소설을 써야 한다는 의무감도 색이 바래지고 있는 중이다. 사보에 연재하는 소설도 포기를 해야 하나마나, 고민하고 있다. 그런 나를 작가로 인정하고 있는 것 같아서 민망할 정도로 부끄러웠다.

"그냥, 제 직감이 그래요."

"언젠가는 쓰게 되겠지…"

이혜진이 하는 이해가 됐다. 퇴근하고 장사를 하거나, 고객을 방문하는 것도 아니다. 주야장천 술이나 마시고, 유야무야 세월을 보내고 있다는 걸 이혜진이 모를리 없다. 꼭 해야 할 일이 글쓰는 일 일 것이라고 믿어주는 것이 고맙기도 했다.

"다음에 꼭 황지 같이 가는 거예요."

이혜진은 손가락이라도 내밀고 약속을 하자는 얼굴이다. 오토바이를 타기 시작하면서부터 황지를 화장실 드나들 듯 다녔다. 모처럼 이혜진과 저녁을 같이 먹는 것도 나쁠 것이 없다는 생각에 약속을 했다.

텅빈 사무실에 혼자 앉아 있으니까 심심했다. 창문 앞으로 가서 하천 건너편의 사택을 무심히 바라보다 소파에 벌렁 누웠다. 신문을 뒤적거렸다. 갑자기 글을 쓰고 싶은 생각이 들었다.

책상 앞으로 가서 노트를 펼쳤다. 단편을 써야겠다고 생각하며 노트를 지그시 응시했다. 아무것도 생각이 나지 않았다. 한참 동안 노트를 응시하다 의자를 뒤로 돌렸다. 등뒤에는 창문이 있다. 창문 밖으로 흐린 하늘을 바라봤다.

광부의 딸.

순영이 얼굴이 생각났다. 순영이를 주인공으로 한 소설을 쓸까? 이내 생각을 지워버렸다. 순영이가 광부의 딸이라는 점은 알고 있을 정도다 소설을 쓰려면 최소한 주인공의 내면을 들여다 볼 정도의 경험이 있어야 한다. 하지만 순영에 대해서 아는 것이라고는 가끔 전화를 하고, 점심이나 저녁을 같이 먹는 정도다.

나는 거의 세 시간 동안이나 이런저런 주제를 노트에 적었다. 주제를 정하지는 못했다. 소설 쓰기를 시도했다는 씁쓸한 자부심을 안고 노트 표지를 덮었다. 창문 밖은 캄캄했다.

8시가 넘은 시간에 권태익이 전화가 왔다. 적금을 탔는데 오늘 술 한잔 사겠다는 전화다. 오늘은 약속이 있으니까 내일 마시자고 대답하고 전화를 끊었다. 오늘따라 밥이며 술을 사겠다는 사람이 연이어 나타나는 조짐이 이상했다. 이영숙을 만나서 무언가 안 좋은 말을 듣게 될 것 같은 생각이 들기도 했다.

내가 여관에 들어가는 걸 봤나?

갑자기 장성옥 2층에 있는 맥주홀 경미라는 여자가 떠올랐다. 권태익과 내 월급날이기도 하다. 정육식당인 장성옥에서 돌구이에 소주를 마셨다. 2차를 가자는 권태익의 말에 자연스럽게 2층 계단을 밟고 올라갔다.

"소장님, 오늘 진짜 잘 왔네예."

2층은 어두컴컴했다. 한 평도 안 되는 무대에서 사십 대 남자가 악을 쓰며 '홍도야 울지마라'를 부르고 있었다. 남자 옆에서 밴드 마스터가 기타와 전자오르간으로 반주를 맞추고 있었다.

마담이 어디선가 나타나서 반갑게 다가왔다.

삼십 대 후반인 마담도 대구가 고향으로 알려졌다. 마담의 얼굴은 세월의 풍파가 고스란히 배어있는 얼굴이다. 가끔 술 취한 광부들과 싸우는 광경을 볼 수 있는데, 웬만한 배짱이나 깡다구 갖고는 마담을 이겨내지 못한다.

우리는 마담이 안내해주는 룸으로 들어갔다. 룸이라고 해 봤자 테이블을 사이에 두고 4명씩 앉을 수 있는 소파가 양쪽에 있는 작은 공간이다. 출입문 대신 검은색 커튼이 바닥까지 가리고 있는 곳이다.

"이왕이면 늙은 광부들보다 젊은 총각들이 낫겠지 예."

마담이 처음 보는 여자 두 명을 데리고 와서 인사를 시켰다. 그녀들은 가슴이 넓게 파인 드레스를 입고 있었다. 취중에 봐도 드레스가 몸에 맞지 않아서 빌려 입은 느낌이 들었다. 마담이 경미라고 부르는 여자는 권태익 옆에 앉으라고 하고, 지연이라고 부르는 여자는 내 파트너로 정해줬다.

"난. 이 아가씨가 좋은데."

권태익보다 덜 취한 내 눈에 경미가 마음에 들었다. 경미도 내 파트너가 되고 싶었는지 내 말이 끝나자마자 지연이를 권태익 옆에 앉혔다.

권태익과 나도 젊었지만 그녀들도 스물세 살의 나이들이었다. 우연히 만난 젊은 남녀들처럼 재미있는 농담을 섞어가며 맥주를 마셨다.

진상 손님들처럼 그녀들의 옷속에 손을 집어넣거나, 욕설 섞인 말을 함부로 내뱉는 등, 그녀들을 호스티스처럼 대하지도 않았다. 나중에는 취해서 무대에 나가 친구처럼 손을 붙잡고 신청곡을 부르기도 했다.

권태익이 2차를 가자는 말에 그녀들은 마담 언니한테 허락을 받아야 한다고 말했다. 태백이나 중앙관도 그렇지만 맥주홀에도 2차 비용을 따로 내지 않았다. 그만큼 술값도 비싸다.

가격은 한 상에 오만 원, 칠만 원, 십만 원씩 등으로 책정을 한다. 1980년대에만 해도 소주 한 병이 가게에서 2백원씩 받았다. 식당이나 술집에서는 5백 원을 받던 시절이다. 맥주는 오만 원짜리 안주라고 해봤자 특별한 것이 없다.

장성옥도 2차 비용이 없다. 마담이 따라 나가라는 지시 한마디로 비용은 청산된다.

늦은 시간이라서 거리는 비어 있었다. 권태익과 둘이 비틀거리며 여관으로 향했다. 여관 조바에게 아가씨들이 오면 보내 달라는 부탁을 하고 각방에 들어갔다.

그날 범 경미와 많은 이야기를 했다. 그녀는 대구에서 여상을 졸업하고 봉제회사 경리로 일 년 정도 근무를 했다고 한다. 회사가 부도나는 통에 집에서 놀면서 지연이와 친하게 지내며 가끔 아르바이트도 하면서 지냈다.

하루는 지연이가 직업소개소에 가면 직장을 알선해 준다는 말에 겁도 없이 동대구역 근처에 있는 직업소개소에 찾아갔다가 강원도까지 오게됐다고 고백을 했다.

"학교 다닐 때 국어 선생님 이름이 소장님 이름하고 같았어 예."

그녀의 첫사랑은 유부남 국어선생님이었다고 말했다. 국어선생 이름이 내 이름하고 같아서 내가 낯설어 보이지 않았다며 환하게 웃었다. 잠이 오지 않아서 조바에게 맥주와 안주를 시켜서 새벽이 가까워지도록 대화를 했었다.

이튿날 컴컴한 새벽에 도둑처럼 여관을 빠져나와서 자취방으로 갔다.

그 시간에 이영숙이 장사준비를 하느라 일어났을지도 모를 일이다. 하지만 가만히 생각해 보니 컴컴한 새벽에 거리를 걷는 모습을 봤다면, 이영숙 성격에 아는 척은 했을 것 같았다.

그래, 일단 만나보면 알겠지.

아무리 생각해도 이영숙이 갑자기 부른 이유를 가늠할 수가 없었다.

숙이네분식에 가기 전에 단골로 다니는 슈퍼에 갔다. 얼큰하게 취한 주인이 초저녁부터 졸고 있다가 웃는 얼굴로 반겼다.

"술 많이 들여놓았네요."

진열장에 캡틴큐가 종류별로 가득 찼다. 대, 중, 소 중에 대 자를 한병 꺼내며 주인에게 말을 걸었다.

"우리 가게 캡틴큐는 소장님이 죄다 팔아 주잖아. 딴 사람들은 아침에 골이 깨질 것 같다고 캡틴큐 안 마셔."

주인의 말이 기분 좋게 들리지는 않았다. 나, 스스로 특권층이라든지, 특별난 사람이라고 생각해 본 적은 없었다. 오히려 글도 못쓰는 놈이 작가에 대한 망상을 버리지 못하고 허송세월을 보내는 잉여 인간처럼 살고 있었다.

숙이네분식쪽으로 가는 길에 중앙서점이 있었다. 서점 안에 환하게 불이 켜져 있었다. 불빛이 바깥까지 빠져나와서 거무스레한 인도를 비추고 있었다.

이영숙을 만나기에는 아직 이른 시간이다. 책을 살 생각도 없으면서 서점 안으로 들어갔다. 책상 앞에 앉아서 라디오를 듣고 있던 주인이 반가운 얼굴로 일어섰다.

"요즘은 소설 안 읽는가 봅니다."

"네, 좀 바쁜 일이 있어서…"

주인이 내 곁으로 와서 묻는 말에 그냥 빈손으로 나갈 수가 없다는 생각이 들었다. 신간서적 코너에는 신문에서 본 신간은 보이지가 않았다. 이혜진에게 사 줄 여성지 한 권을 들었다. 달이 지난 호라서 서울에서는 헌책값을 받을 것이다. 주인은 인심이나 쓰는 얼굴로 판매가격의 절반만 달라고 말했다.

거리에는 바람이 음산하고 낮은 소리로 울부짖고 있었다. 행인들의 모습은 보이지 않았다. 한밤중처럼 비어 있는 거리를 천천히 걸어서 카세트테이프를 파는 화장품 가게 들어갔다.

"새로 나온 거 있어요?"

내가 묻는 말에 여주인은 대답하지 않았다. 텔레비전에 시선을 박고 카세트테이프가 꽂혀 있는 진열장을 손짓했다.

테이프를 이것저것 고르다 아바(ABBA)테이프를 사들고 막 가게를 나가는데 권태익이 걸음을 멈췄다. 야근을 하고 퇴근하는 중인 것 같았다.

"어!

"권 형 이제 퇴근하는 거야?"

"딱 한 잔만 할까?"

"오늘은 약속이 있고, 내일 내가 전화할게."

"내일은 숙직이거든. 모레 한잔 하자."

권태익이 손을 흔들며 가던 길을 가기 시작했다. 나는 권태익과 반대 방향으로 천천히 걸었다. 식당이나 술집을 제외하고 다른 가게 앞은 캄캄했다.

"어머, 난 안 오는 줄 알았어."

이영숙은 혼자 테이블 앞에 앉아서 내일 장사준비를 하고 있었다. 반갑게 일어서서 파며, 콩나물이며 마늘이 있는 바구니를 들고 주방 안으로 들어갔다.

"무슨 일 있어요?"

홀 안의 풍경은 여느날과 다르지 않았다. 마른 침을 삼키면서 이영숙의 표정을 살폈다. 특별하게 달라 보이지 않았다.

"오늘이 내 생일이잖아. 생일을 너무 쓸쓸하게 보내는 것 같아서 한 잔 하려고."

이영숙의 말에 긴장이 무너지는 것을 느끼며 맥없이 웃었다. 이영숙은 장성이 고향이다. 학교도 장성에서 나왔고, 친구들도 있을 것이다. 제천에는 친정 부모님도 살고 있다. 오늘 하루쯤 가게문을 닫고 친정에 가서 보낼 수도 있을 것이다. 객지에서 부초처럼 살고 있는 나 같은 남자하고 생일을 보내자는 말이 우울하게 들렸다.

"그럼, 이게 생일 선물이 되겠네?"

이영숙이 생일인 줄 알았다면 케이크라도 사 왔어야 하는 생각이 들었다. 이 시간에 제과점 문을 닫았을 것이다. 괜히 손을 비비다 비닐봉지에 들어있는 캡틴큐를 꺼냈다.

"아냐, 내가 술은 준비했어."

"생일에 초대를 할 생각이었으면, 말해주지 그랬어요. 오늘이 생일이라고…그럼 케익이라도 사왔을 거잖아요."

"나만 생일이 있는 거 아니잖아. 생일 없는 사람이 어디 있어…저녁은 먹었어? 오늘 미역국 끓였는데…"

이영숙은 계속 등을 보이며 무언가를 하고 있었다. 손에 묻은 물기를 털어내고 가스레인지의 불을 점화하고 냄비 뚜껑을 열었다. 미역국 냄새가 진하게 풍기는 냄비에 파를 넣으며 말꼬리를 흐렸다.

"생일은 일 년에 한번뿐이잖아요. 선물이라 사 왔어야 하는데, 택시 불러 타고 황지라도 갔다 올까?"

이영숙의 뒷모습이 안되어 보여서 벽시계를 바라봤다. 10시 전이다. 황지에는 장성보다 크니까, 열어놓은 가게들이 많을 것이다. 겨울에 낄 장갑이나, 머플러라도 사 와야겠다는 생각으로 일어섰다.

"남편 복도 없는 것이 무슨 생일 선물…"

이영숙이 주방에서 뛰어나와 앞을 가로막았다. 앞치마에 손을 닦으며 고개를 흔들었다.

"오늘 같은 날은 친정에 가서 아들하고 시간을 같이 보내지 그랬어요?"

"엄마한테서 전화가 왔었어. 미역국이라도 끓여 먹으라고…"

이영숙이 미역국과 밥이며 반찬 등을 주섬주섬 테이블에 늘어놓았다.

"그럼, 이게 생일상이네."

오늘은 이영숙의 가슴을 더듬고 싶지 않았다. 이영숙을 도와서 젓가락과 수저를 챙기고, 밥그릇을 들어 날랐다. 이영숙이 냉장고에서 소주 두 병을 꺼내왔다. 이영숙 대신 간판불을 껐다. 별다른 생각없이 카세트 라디오에 아바 테이프를 삽입했다.

버튼을 누르자 '나에게 꿈이 있어요'(I Have A Dreem)가 낮게 흘러나오기 시작한다. 볼륨을 낮게 낮추고 테이블에 앉았다.

> 나에게 꿈이 있어요, 부를 수 있는 노래도 있고요
> 무엇이든지 헤쳐갈 수 있도록 도와줄 거에요
> 만약에 동화 속의 신비로움을 이해한다면
> 비록 실패한다 해도 당신은 앞으로 나갈 수 있어요
> 천사가 살아있다는 것도 믿고요
> 내가 느낀 것들 중에 무언가 좋은 것이 있다는 것도 믿고요.

이혜진과 순영이 찌개를 끓여주거나 반찬을 가지고 온 적이 있다.

이영숙이 차린 밥상은 차원이 달랐다. 어머니가 차려 준 밥상처럼 풍요로웠다. 황송하다는 표정으로 이영숙을 바라봤다. 소주잔에 소주를 따르느라 비스듬하게 고개를 숙이고 있는 얼굴은 평범하다. 하지만 마음은 그렇지 않을 것이다. 먼저 간 남편이 오늘 같은 날은 무척이나 보고 싶지만, 애써 평정을 가장하고 있을 것이다.

"우리 건배부터 할까?"

"누나, 생일 축하해요. 내년에는 꼭 먼저 말해요. 생일 선물 사줄테니까."

"내년에도 여기에 있어?"

"기본이 2년인데, 더 있고 싶으면 더 있을 수도 있고…"

나는 말과 다르게 요즈음 들어서 가끔 사표를 내고 싶은 생각이 들었다. 오토바이를 구한 이후 한동안은 삶에 대한 회의를 잊어버리고 살았다. 오토바이를 타고 갈만한 곳은 모두 다녀 보니까 열기가 식어버렸다. 그 대신 숨을 죽이고 있던 글에 대한 열망이 다시 살아났다. 하지만 그뿐이다. 여전히 글이 써지지 않아서 절망의 늪에서 허우적거리며 살고 있다.

"남편을 처음 만난 날이 내 생일이었거든…"

테이블에는 갈비며 잡채에 전을 포함해서 10가지가 넘는 반찬이 있다. 나는 그즈음 술을 하도 많이 마셔서 식욕이 없었다. 미안하게도 이영숙의 성의에 응답을 해주지 못하고 맛있게 먹는 시늉만 했다. 젓가락으로 갈비를 들다 말고 이영숙을 바라봤다.

"누나 나하고 같이 살까?"

이영숙의 말이 쓸쓸한 바람이 되어서 내 가슴속에서 부는 것을 느꼈다. 이영숙의 얼굴에서 시선을 떼지 않고 조용히 물었다.

"남자하고 여자하고 같이 사는 거 별거 아니더라."

이영숙은 내 말을 흘려버리고 미역국 그릇을 두 손으로 들었다. 국물을 한 모금 마시고 나서 내려놓았다. 의식적으로 내 얼굴을 바라보지 않고 술잔을 들었다. 고개를 들고 건배를 하자는 표정으로 술잔을 내밀었다.

"기운 내. 아직 젊잖아. 그리고 예쁘고, 몸매도 빵빵하잖아. 장성 남자들 죄다 눈이 삐었나?"

이영숙과 건배를 하고 가볍게 잔을 비웠다. 이영숙 말대로 같이 산다는 것이 별거 아닐 것 같았다. 영업소에서 퇴근해서 저녁 장사나 도와주고, 같이 저녁을 먹고, 텔레비전이나 보다가 가끔 섹스도 하고, 토닥거리며 싸우기도 하고, 날 잡아서 오토바이 뒤에 태워서 호산 바닷가 같은데 놀러도 가고. 그게 사람 사는 맛인지도 모른다는 생각이 들었다.

"결혼은 즉흥적으로 하는 것이 아냐. 죽을 때까지 같이 갈 사람을 선택해도 부족한 것이 결혼이야."

"내가 누나보다 나이가 어려서 부족한 것 같아요?"

"나한테는 과한 남자지. 적어도 나를 서울로 데려가 줄 수 있는 남자잖아."

이영숙이 뜻밖에도 기대에 찬 표정으로 웃었다. 어! 진짜, 이 여자하고 같이 살까? 이영숙이 갑자기 새롭게 보였다. 긴장이 안개처럼 내려앉는 것을 느끼며 이영숙을 바라봤다.

"여기 광업소에 취직할까요?"

"광업소는 싫어. 내 남자들 둘씩이나 나보다 먼저 보내고 싶지 않아."

"누나, 저하고 진짜 살 거죠?"

"안 돼. 자기는 여자들을 끌어당기는 힘이 있어."

"처음 듣는 말이네. 난 솔직히 여자에 대해서 너무 모르거든요."

"껴안아 주고, 위로해 주고 싶은 남자지. 적어도 내가 볼 때는 그래."

"그래서, 저를 처음 본 날 키스하자고 그랬어요?"

"반드시 그렇지는 않아. 그날 사실 정신적으로 많이 힘들었거든. 나중에 이야기 해줄 테니까, 그 이야기는 그만하자."

"난, 누나처럼 감성적인 여자가 좋아…"

나는 한동안 풀지 못하고 있던 숙제를 풀어 버린 것 같았다. 이영숙은 나를 좋아하는 것이 아니고, 나를 동정하고 있다. 막냇동생 같은 순영이도, 여동생 같은 이혜진도 나를 좋아하는 것이 아니고, 연민의 정에 눈이 멀어서 불같이 뜨거운 가슴을 안고 다가오고 있을지도 모른다. 생각이 거기에 미치자 화가 났다. 소설도 못 쓰는 놈이 여자들에게 동정이나 받으며 살고 있다는 점이 자아를 분노의 계곡으로 이끌어 갔다. 맥주컵을 가져와서 소주를 절반 정도 따랐다.

"그래도 너하고 살기는 싫어. 자기를 너무 학대하잖아. 무슨 철학자도 아니고…"

언제부턴가 우리는 상대방의 빈 잔을 채워주지 않았다. 이영숙이 자기 잔을 채우면서 중얼거렸다.

"저는 철학자가 아닙니다. 그냥 보험회사에 다니는 평범한 월급쟁이지…"

나는 소주가 들어있는 유리컵을 지그시 응시했다. 가슴이 들썩거리도록 한숨을 쉬고 내서 단숨에 술잔을 비웠다.

"여길 떠나야 돼. 제천이나 서울 같은 곳으로 가서 식당에서 설거지를 하는 한이 있더라도 장성을 떠나고 싶어…"

"떠나면 되잖아요…"

"떠날 수가 없으니까 하는 말이잖아. 그 인간이 단 한 번이라도 꿈속에서 나타난다면 떠날 수 있는 용기가 있을 것 같아."

이영숙이 가슴이 들썩거리도록 한숨을 내쉬며 스스로 자기 잔에 소주를 따랐다.

"그래도 몇 년을 같이 살았잖아…내가 아무리 미워도 꿈속에서 한 번 정도 나와 주어야 하는 거 아냐?"

이영숙은 술잔을 비웠다. 울음을 삼키며 젓가락으로 잡채 한 가닥을 들었다. 카세트라디오에서는 이영숙의 슬픔 따위는 아랑곳없다는 것처럼, 아바의 댄싱퀸(Dancing Queen)이 흘러나오고 있었다.

춤을 추어요 음률에 맞춰 추다보면 삶의 절정에 있는 당신이 있답니다
저 여자를 보세요 춤추는 저 모습을 춤의 여왕을 발견해 보세요

금요일 밤 불빛은 낮게 깔리고 어디로 나갈까 시선은 어느새 밖을 향합니다
흥겨운 음악이 흐르는 곳에서 음률에 몸을 싣고 당신은 왕자님을 찾으러 왔습니다
어떤 남자라도 괜찮아요

나는 취기가 갑자기 밀려오는 것을 느끼며 벽을 등지고 앉았다. 테이블에 차려진 반찬들이 음식이 아니라 양초로 만든 조형물처럼 보였다.

"내가 저를 얼마나 사랑했는데…"

이영숙이 테이블에 엎드려 어깨를 들썩이며 울기 시작했다.

"그래, 울어요. 눈물이 날 때는 울어야 합니다."

나는 비닐봉지에서 캡틴큐를 꺼냈다. 맥주잔에 삼분의 이 정도 따랐다. 소주와 다르게 붉은빛이 감도는 캡틴큐를 지그시 응시했다.

이영숙이 울음을 참으려고 고개를 들었다. 얼굴 가득 번져 있는 눈물을 닦다가 다시 남편이 떠올랐는지 엎드려 소리죽여 울었다. 캡틴큐를 숭늉 마시듯 마셔 버렸다. 안주 먹을 생각을 잃어버리고 취한 눈으로 테이블을 가득 채우고 있는 반찬들을 바라봤다. 이영숙의 머리카락이 테이블로 내려앉으며 미역국에 들어갔다. 비틀거리며 일어나 미역국에 빠진 머리카락을 꺼내는데 이영숙이 품에 안겼다.

"고마워. 작년에는 진짜 엄청 울었는데…나도 그 인간을 조금씩 잊어가고 있는 거 같아서 너무 무서워…"

"억지로 잊으려고 하지 마세요. 미움도 사랑이라는 말이 있잖아요. 잊으려고 한다는 것 자체가 잊지 않겠다는 말의 상대성이거든요."

이영숙을 껴안고 의자에 앉았다. 등을 쓰다듬어 주는데 목이 메어 눈물이 날 것 같았다. 천장을 바라봤다. 형광 불빛이 물에 갇혔다. 투명한 눈물밖으로 보이는 형광불빛을 노려봤다. 눈물이 왈칵 쏟아질 것 같았다. 이영숙을 바르게 앉혀 놓고 등을 천천히 부드럽게 두들겨 줬다.

"아버지가 탄광에서 다쳤어. 보상금으로 제천으로 이사를 가서 식당을 차렸어. 나도 제천으로 이사를 가고 싶었거든. 그 날 제천으로 이사 가는 문제로 대판 싸웠어. 을(乙)반으로 근무하는 날이었는데 저녁도 안 먹고 나갔어…내가 좀 참고 저녁만 차려주었어도…저녁만 차려주었어도…"

이영숙이 손바닥으로 얼굴을 가리고 숨죽여 울었다. 나는 불현듯 어머니 얼굴이 떠올랐다. 어머니는 이 시간 듣도 보도 못한 강원도 탄광지대에서 밤을 보내고 있을 자식 생각에 잠을 이루지 못하고 있으실지도 모를 일이다. 가슴이 처연해지는 것을 느끼며 일어났다.

휴지통에서 휴지 몇 장을 꺼냈다. 이영숙 손에 들려주고 등을 쓰다듬어 줬다. 뭐라고 위로를 해 주고 싶었는데 말이 나오지 않았다. 까칠한 촉감으로 전해지는 스웨터의 감촉이 따뜻해질 때까지 그냥 쓰다듬기만 했다.

카세트라디오에서 아바의 김미, 김미, 김미가 흘러나오고 있었다.

자정이 넘었네
집에서 홀로 밤늦게 TV를 보고 있지

이 밤을 이렇게 보내는게 얼마나 짜증이 나는지
내 방을 둘러 보는데
여름의 바람이 창밖에서 불어오네

이영숙이 천천히 일어났다. 술을 많이 마셨는지 비틀거렸다. 팔을 부축해서 의자에 앉히려니까 출입문 앞으로 걸어갔다.

"다음에 봐."

이영숙이 문을 열었다. 문 앞에서 서성거리던 바람이 아우성을 치며 그녀의 머리카락을 흩트려 버렸다. 쓸쓸한 해변에서 홀로 서 있는 것 같은 그녀가 울음을 꾹꾹 눌러 참는 목소리로 속삭였다.

9. 붉은 수수밭

땅거미가 지고 있는 냇물은 어디가 냇물이고, 자갈밭인지 구별이 안 될 정도로 까맣다. 출렁다리에서 어린아이 한 명이 뜀을 뛰고 있다. 해가 지는데 검은색 출렁다리에서 혼자 뜀뛰기를 하는 아이가 티 없이 맑은 모습으로 다가왔다.

장성에서 초등학교에 다니는 아이들 대부분 냇물을 까맣게 그린다고 한다. 아이도 냇물은 원래부터 까만색으로 알고 있을 것이다. 냇물에 물고기며 가재나 물방개가 산다는 것도 모를 것이다. 그래서 맑은 냇물을 보면 혼란스러워할지도 모른다.

권태익하고 춘양식당으로 들어갔다. 광부로 보이는 몇 명이 연탄 화덕에 둘러앉아서 막걸리를 마시고 있다. 연탄 화덕 위에 있는 돌판에서는 돼지고기가 지글지글 익어가고 있다.

"장가 안 가?"

권태익이 물수건으로 손을 닦으며 뜬금없이 물었다.

"장가?"

결혼한 친구의 얼굴이 떠올랐다. 스물네 살 때 결혼한 친구는 벌써 아들이 둘이다. 결혼을 해서 그런지 나이는 동갑내긴데 세상을 바라보는 눈이 훨씬 높아 보일 때가 가끔 있다. 결혼하면 나도 저렇게 변하는 걸까? 나도 모르게 반문하기는 했지만, 결혼해야겠다는 생각을 해 본 적은 없다.

"참한 아가씨 소개해 줄까?"

권태익이 연탄 화덕 위에 얹은 돌판을 돼지비계로 문지르며 물었다.

"나보다 권 형이 더 급한 것 같은데?"

이영숙과 이혜진의 얼굴이 차례로 스쳐 가는 것을 느끼며 웃었다.

"나, 지난주 맞선 봤잖아."

권태익이 웃음을 머금은 표정으로 자랑스럽게 말했다.

"야! 그 아가씨가 마음에 드는 모양이구나."

권태익 잔에 소주를 따르다 멈추고 놀란 얼굴로 바라봤다.

"장성병원에 근무하는 간호산데 괜찮더라구."

"그럼, 권 형 처가가 장성이 되는 거야?"

"직장도 여기잖아."

"고향으로 갈 생각은 없어?"

권태익이 맞선을 보고 결혼을 하겠다는 말을 들으니까 기분이 묘했다. 친한 친구와 갑자기 헤어지게 된 것 같기도 하고, 난 그동안 뭘 하며 살았나? 하는 반성의 기분이 들기도 했다.

"왜 없어. 아이들 키우기 전에 체신부에 빽을 써서라도 고향으로 가야지."

권태익은 먼저 상추쌈을 쌌다. 소주 한잔을 달게 마시고 입이 미어 터지도록 상추쌈을 밀어 넣었다. 상추쌈을 우악스럽게 모습이 굉장히 건강하게 보여 부러웠다.

"하긴, 간호사는 전문직이라서 고향으로 가도 취직하기는 쉽겠네."

나는 막연하게 결혼은 서른 살쯤 하겠다는 계획을 세워놓았다. 팔짱을 끼고 돌판에서 익어가는 돼지고기를 바라봤다. 결혼은 요원하기만 한 과제다. 혼자의 삶도 버거운데 한 여자를 위해 평생 헌신하며 살아갈 자신이 없었다.

"영업소 총무 어때? 얼굴도 그만하면 예쁘고 착해 보이던데?"

권태익이 은밀한 표정으로 하는 말에 나는 피식 웃었다. 이혜진에게 결혼하자고 하면 당장 내일이라도 짐 싸 들고 자취방으로 들어올 것이다. 그날부터 나는 야생을 잃어버리고 이혜진의 영역에 갇혀 버린 거세마가 되어 버릴 것이다.

여름은 붉은 깃발을 펄럭이며 달려오는 가을에게 자리를 빼앗기지 않으려고 연일 폭염을 쏟고 있었다.

권태익과 동행하는 드라이브가 줄어들었다. 권태익은 오토바이를 타고 갈 수 있는 곳은 모두 가보고 나서 싫증을 느꼈는지 장성을 벗어나지 않았다. 장성을 벗어나서 달리는 드라이브보다는 오토바이를 출퇴근용으로만 사용하고 있었다.

나는 주말에 집에 있으면 숨이 막힐 것 같아서 무작정 오토바이를 몰고 나갔다. 장성을 벗어나서 광업소로 가는 길목에 주유소가 있었다.

주유소에서 휘발유를 가득 채우고 무작정 달렸다. 정처없이 달리다가 갑자기 방향을 틀어서 가슴이 확 트이는 호산으로 가기도 하고, 금촌 마을 뒤 태백산을 오르기도 했다.

태백산에 오를 때는 준비물이 있다. 슈퍼에서 캡틴큐 큰 것하고, 참외나 수박같은 과일을 샀다. 그것을 트렁크에 싫고 황지쪽으로 달리다 금천쪽으로 방향을 틀었다. 비포장길을 한참 달리다 보면 순영을 처음 만났던 딸기밭이 있는 곳이다.

작은 산촌 마을 금천골에서 태백산 기슭으로 올라갔다. 천제단을 올라가는 방향으로 오토바이를 몰았다, 차는커녕 사람 세 명이 나란히 걷기 힘든 폭의 도로는 크고 작은 돌투성이다.

기아혼다 90cc는 산길에서 탱크처럼 힘이 좋다고 소문났다. 힘 좋은 오토바이답게 1단 기어를 넣고 액셀러레이터를 당시면 거의 70도 경사길을 빠르게 올라갔다.

요즘 산악 오토바이가 유행이다. 그 시절에는 오토바이가 단순한 교통수단이었을 뿐이다. 나도 장성을 벗어나 어디든지 가 보려고 오토바이를 구입했다.

오토바이로 태백산을 올라가 보겠다는 생각은 꿈에도 안했다. 아무 생각없이 무작정 달리다 보니 금천골로 들어갔고, 금천골에 들어가 보니 산으로 향하는 길이 있어서 올라갔다.

태백산을 올라가겠다는 이유는 없었다. 내게는 민족의 영산(靈山) 태백산이 아니고 그냥 금천골 뒷산이었다. 가슴이 답답해서 돌투성이 산을 올라갔다. 탄광 지역을 통과해서 올라가면 계곡의 물이 수정처럼 맑았다. 물이 너무 맑아서 눈물이 날 정도다. 계곡을 끼고 올라가다 보면 작고 큰 소(沼)가 드문드문 이어 진다.

집채만 한 바위 몇 개가 서로 엉켜 있는 틈으로 투명한 계곡물이 폭포처럼 흐르는 소의 깊이는 가슴 높이다.

준비해 간 참외며 수박을 물에 담그고 캡틴큐로 가볍게 목을 축인다. 계곡 옆 숲은 소나무가 우거져 있어서 솔잎이 양탄자처럼 깔려 있는 곳이다.

그곳에 준비를 해 간 군용 판초를 깔았다. 목욕탕에 들어가듯 홀딱 벗고 판초에 누으면 들리는 것은 물소리와 바람소리, 새소리뿐이다.

소나무 사이로 보이는 하늘은 더 없이 푸르고 계곡물을 품은 바람은 더없이 시원하다. 눈을 감고 있으면 새소리가 더 가까이서 들리는 것 같다. 아무 생각도 나지 않고 이대로 시간이 정지해 버렸으면 하는 생각만 들었다.

소나무 가지 사이로 비집고 들어 온 햇살이 더우면 소 안으로 들어간다. 이가 시릴 정도로 차가운 물에 목을 담그고 마시는 캡틴큐 맛은 신선들이 마시는 신선로가 그러할 것 같다는 생각이 들 정도로 달다. 참외며 수박을 깎는 칼이 필요 없다. 주먹으로 내려치거나 바위에 깨트려서 우걱우걱 씹어 먹는다.

산중이 깊어서 몇 시간 동안 머물러도 올라오는 이들이 없었다. 바위에 올라가 알몸으로 아래를 내려다보면 저 밑에 탄광이 드문드문 보인다.

석탄을 가득 적재한 트럭이 산아래로 내려가고 있었다. 밭에는 허리 숙여 괭이질을 하는 농부들도 드문드문 보였다. 마음이 편하니까 탄광 갱 앞에서 일하는 광부들의 모습도 아름답게 보였다.

노을은 산을 통째로 감춰 버릴 것처럼 붉은 천으로 덮기 시작했다. 산봉우리부터 노을이 내려오기 시작하면 새들이 먼저 초저녁 잠이 든다. 먹고 남은 참외며 수박껍질을 챙겨 오토바이에 올라탔다.

캡틴큐는 알코올 도수가 35도다. 얼음물 같은 찬물에 몸을 담그고 마시기는 딱 좋은 술이다. 독한 술이 대부분 그렇듯 캡틴큐도 취기가 한꺼번에 몰려온다. 옷을 입고 오토바이를 타면 취기가 얼굴을 감싼다.

노을은 빠른 속도로 숲에 어둠을 뿌려 놓기 시작한다.

파도처럼 밀려오는 노을을 뒤로 하고 내려가기 시작했다. 태백산을 올라갈 때는 오르막길인데다 맑은 정신이어서 비교적 안전하다. 내려갈 때는 자세가 다르다. 안장에 앉아서 운전을 하면 핸들을 자유자재로 틀 수가 없다. 엉덩이를 치켜들어야 마음대로 핸들을 움직일 수가 있다.

내려 갈 때는 아차하는 순간 미끄러지면 계곡으로 나동그라지거나, 산계곡이나 절벽 아래로 추락할 수가 있다. 절벽 아래로 추락하게 되면 날달걀을 바위에 던져 버린 꼴이 되어 버릴 것이다. 그런데도 무섭지가 않았다. 눈위에서 미끄러지듯이 거의 본능에 의지하며 요리조리 돌을 피해 질주를 했다. 훗날 생각해 보면 죽음 따위는 초월한 운전이었다.

오토바이를 몇 년이나 탄 것도 아니다. 이제 겨우 오토바이 타는 자세가 나올 정도로 아마추어다. 헬멧도 쓰지 않고 캡틴큐에 취해서 노을이 깔린 산길을 질주했다는 것은 하느님에게 빨리 데려가 달라고 사정을 한 것과 다름없었다.

태백산의 맑은 물에 몸을 담그고 온 날은 잠을 푹 잤다. 잠을 푹 자면 꿈도 안 꿔진다. 잠을 자는 도중 한 번도 깨지 않고 잤는데도 악몽을 꾸는 날이 많았다.

태백산에서 내려올 때 까닥 잘못하면 죽을지도 모른다는 잠재의식이 깔려 있어서일 것이라는 생각이 들었다.

영업소 뒷마당에 서 있는 목련 나뭇잎이 실바람에도 팔랑팔랑 춤을 추며 낙화를 했다. 하늘은 더 높아지고 바람은 시원해졌지만, 푸른 하늘 밑의 검은 지붕들도 더 검게 보였다. 아침과 저녁에는 영업소 안의 난로를 피워야 할 정도로 낮과 밤의 기온 차도 커졌다.

영업소는 내가 처음 부임해 왔을 때나, 겨울에서 봄 여름 두 계절을 보냈지만 변한 것은 없었다. 박미자는 여전히 하루에 한 번씩 모습을 드러냈다. 조혜숙은 우리 회사는 다른 회사에 비해 영업지원이 부족하다면서도 충실하게 계약건을 가지고 왔다. 이혜진은 여전히 나와의 거리를 좁히려고 보이지 않는 노력을 하고 있었다.

영업소는 변한 것이 없지만 나는 스스로 생각해 봐도 영혼이 점점 황폐해져 가고 있다는 것을 느꼈다.

가을 들어서도 서울에서 사 온 소설들을 단 한권도 읽지 않았다. 35도짜리 캡틴큐는 더 많은 양을 마셔도 취기가 늦게 왔다. 집에서 규칙적으로 밥을 해 먹지 않는 까닭에 그렇지 않아도 식욕을 잃어버린 입맛은 갈수록 까다로워지고 있었다.

여름만 해도 된장찌개며 김치찌개 정도는 먹을만 했다. 가을 들어서는 구미에 당기는 음식들이 보이지 않았다. 유일하게 순이네분식의 이영숙이 끓여주는 칼국수는 질리지가 않았다.

오토바이도 주말마다 비가오든 바람이 불든, 날씨가 흐리든 맑든 타고 다녔더니 권태익처럼 싫증이 났다. 처음에는 무작정 달려도 스트레스가 풀렸으나, 시나브로 목적지를 정해놓고 달려도 시간이 안 간다. 속도 감각도 없어진다. 속도 감각이 없어지면 오토바이를 타는 것이 지루해진다. 어서 빨리 목적지에 도착하고 싶다는 생각이 들기 시작하면서 오토바이 드라이브에 대한 흥미도 줄어들기 시작했다.

가을은 결실의 계절이기도 하지만 신춘문예의 계절이다. 도하 신문사에서 원고모집 광고는 11월 중순에 개재된다. 당선을 꿈꾸는 예비문인들의 가슴은 당선작을 써야 한다는 욕망을 향하여 하루하루 타들어 가기 시작하는 계절이다.

나도 장성으로 내려와서 단 한 줄의 글도 쓰지 않았으면서 당장 갚아야 할 빚을 갚지 못하는 채무자의 기분으로 하루하루를 보냈다.

아침에 영업소에 출근 할 때는 오늘 저녁부터는 어떠한 일이 있더라도 단편을 시작해야겠다고 결심을 했다. 오후가 되면 어떤 것을 써야 하는지 고민이 시작됐다.

책상 앞에 앉아서 생각나는 대로 단편의 소재를 써 봤지만 꼭 쓰고 싶은 소재는 떠오르지 않았다. 저녁에는 식당에 가서 저녁을 사 먹으면서 소주를 한 병 정도 마시면 아직 시간이 많이 남았다는 여유가 생기면서 당장 써야 한다는 중압감이 알코올 성분에 깨끗하게 녹아버렸다.

가을은 제자리걸음을 하고 있는데 연탄불이 자꾸 꺼지는 방 안은 겨울에 재빠르게 안착했다. 신춘문예에 대한 미련을 버리지 못하고 집주인을 찾아갔다. 연탄보일러가 자꾸 꺼지니까 기술자를 불러서 수리해 달라고 부탁했다.

"그럴 리 없어요."

집주인은 내 말을 믿으려 하지 않았다. 양장점 안쪽에 있는 살림집으로 들어가더니 불이 벌겋게 붙은 연탄을 집게로 들고 나왔다.

바람은 소슬하게 불고 있었고, 거리에는 노을이 깔려있었다. 갑반 광부들이 삼삼오오로 걸어가고 있는 틈에 불붙은 연탄을 든 집주인 뒤에 나는 비맞은 개처럼 느릿하게 따라갔다.

"일단 내일도 꺼지는지 지켜보자구요."

집주인이 연탄보일러에 안에서 타다 만 연탄을 꺼냈다. 긴 손잡이가 달린 국자로 연탄보일러 안에 있는 재도 모두 긁어냈다. 각목으로 연탄보일러를 툭툭 두들겨서 화덕에 묻어 있는 잔재까지 털어 내고 불붙은 연탄을 집어넣었다. 여름내 바짝 마른 연탄을 얹고 뚜껑을 닫았다. 손을 탁탁 털고 연탄집게를 챙겼다.

"순이네분식에서 그러는데 작가라면서요?"

집주인이 그동안 궁금했다는 얼굴로 닫힌 방문을 바라보며 물었다.

"작가?"

"이 방 소개해 준 영숙이가 내 친구잖아요. 걔가 그러는데 소장님 유명한 작가라고…"

"분식센터 사장님이 그러세요? 제가 유명한 작가라고?"

"그럼 아니에요?"

"책은 좀 읽기는 하지만 작가는 아닙니다. 저 보험쟁이라는 거 아시잖아요."

방 안의 벽이며 천장에는 낙서투성이다. 게다가 이불이며 담요도 헝클어져 있고, 빈 술병이며, 옷가지 등이 방바닥에 널려 있다. 걸레질을 하지 않아서 방바닥도 지저분하다. 슬쩍 집주인의 등을 대문 쪽으로 떠밀며 걸었다.

"연탄보일러 안을 항상 청소해야지, 그 안에 연탄재가 꽉 차 있으니까 바람이 들어가겠어요? 바람이 안 들어가면 연탄이 타겠냐구요. 내 말 무슨 말인지 아셨죠? 항상 바람이 통해야 한다구요. 바람."

집주인의 말에는 묘한 아이러니가 섞여 있었지만 못 들은 척 했다.

그녀는 방 안의 풍경이 못내 궁금했지만 하는 수 없다는 얼굴로 대문 쪽으로 향했다.

나는 연탄보일러 관리를 잘못한 것이 내 탓이라는 생각에 골목 중간까지 따라 나가서 배웅을 했다.

"아참, 연탄이 얼마 없던데, 미리 예약을 해둬야 해요. 겨울이 되면 연탄 사고 싶어도 못 사니까. 내가 예약해 줄까요? 한 오백 장이면 되겠죠?"

"그렇게 해 주시면 고맙겠습니다."

장성은 우리나라에서 제일 큰 대한석탄공사가 있는 곳이다. 쌀가게에 쌀이 떨어질 수 없는 것처럼 장성에서 연탄이 떨어진다는 말이 믿기지 않았다. 집주인이 농담으로 하는 말은 아닐 것이라는 생각에 부탁을 했다.

집주인 말대로 연탄보일러가 문제가 있는 것이 아니고, 청소를 안 해서 그랬는지 연탄불이 꺼지지 않았다. 밤마다 따뜻한 방에서 자니까 한결 몸이 가벼워진 느낌이 들었다. 단편을 써야겠다는 열망은 더 강해졌지만 한 줄도 쓰지 못하는 날들이 이어졌다.

순영은 학생티를 몰라보도록 벗어 버렸다. 어깨를 덮은 머리카락이 걸을 때 파도처럼 출렁거리는 모습을 보면 아직 학생의 신분이라고 볼 수 없을 정도다. 몸매도 이십 대로 보일 만큼 한껏 성숙해진 만큼 나한테 전화를 할 때마다 어른 대접을 받고 싶어했다.

10시쯤 순영에게서 전화가 왔다. 내가 전화를 받으니까 혜진이 언니는 어디 가고, 오빠가 전화를 직접 받느냐고 물었다.

"오늘 휴가."

"어머! 그래요? 그럼 제가 도시락 싸 가지고 영업소로 가도 되죠?"

순영의 목소리는 기다리고 기다리던 기회가 드디어 왔다는 것처럼 잔뜩 들떠있었다.

"글쎄. 다른 분들이 계실 수도 있잖아. 모집인들이나 대리점 사장님들이 올 수도 있거든."

"하여튼 제가 도시락은 싸 둘게요. 점심때 전화해서 오빠 혼자 있으면 갈게요."

순영은 희망을 잃지 않았다. 조혜숙은 어제 들렸으니까 오늘 오지는 않을 것이다. 박미자는 아직 오지 않았다. 점심 먹을 무렵에 와서 점심을 같이 먹거나, 점심시간이 지나면 영업소 문을 열 것이다. 순영이 너무 좋아하는 것 같아서 망설이고 있는데 박미자가 들어왔다. 하늘이 순영을 돕는다는 생각이 들었다. 이 시간에 왔으면 다른 사람과 점심 약속을 했을 가능성이 크다.

박미자는 예측했던 대로 계약자에게 점심을 사주기로 했다면서 퇴근을 했다. 나는 소년처럼 설레는 마음으로 순영에게 전화를 걸었다.

점심시간이 되려면 삼십 분이나 남았는데 순영이 들어왔다. 언젠가 반찬을 싸 왔던 찬합에 반찬을 담고 김밥을 담았다.

"김밥 쌀 줄 알아?"

"김밥만 쌀 줄 아는 줄 아세요. 오빠가 제일 좋아하는 게 뭐에요?"

순영이 도시락에 담긴 김밥을 내 앞으로 밀었다. 젓가락을 가지런히 짝을 맞춰서 내밀며 물었다.

"좋아하는 게 별로 없는데?"

나는 식욕의 욕망을 잃어버린 지 오래였다. 동물은 먹이가 따로 있지만 인간은 먹이가 정해져 있지 않은 잡식성이다. 욕망의 근원이 식욕(食慾)에 있는 것도 잡식성과 관련이 있을 것이다. 순영의 말에 나도 좋아하는 음식이 있나? 하는 반문이 일어났지만 아니올시다이다.

"좋아하는 음식 없는 사람이 어데 있어요? 콩밥을 좋아한다든지, 닭고기나 돼지고기를 좋아한다거나? 짜장면이나 우동을 좋아할 수도 있잖아요."

"어렸을 때 엄마가 해 주시는 콩나물밥이 맛있었던 것 같아. 하지만 지금은 아무거나 잘 먹어."

"저, 콩나물밥도 잘해요. 언제 저녁에 가서 콩나물밥 해 드릴까요?"

순영이 젓가락으로 김밥 한 개를 내 입 앞으로 부끄럽게 내밀었다. 나는 젓가락으로 받아서 먹으려다, 순영이 무안해할 것 같아서 그냥 받아먹었다. 순영이 행복한 얼굴로 김밥을 얼른 집어서 맛있게 먹기 시작했다.

점심을 먹고 미안해서 내가 커피를 타려고 탕비실로 갔다. 순영이 뒤따라서 들어왔다. 혜진이 언니는 참 깔끔해. 부러운 얼굴로 탕비실을 둘러보고 직접 커피를 타기 시작했다.

"혜진이 언니는 좋겠다."

"왜?"

"매일 오빠한테 커피 타 주잖아요."

순영이 부끄러운 얼굴로 커피잔을 내밀었다. 순영의 얼굴이 너무 귀여워서 쓰다듬어 주고 싶은 걸 참으며 밖으로 나갔다.

"서울은 언제 가세요?"

순영이 갑자기 생각났다는 얼굴로 물었다.

"서울 갈 일은 없는데?"

"서울 한번 데려가 주실래요?"

"왜?"

서울 구경하고 싶다는 이혜진이 떠올랐다. 사북에서 광부들이 폭동을 일으키지 않았다면 이혜진과 서울 거리를 거닐었을 것이다. 사북 사태는 처음에는 광부들이 경찰서를 습격해서 사북을 무법지대로 만들었다는 기사와 다르게, 회사 측과 결탁한 어용노조가 사태를 확산시켰다는 기사가 나오고 있는 중이다.

"저 서울 한 번도 못 가봤거든요."

"서울 가려면 여덟 시간이나 걸리는데…"

서울 구경을 하려면 토요일 올라가서 하룻밤을 자야 한다는 말을 어린 순영에게 할 수가 없었다. 쉽지 않다는 표정으로 말했다.

"그럼 토요일 휴가 내고 가면 되잖아요. 제가 기차 시간 알아봤는데요. 새벽에 출발하는 기차가 있어요."

"서울에 도착하면 오후 두 시. 점심 먹고 나면 세 시, 서울 구경하기 전에 다시 내려와야 한다구."

"그럼 하룻밤 자고 일요일 오후 차 타면 되겠네요."

순영이 일초의 망설임도 없이 반짝이는 눈빛으로 나를 바라봤다.

"서울에 친척 있어?"

"오빠두 참…서울에 친척이 있었으면 방학 때마다 놀러 갔을 거잖아요."

"그럼 친척들은 어디 사는데?"

나는 그동안 순영에 대해서 너무 몰랐다는 생각이 들어서 지나가는 말처럼 물었다.

"봉화에요. 큰집도 봉화거든요. 명절 때 거기로 가서 차례를 지내요."

순영이 얌전하게 커피를 마시면서 내 눈을 바라봤다.

"서울가면 어디를 가고 싶은데?

"명동에 가보고 싶어요. 백화점에서 엄마하고 아빠 선물도 사고 싶어요. 엄마 아빠는 지금까지 백화점에서 산 걸 만져보지 못하셨거든요…"

"여관에서 혼자 잘 수 있어?"

순영의 표정은 진지했다. 하지만 순영은 이혜진보다 세상 경험이 없다. 여관방에서 혼자 잘 수 있을 용기가 없을 것이다. 세상을 바라보는 시선이 이제 갓 피어나는 풀잎처럼 여리다.

"어머, 왜 혼자 자요. 오빠가 있는데?"

순영이 커피를 마시려다 말고 눈을 동그랗게 떴다.

"어…언제 가보고 싶은데?"

순영의 순박한 영혼에 내 황폐한 영혼의 실체를 보여 줄 수가 없었다. 갑작스러운 말에 뜨거운 커피를 급하게 삼키느라 아무 생각 없이 물었다.

"이번 주 토요일 어때요?"

"그러다 소문나면?"

"새벽에 황지역에서 만나는데 소문날 이유가 없잖아요."

"오늘이 수요일이니까 내일모레 글피 가자고?"

"안돼요?"

"아, 안될 것은 없지만 서울 가봐야 구경할 것도 없을 텐데…"

"제가 오늘 퇴근하고 나서 기차표 끊어 둘게요."

케세라세라. 나는 할 말이 없었다. 괜히 순영에게 죄를 짓는 것 같아서 순영의 얼굴을 바라볼 수가 없었다. 창문을 바라봤다. 햇살을 머금고 있는 창문 밖으로 보이는 하늘은 순영을 닮아 구름 한 조각 없이 푸르다.

"저녁에 황지에서 친구들하고 만나기로 했거든요. 오빠가 일부러 나가실 필요 없잖아요."

내가 대꾸를 안 하니까 순영이 일방적으로 결정을 하고 설레는 눈빛으로 나를 바라봤다. 순영의 눈동자 안에 들어있는 내 얼굴을 바라봤다. 여자를 사랑해 본 적이 없어서, 여자를 사랑하는 방법도 모른다. 이혜진과 다르게 순영이하고 있으면 마음이 평온해진다. 이런 것이 사랑일까? 하는 생각을 하다 이내 고개를 흔들었다. 내 영혼도 지켜주지 못하면서 새벽 풀잎에 맺혀 있는 이슬같은 순영의 영혼에 상처를 내서는 안 될 것이다.

"서울가서 오빠 선물도 하나 사 줄게요. 내가 마음속으로 생각하고 있는 선물이 있거든요."

순영은 고민이라고는 털끝만큼도 없는 여자처럼 보였다. 빈 도시락을 챙기고 있는 순영의 손을 바라봤다. 가늘고 긴 손가락이 희고 예쁘다. 천사의 손이 저렇게 고울 것이다.

장성사람들의 교육열은 대단하다. 자식에게는 가난을 물려주지 않겠다는 각오로 몇천 미터 땅속에서 죽음을 담보로 석탄을 캐고, 탄가루로 범벅이 된 얼굴로 탄차를 밀고 나온다. 자신의 폐는 진폐증으로 굳어가도 자식만큼은 탄가루 날리는 세상에 살게 하는 것이 지상 최대의 꿈이다. 그래서 장성의 모든 자식들은 서울을 동경하고 있는 것 같았다.

"어머!"

순영이도 어떡하든 장성을 떠나고 싶어 할 것이라는 생각이 들었다. 나도 모르게 순영의 손을 잡았다. 순영이 심장이 멎는 것 같은 두려움에 찬 눈빛으로 나를 바라봤다. 내 눈빛도 떨리고 있었다. 순영은 내가 잡은 손을 빼지 않았다. 두려움에 찬 순영의 눈빛에 빛이 나면서 얼굴이 붉게 물들었다. 취직을 한 날 축하해 달라며 내 품에 안기던 때처럼 금방이라도 안겨들 것 같은 얼굴이다. 순영이 키스를 해 달라는 표정으로 눈을 감았다. 긴 속눈썹이 파르르 떨리는 것을 느끼며 손을 놓았다.

"김밥 정말 맛있게 먹었어."

순영이 눈을 감지 않았다면 키스를 했을지도 모를 일이다. 아니, 내가 잡은 손을 빼면서 서둘러 도시락을 챙겼더라면 와락 껴안았을지도 모른다. 순영의 떨리는 눈썹이 너무 순수해 보여서 차마 먹물을 뿌릴 수가 없었다. 슬그머니 손을 놓고 부드러움을 가장한 목소리로 말했다.

"토, 토요일에 서울 가는 거예요."

순영의 얼굴은 나와 키스라도 한 것처럼 빨갛게 달아올랐다. 키스를 해 달라고 눈을 감았던 것이 부끄러웠던지 내 얼굴을 똑바로 바라보지도 않고 서둘러 밖으로 나갔다.

나는 밖에까지 따라 나갔다. 계단을 뛰어 내려가는 순영의 등 뒤로 전화할게! 라는 말을 하고 싶었으나 입 밖으로 나오지 않았다.

내가 왜 이러지?

나는 서둘려 영업소 안으로 들어갔다. 창문 밖으로 순영이 걸어가고 있는 모습이 보였다.

순영이 낯설게 보였다. 딸기밭에서 찻잔 노고지리의 '찻잔'을 부르던 여고생이 아닌 한 여자로 다가왔다.

순영이 걸음을 멈췄다. 내가 서 있는 2층을 바라봤다. 나와 시선이 마주쳤다. 손을 살짝 흔들어 보이며 쓸쓸한 바람 속을 뛰어가기 시작했다.

나는 순영의 모습이 보이지 않을 때서야 힘없이 돌아섰다. 책상에 앉는데 갑자기 미치도록 순영의 얼굴이 보고 싶었다. 가슴이 마구 떨렸다. 이런 것이 사랑일까? 순영의 얼굴이 너무 보고 싶어서 눈물이 터질 것 같았다. 전화를 하면 순영은 금방 달려 올 것이다.

"우리, 추석 지나고 12월쯤 서울 같이 가자."

한참을 전화기를 바라보다 결국 수화기를 들었다. 오늘 저녁에 만나자는 말을 할 생각이었다. 하지만 입에서 튀어 나오는 말은 지극히 이성적이었다.

추석 연휴가 나흘이다. 금요일과 토요일 휴가를 내면 일주일 동안 쉴 수 있는 황금연휴다. 신문에는 통일주체국민회의 선거에서 당선된 대통령이 앞장서서 서민 가정집과 귀성객들이 몰리는 고속버스터미널이며, 근로자들이 많이 근무하는 구로공단을 찾아서 추석 분위기를 띄웠다. 기업체에서도 응답이라도 하듯 고속버스며 직행버스를 전세내서 자사 근로자들을 단체로 귀성시키겠다는 기사가 연일 신문을 도배했다.

어머니는 자식이 강원도 하고도 장성이라는 이름도 모를 지역에 발령받아 내려가서 사는 동안 전화 한 통 하지 않으셨다. 그러던 어머니가 전화를 했다. 설날에도 오지 않았으니, 이번 추석에는 회사에 사표를 내는 한이 있더라도 집에 와야 한다고 한숨 섞인 목소리로 애원을 했다.

서울에서 살 때는 고향 대전을 이삼 개월에 한 번 정도는 내려갔었다. 장성으로 온 이후에는 휴가 때도 고향에 가지 않았다. 대전에 가려면 8시간 동안 서울까지 가서, 다시 서울역까지 지하철로 이동해서, 서울역에서 내려가야 하는 번거로움이 기다리고 있었다. 그런 번거로움 때문에 고향을 찾지 않은 것은 아니다. 자식 된 도리로 대처에 나가서 생활을 하다 명절에 부모님을 찾아 뵈어야 한다는 도리를 생각하면 아주 사소한 것에 불과했다. 그 사소한 것에 비해 이해할 만한 명분도 없이 장성으로 숨어버린 자식이 부모님을 대해야 하는 부담감은 너무 컸다. 그렇다고 언제까지 숨어 지낼 수는 없었다.

토요일은 서울역에 도착할 수 있어도 차표가 없을 것이다. 하루 늦게 일요일인 25일 아침에 장성에서 출발했다.

청량리역에서 지하철을 타고 서울역에 도착했다. 막차 입석표를 구입해서 대전에 도착하니까 밤 1시가 넘었다. 개찰원이 표를 받으면서 팔뚝이나 손바닥에 '통행증'이라는 글씨가 쓰여 있는 파란색 스탬프를 찍어 줬다.

아버지나 어머니는 통행금지가 지난 후에 집에 도착한 탕아를 반겼다. 어머니는 부랴부랴 내일 명절 음식을 만들려고 준비해 둔 쇠고기를 잘라서 뭇국을 끓여 내놓으셨다.

"주님이 보살펴 주셔서 건강해 뵈니까 됐다. 어서 자거라."

통행금지가 지난 시간이라서 텔레비전도 방영이 끝났다. 내가 밥을 먹는 동안 신문을 보는 척했던 아버지는 별다른 말씀을 하지 않으셨다. 어머니며, 동생들이나 형도 별다른 말을 하지 않았다. 그저 강원도 꽤 춥나? 거기 석탄이 많이 난다며? 오빠, 방학 때 내가 가서 밥해 줄까? 라는 일상적인 질문만 던졌다.

이튿날 어머니가 사진 한 장을 내밀며 김정희라는 여자를 만나보라고 하셨다. 사표를 내는 한이 있더라도 추석에는 내려와야 한다는 이유가 맞선이었다. 결혼할 생각은 없지만, 어머니를 위해서 맞선 장소에 나가기로 했다.

"내가 왜 강원도로 갔는지 궁금하지 않아요?"

맞선 장소로 나가기 전에 거울 앞에서 어머니에게 물었다.

"엄마는 내가 뭘 잘못해서 거기로 쫓겨났다고 생각하지 않는다."

"그럼 됐어요."

어머니의 대답이 고마웠다. 나도 모르게 어머니를 껴안고 속삭였다. 어머니에게서 군밤 냄새 같은 것이 나는 것 같았다.

"당장 결혼해야 합니까?"

어머니가 말씀을 해 주신 커피숍에 나갔다. 정확하게 약속 시간이 돼서 푸른색 원피스를 차려입은 여자가 나타났다. 어깨까지 기른 생머리에 안경을 쓴 여자였다. 커피를 마시고 일상적인 몇 마디 대화를 나누고 물었다.

"제가 싫으세요?"

여자는 초등학교 선생님답게 곧바로 반응했다.

"아름다우세요. 근데 좀 더 시간을 갖고 생각을 해 봤으면 해서요."

"지금 강원도에 계시다고 하던데, 서울에는 언제 올라오세요?"

"통상 이 년 정도 근무를 하면 재배치가 되는 거로 알고 있습니다."

"전, 우리가 결혼하게 되면 서울에 계실 때 결혼을 했으면 좋겠어요."

"좋은 생각입니다. 저도 그러고 싶습니다. 우리 영화나 보러 갈까요?"

"저도 영화 좋아해요."

여자가 처음으로 웃었다. 영화를 같이 보자는 말에 자신한테 호감이 있는 거로 해석을 하는 것 같았다. 나는 상관없었다. 강원도로 들어가면 김정희는 잊혀진 여자가 될 것이다.

저녁에는 친구들을 만나러 갔다. 친구들은 약속이나 한 것처럼 내가 대답하기 곤란한 질문은 던지지 않았다. 나, 회사에서 잘못해서 강원도로 쫓겨 난 거 아니거든. 내가 지원해서 갔다구. 때로는 침묵이 고문이 될 수도 있다. 친구들까지 내가 강원도에 간 이유에 관해서 묻지 않는 것은 참기 어려운 고문이었다.

침묵만 고문 역할을 하지 않았다. 만약 왜 지원해서 갔냐고 묻는다면 그 또한 명분있는 대답을 할 수가 없다는 점이 고문이다. 홧김에 지원했더니, 정말로 발령이 났어. 진실은 존재하지만, 명분이 약한 진실은 거짓보다 못하다.

"아무리 그래도 그렇지. 내가 알기로는 아무 연고가 없는 지역에 지원할 때는 담당 부장이 액션을 취하는 걸로 알고 있는데. 너희 회사는 안 그러냐?"

"상식적으로 생각해 봐. 부산이나, 여수, 아니면 강릉 같은 곳도 아니잖아. 본사에 근무하고 있는 직원이 그 골짜기로 지원했을 때는 뭔가 수상하다는 점이 있지 않겠어?"

회사에 다니거나 공직에 있는 친구들이 따져 묻는다면, 사실 내가 소설을 좀 쓰거든. 부장님께서 그 점을 알고 계시기 때문에 보내주신 거야, 라고 궁색한 대답을 할 수밖에 없다. 그러면 친구들은 박장대소를 할 것이다.

"네가? 소설을 쓴단 말야?"

"강원도 탄광촌으로 들어가면 소설이 술술 나온다냐?"

"야, 그냥 자수해. 회사에서 짜를 수는 없고. 근신하라는 의미에서 거기로 보냈다고?"

형제들이나 가족들은 지극히 상식선에서 나름대로 추론을 할 것이다. 나는 결국, 그래 사실 나 쫓겨났어. 라고 거짓 실토를 할 수밖에 없을 것이다. 그런 측면에서 보면 강원도행에 대해서 침묵하는 고문이 훨씬 견디기 쉬웠다.

작은 추석날 어머니는 차례상 준비를 끝내고 부랴부랴 시장으로 가셨다. 내가 입을 내복을 두 벌, 양말을 다섯 켤레, 목도리 등을 사 오셨다. 자취한다는 말에 돈 벌어서 뭐하냐? 엄마를 살릴 생각이면 하숙을 해라. 거긴 하숙집도 없다냐? 라며 사정을 하셨다.

저녁에는 준석이네 집에 찾아가 볼까? 전화를 해 볼까 고민을 했다. 가만히 생각해 보니 달랑 전화로 안부를 묻는 것보다 직접 찾아가서 인사도 드리고 안부도 묻는 것이 도리 일 것 같았다.

"너, 너는 명절이라고 집에를 왔는데…"

준석이 어머니는 부엌에서 전을 부치고 있었다. 나를 보더니 뛰어나와서 손을 붙잡고 통곡을 했다. 방에서 준석이 아버지와 여동생이 나왔다.

"어, 어서 들어오게."

준석이 아버지가 어머니를 큰 소리로 나무라며 내 손을 꼭 잡았다.

"죽었으면, 죽었다는 말이라도 들었으면…"

방으로 따라 들어 온 준석이 어머니 말에 여동생이 큰소리로 흐느끼며 자기 방으로 뛰어갔다.

"준석이 죽지 않았습니다. 어딘가에서 열심히 살고 있을 겁니다. 어머니."

나도 준석이가 죽었는지 살았는지 모른다. 하지만 그즈음 젊은 학생들이 어딘가로 끌려가서 증발해 버리는 일이 가끔 있었다. 자꾸 안 좋은 생각이 들어서 내 자신에게 속삭이는 것 같은 목소리로 위로를 했다.

추석날 차례를 지내고 서울 볼일을 핑계로 서울행 기차를 탔다. 추석 당일이라서 서울행 새마을호는 한산했다.

부모님은 물론이고 대문 밖까지 따라 나온 형도, 강원도 행에 대해서 함구했다는 점이 서울에 도착할 때까지 상념을 앗아가 버렸다. 창

밖으로 빠르게 스쳐가는 9월의 풍경을 무심히 바라보는 사이에 서울역에 도착했다.

밤 10시쯤 장성에 도착했다. 순이네분식의 불이 꺼져 있었다. 제천에 갔을 것이라고 생각하며 슈퍼에 들렀다.

"집에 안 갔남?"

"지금 도착했습니다."

슈퍼 주인의 말에 마른 웃음으로 대답을 하고 캡틴큐를 샀다. 안주로 오징어를 사 들고 자취방으로 향했다.

파출소 옆 골목으로 들어섰다. 연탄불이 캄캄한 방이 기다리고 있을 줄 알았는데 불이 켜져 있었다. 순영이? 순영이 얼굴이 떠올랐다. 오늘은 추석이다. 효심이 짙은 순영이 추석날 올 리가 없다고 생각하며 빠르게 걸었다.

"어머, 소장님!"

양철 대문을 막 들어서는데 방 안의 불이 꺼졌다. 캄캄한 처마 밑에 이혜진이 막 밖으로 나오려는 중이었다. 나와 마주치면서 달빛에 비치는 얼굴이 놀라움반 반가움반이 섞여 있었다.

"어떻게?"

"소장님이 오늘 오실지 모른다는 생각이 들어서 연탄불을 피워놨어요."

이혜진이 얼른 다시 돌아서서 방문을 열고 벽을 더듬었다. 방 안의 불빛이 금방 처마 밑으로 넘쳐흘렀다. 곱게 한복을 입은 이혜진이 자기집처럼 편하게 방 안으로 들어갔다.

"어떻게 된 일인지 상황 좀 설명해 봐."

방문을 닫으니까 온기가 살아났다. 방이 워낙 작아서 연탄을 넣으면 쉽게 따뜻해지기는 한다. 번개탄 품질이 좋지 않아서 연탄불 붙이기 쉽지가 않았을 것이다. 예상하지도 않았던 배려가 고마워서 물었다.

"아까 말씀드렸잖아요. 소장님이 오늘 오시면 냉방에 주무실 것 같아서 연탄불을 피웠다구요."

윗목에는 밥상이 차려져 있었다. 이혜진이 신문지로 덮어 놓은 밥상을 방 가운데로 들고 왔다. 한복을 입고 있어서 새댁이 밥상을 차려 내는 모습처럼 보여 당황스러웠다.

"저녁도 못 드셨죠?"

이혜진은 내가 묻는 말에 대답을 안 하고 전기밥통 뚜껑을 열었다. 갓 지은 밥을 보니까 잊고 있었던 허기가 살아났다. 문득 결혼을 하면 이런 생활이 이어지겠지. 하는 생각이 들어서 이혜진을 바라봤다. 소녀들처럼 머리에 꽃핀을 꽂았다. 갸름한 얼굴이 한복이 잘 어울린다. 김이 나는 밥을 두 그릇 퍼서 밥상에 얹는 모습을 보니까 먹어야 하는 부담감이 줄어들었다.

"너무 황송해서 말이 안 나오네. 이럴 때는 고맙다고 말해야겠지?"

"소장님 성격 잘 알고 있어요. 이럴 때는 아무 말씀 안 하셔도 돼요."

이혜진이 젓가락과 숟가락까지 챙겨 주었다. 캡틴큐 뚜껑을 열었다. 이혜진이 나도 마시겠다는 얼굴로 컵을 찾아서 내밀었다.

"소장님은 매일 캡틴큐만 마신다며 대단하신 분이래요."

"슈퍼 주인이 그런 말을?"

권태익이 술을 마시며 하던 말이 생각났다. 장성 바닥이 좁은 것이 아니다. 넥타이 매고 다니는 사람들이 적은 것이다. 권태익의 말이 실감 났다. 시내 사람들에게 일거수일투족을 감시당하고 있는 것은 아닌지 하는 생각이 들어서 가슴이 답답했으나 내색은 하지 않았다.

"저도 그 가게 단골이잖아요. 어서 한 잔 주세요."

이혜진이 두 손으로 술잔을 내밀었다. 분위기 탓인지 모르지만 한복 저고리 소매 밖으로 나온 손이 고왔다. 독한 술을 따라주기에는 아름다운 손이라는 생각에 적당히 따라 줬다.

"집에 있는 음식을 모르게 갖고 오면 나중에 뭐라고 변명하려고?"

"엄마한테 말했어요. 소장님 갖다 드린다고 하니까, 엄마가 더 많이 주셨어요."

"추석 연휴 끝나면 선물이라도 사 드려야겠네. 힘들게 만드신 음식을 그냥 먹어 줄 수는 없잖아. 어머니 좋아하시는 것이 뭐야?"

"선물 같은 것은 필요 없어요. 엄마는, 소장님이 맛있게 드셨다는 말만 들어도 너무 좋아하실 거예요."

이혜진은 지레 얼굴을 찡그리고 캡틴큐를 마셨다. 눈은 벽에 쓰여 있는 낙서를 읽고 있었다. 나도 모르게 그녀의 시선이 닿아 있는 곳을 바라봤다.

-바람이 소리 내 우는 것이 아니다, 캡틴큐가 어깨를 들썩이며 우는 것이다.

언제 썼는지 정확히 기억이 나지 않았다. 캡틴큐에 취해서 쓴 낙서는 분명한 것 같았다.

이혜진이 캡틴큐를 한 잔 더 달라고 했다. 두 잔째 연이어 마시고 길게 한숨을 내쉬었다. 나는 병째 몇 모금 마시고, 부침을 먹으면서 이혜진을 바라봤다. 이혜진이 혀로 입술을 핥으며 눈을 잠시 감았다가 떴다.

"소장님, 하숙하시면 안 돼요. 제가 하숙집 알아봐 드릴게요."

"하숙집?"

이혜진의 배려가 고맙기는 하지만 하숙을 생각해 보지 않은 것은 아니다. 지난겨울 연탄불이 꺼져서 잠을 못 이루어 캡틴큐에 의지해 밤을 새울 때도 하숙을 고민했었다. 오랜만에 마음먹고 동태찌개며, 돼지고기 찌개를 끓일 때 1인분이 가늠되지 않았다. 몇 끼 먹겠다는 생각으로 잔뜩 끓여 놨다가, 결국 곰팡이가 끼도록 내버려 둬 놨던 음식을 버릴 때도 하숙을 생각했었다. 하지만 그때뿐이다. 하숙하게 되면 하숙집 주인의 통제를 받지 않을 수 없다. 밥이란 것이 하루 세 번씩 먹어야 한다는 법(法) 없다. 밥 먹는 것부터, 빨래, 아침에 일어나는 시간이나 귀가 시간 등 온통 통제를 받는 것들뿐이다. 그것이 싫어서 하숙집을 찾지 않았다.

"삼촌네가 광업소 아파트에 살거든요. 동생이 한 명 있는데 어려서 방 한 칸이 비거든요. 숙모가 음식 솜씨가 좋아요."

"하숙을 할 바에 결혼하는 것이 낫지 않겠어?"

"어머! 진짜 결혼하실 거예요?"

"총무는 집에서 시집가라는 말 안해?"

"제 친구들은 죄다 시집갔어요."

이혜진이 두 손으로 술잔을 내밀었다. 술이 쎄네? 35도 짜리 술을 두 잔이나 마시고도 이혜진은 머리카락 한 올 흔들리지 않았다. 얼굴만 붉게 물들었을 뿐이다.

"총무는 마음에 드는 남자 없어?"

장성은 다른 어느 지역보다 통행금지가 엄하다. 이혜진은 11시가 넘었는데도 일어날 생각을 안하고 있다. 슬슬 일어 날 때가 됐다는 표정을 지으며 손목시계를 보는 척했다. 무언가 할 말이 있다는 얼굴로 술을 한 잔 더 달라고 했다.

이혜진도 캡틴큐를 단숨에 비우고 손목시계를 봤다. 그만 가봐야겠어요. 혼잣말로 중얼거리며 일어섰다. 일어서자마자 비틀거렸다. 내가 얼른 일어나서 부축을 했다. 허리를 부축하면서 팔뚝을 잡았다.

"소장님 같은 남자가 있다면 당장 내일이라도 시집 갈 수 있어요."

이혜진이 몸의 중심을 잡고 나를 바라봤다. 허리를 부축하고 있던 손을 내리지 못하게 잡고 속삭였다.

"영업소에서 절 안아 주신 적이 있잖아요. 소장님은 기억하고 계실지 모르겠지만, 저는 소장님을 볼 때마다 생각해요."

이혜진이 비틀거리는가 했더니 품에 안겼다. 얼떨결에 이혜진을 껴안는 자세가 되었다. 키스해 주세요. 이혜진이 품 안으로 들어오며 얼굴을 내밀었다. 거부하거나, 생각할 틈도 주지 않고 입술을 내밀었다.

그녀의 입술은 핫케익처럼 뜨거웠다. 케세라세라. 허리를 힘껏 껴안으며 입술을 더듬었다. 이혜진도 기다렸다는 몸짓으로 찰싹 안기며 딥키스를 원했다. 창문을 두들기던 바람 소리가 숨을 멈추고 귀를 기울였다. 낡은 형광등도 놀란 눈빛으로 이혜진의 희고 반듯한 이마를 핥았다.

"사랑해요."

이혜진이 뜨겁게 속삭이는 말이 도화선이 되어 내 손이 저고리섶 안으로 들어갔다. 팽팽하게 부풀어 오른 젖가슴을 감싸며 입술을 더듬었다. 이혜진의 손이 젖가슴을 잡고 있는 손목을 강하게 잡았다. 젖가슴을 움켜쥐며 자연스럽게 방바닥에 누웠다. 이혜진은 눈을 감고 가쁜 숨을 내쉬면서도 내 손목을 잡은 손을 놓지 않았다.

이혜진의 귀를 애무했다. 귓밥을 애무하는 사이에 손목을 잡은 그녀의 손이 힘없이 떨어졌다. 라운드형 속내의 자락이 치마 속으로 들어가 있어서 쉽게 빠지지 않았다. 하지만 젖가슴의 탄력은 모닥불처럼 뜨겁게 내 몸을 데웠다.

"통금 시간……다음에."

서둘러 저고리 끈을 풀었다. 속내의를 끌어 올리니까 눈처럼 흰 브래지어가 부끄럽게 드러났다. 넌 참 나쁜 놈이다. 여자를 차별하다니! 이영숙과 다르게 그놈이 단단하게 일어서는 것을 느끼는 순간 이혜진이 뜨겁게 속삭였다.

"집에 데려다 줄게."

이혜진을 사랑한다면, 사랑해서 섹스를 하고 싶었다면 통금시간이 되든 말든 옷을 벗겼을 것이다. 그녀와 밤을 보낸다는 것은 결혼을 약속하는 것과 같다는 생각에 저고리 안에 들어가 있던 손을 뺐다.

이혜진은 일어나 앉으며 저고리를 반듯하게 폈다. 저고리끈을 매면서 부끄러운 눈빛으로 슬쩍 나를 바라봤다. 그 모습이 너무 예뻐서 나도 모르게 목을 껴안으며 깊숙이 키스를 했다. 이혜진은 기다렸다는 것처럼 키스를 받아 줬다.

젊은 청춘들이 그러하듯 우리는 다시 자연스럽게 방바닥에 누웠다. 키스로 점화가 된 불씨가 붉은 수수밭에서 파도처럼 불길이 몰려다녔다. 불덩이가 새처럼 하늘로 활공을 하여 숲으로 떨어졌다. 단단한 참나무 숲에 떨어진 불길이 거대하게 키를 세우기 시작했다. 치마를 걷어 올리고 그녀의 팬티 속으로 불덩이 같은 손이 미끄러져 들어갔다.

"그, 그만."

이혜진이 놀란 몸짓으로 나를 밀어 재치고 일어나 앉았다. 형광 불빛에 뽀얗게 드러나는 넓적다리를 얼른 치마로 감추었다. 죄송해요. 다음에 해요. 오늘 너무 늦었잖아요. 등을 돌리고 앉아 가쁜 숨을 참는 목소리로 말하며 저고리 끈을 매기 시작했다.

"데려다 줄게."

이혜진의 체취가 진하게 묻어 있는 손을 내밀었다. 이혜진이 망설이지 않고 내 손을 잡았다.

"대문 앞까지만 데려다 주세요."

이혜진은 자연스럽게 팔짱을 꼈다. 여자가 내 팔짱을 낀 것은 처음이다. 팔뚝으로 전해지는 감촉은 낯설지 않은 것이면서도, 우울하도록 낯설게 다가왔다. 팔월 대보름의 달빛이 마당을 환하게 비추고 있었다. 그녀와 내 그림자가 마당으로 서서히 존재감을 드러냈다.

10. 떠나는 여자와 남는 여자들

이튿날 이혜진이 점심을 싸 들고 찾아 왔다.

점심을 먹으면서 자연스럽게 캡틴큐와 맥주를 마셨다. 파초처럼 푸른 청춘들이 술에 취해서 서로의 몸을 더듬는 것은 당연한 이치다. 더구나 전날 이미 전야제로, 그녀의 속살을 더듬었던 경험이 선명하게 각인 되어 있어서 청바지를 벗기는데 오랜 시간이 걸리지 않았다.

좁은 자취방 밖 마당에는 9월의 햇살이 쨍쨍 내려 쬐고 있을 것이다. 북향으로 앉아 있는 안채의 처마 밑 그림자는 검은 장막을 덮고 자취방에서 새어 나가는 청춘을 불태우는 소리에 귀 기울이고 있을지도 모를 일이다. 창문을 닫았지만 더 세게 닫고 싶은 충동이 불쑥불쑥 일어났다.

방 안이 어두워서 켜 놓은 형광등 불빛 아래로 보이는 이혜진의 알몸은 알을 낳기 위해 상류로 거슬러 올라가는 연어처럼 풍만했다. 몸만 풍만한 것이 아니다. 술집이나, 군대 가기 전 창녀촌에서 여자에게 총각 딱지를 미련도 없이 던져 버린 후에 많은 여자들과 알몸이 됐었다. 하지만 모두 거래 관계에서 비롯되는 본능의 파티였다. 조선시대 말로 여염집 아씨는 처음이었다. 여염집 아씨는 처음이지만 이혜진의 몸은 남자를 너무 잘 알고 있었다. 갓 조율을 끝낸 피아노처럼 그냥 손끝이 스쳐가는 부분에서도 섬세한 음률이 튀어나왔다.

나는 간간이 필드에 나가서 물건을 휘둘렀지만, 이혜진은 내가 영업소로 부임한 이후 처음 필드에 나온 것 같았다. 그동안 참고 있었던 에너지를 마음껏 발산하겠다는 몸짓으로 찰거머리처럼 달라붙었다. 악기가 좋으니까 평소보다 더 연주가 잘 되는 것 같았다. 황무지에서 암컷을 만난 수컷 야생마처럼 거침없이 달려드니까, 이혜진이 최고의 고음을 발산하며 땀을 흘렸다. 파출소에서 들릴 턱이 없겠지만 투우장에서 용을 쓰는 암소처럼 거린 콧바람을 폭풍처럼 내뿜는 통에 여러 번 손바닥으로 입을 틀어막았다.

"너, 너무 좋았어요."

점심을 먹으면서 마신 캡틴큐 취기가 하얗게 마르도록 언덕길을 뛰어 올라갔다. 이혜진은 단내를 풍기며 나를 바라봤다. 본능은 이성을 제어할 수가 없다. 이마에 땀이 보송보송 맺힌 얼굴로 프로다운 멘트를 거침없이 날렸다.

"고마워."

무릇 사랑은 정신적 교감에서 육체적 나눔으로 이어져야 한다. 나는 이혜진을 사랑할 준비가 되어 있지 않았다. 육체적 사랑은 영혼의 결합으로 이어지지 않는다. 이혜진이 육체적 만족감을 나타낸 것처럼, 나도 같은 방법으로 속삭이며 젖가슴을 더듬었다. 이혜진은 즉각적으로 반응하며 품에 안겨왔다.

이혜진은 나와 결혼을 염두에 두고 섹스를 했을 것이다. 하지만 나는 야비하게도 그녀를 사랑할 준비도 되지 않았고, 결혼은 더 먼 거리에 있었다. 사랑이 없는 섹스는 거친 욕망이 지배를 한다. 추석 연휴가 끝난 후에도 그녀와의 욕망의 향연은 이어졌다.

"이 방에서는 싫어. 깨끗한 곳에서 하자."

뒤늦게서야 자취방에는 순영의 체취가 남아 있는 곳이라는 걸 알았다. 순영의 체취가 남아 있는 곳에 이혜진과 분출한 욕망의 땀방울을 더 이상 남기고 싶지가 않았다.

장성에서는 소문이 두려워 황지에 있는 여관으로 갔다. 이혜진도 유경험자라는 점이 미안했는지, 아니면 순박해서 그런지 모르지만 욕망을 불태우는 동안 사랑의 언어를 구사하지 않았다.

섹스를 할때마다 마지막 남은 한 점의 욕망까지 불태워 버리겠다는 몸짓으로 열광을 했다. 욕망을 태우고 나서는 둘이 아무 일도 없었다는 얼굴로 각자 택시를 타고 장성으로 들어왔다.

연탄가게 사장은 일주일 후에나 연탄을 갖다 줄 수 있을 것이라고 배짱을 부렸다. 10월이지만 연탄을 때지 않은 방 안은 황무지의 밤처럼 추웠다.

실바람에도 덜컹거리는 창문을 청테이프로 고정시켰다. 방문 찢어진 곳을 달력으로 붙이고 문풍지도 달았다. 그래도 스폰지담요 밑에는 습기가 찼다. 겹겹으로 깔아 놓은 신문지가 아침에 확인하면 축축하게 젖어 있었다.

일반적으로 집에 들어가면 외출했을 때 입었던 옷을 벗고 활동하기 좋은 가벼운 옷을 입는다. 나는 양복을 벗고, 양복보다 두꺼운 미군 야전 재킷을 입었다. 방수되는 야전 재킷은 보온성도 좋았다. 이불을 뒤집어쓰면 그런 데로 온기가 차올라서 못 견딜 정도는 아니다.

신춘문예 응모는 포기했다. 포기를 한다고 해서 머릿속에서 지워지는 것은 아니다.

신문으로 공모광고를 볼 때마다 가슴에서 응모작품을 써야 한다는 책무감이 불길처럼 일어나서 가슴을 태웠다. 나는 나를 잘 알고 있었다. 나를 잘 알고 있다는 사실이 나를 미치도록 취하게 만들었다.

늦가을 바람이 좁은 마당에서 회오리바람 소리를 내며 잠을 못 이루는 날이면, 연탄불이 꺼진 차가운 방에서 독수리전축에서 흘러나오는 음악을 들으며 캡틴큐를 마셨다. 취기가 몽롱하게 밀려오면 신춘문예 작품을 써야 한다는 압박감이 광기 서린 눈빛으로 누렇게 변색된 벽을 노려보게 만들었다. 그러면 팔레트에 포스터물감을 짜서 벽이건, 천장이든 낙서 같은 시어를 휘갈겼다.

오토바이를 타고 무작정 황지로 갔다. 황지 시내를 한바퀴 천천히 돌았다. 중국음식점에서 짜장면에 고량주 한 병을 막고 장성쪽으로 향했다. 시내를 빠져나가기 전에 도계가는 방향 이정표가 사로잡혔다. 도계나 가볼까. 갑자기 도계로 가고 싶었다. 크게 숨만 쉬어도 석탄가루가 빨려들어 올 것 같은 도계는 왠지 정감이 가는 지역이다.

도계는 강원도 묵호처럼 거의 산비탈에 집들이 들어서 있다. 광부들이 출퇴근을 하기 쉽게 광업소 근처에다 사택을 지은 까닭이다. 슬레이트 지붕이며 굴뚝 판자벽은 검게 물들어 있고. 산비탈 아래 흐르는 물도 먹물을 풀어놓은 것처럼 까맣다. 좁은 평지에 들어서 있는 건물들도 석탄가루를 피하지 못했다.

도계의 풍경은 단순히 눈에 보이는 풍경으로 그치지 않았다. 도계를 바라보고 있으면 내 마음속으로 도계의 검은 땅들이 전이되는 것 같았다.

나는 미래를 생각해 본 적이 없었다. 산다는 것에 대해서 반추해 본 적도 없었고, 어떻게 살아야 기름진 삶을 살 수 있다는 방법론을 자신에게 제시해 본 적도 없었다. 맛있는 음식도 없었고, 먹고 싶은 음식도 없었다. 배가 고픈지도 몰랐고, 배 불리 음식을 먹어 본 적도 없었다. 식물이 비가 오는 대로 옮겨 다니며 살 수 없는 것처럼, 나도 주어지는 대로 먹고 마시고, 취하면 쓰러져 자고 아침이면 출근을 했다.

도계 면소재지로 들어가는 길에 먹물이 흐르는 천이 있었다. 블록으로 벽을 하고 슬레이트 지붕을 한 술집에서 광부들의 노랫소리가 흘러나오고 있었다.

술집에서 한복을 입은 이십 대 여자가 비틀거리며 나왔다. 오후 세 시쯤 된 시간인데 술집 여자로 보이는 이십 대는 벌써 고주망태가 되도록 취한 것 같았다.

오토바이를 세우고 여자를 지켜봤다. 여자는 개울가에서 한복 치맛자락을 몸에 휘감아 끌어 올렸다. 치맛자락을 허리춤에 박고 쪼그려 앉아서 토하기 시작했다. 여자가 어깨를 파도치며 한참을 토하다 느낌이 이상했는지 고개를 들었다. 겨, 경미! 여자의 모습이 낯익었다.

장성옥 2층 맥주 홀에서 일하는 경미라는 여자를 닮았다. 한복을 입고 머리에 똬리까지 틀었지만, 경미를 너무 닮아서 놀란 눈으로 바라봤다.

"소장님 아잉교?"

"겨, 경미 씨 맞지?"

나는 오토바이에서 내렸다. 오토바이를 세우고 경미 앞으로 한 걸음 다가갔다. 경미가 띄는 걸음으로 다가왔다.

"여긴 우예 왔능교?"

"경미 씨 장성에서 안 보이더니, 여기로 왔어?"

"내 만 온기 아니고 지연이하고 같이 팔려왔다 안 합니꺼?"

"그래?"

장성은 시내가 워낙 좁다. 낮에 다니다 보면 우연히 마주칠 때도 있다. 밝은 햇볕 아래에서 경미는 보통의 20대 초반 여자처럼 피부가 맑았다. 도계에서는 얼마나 술을 마셨는지 서툴게 화장을 한 얼굴이 푸석푸석하게 보였다. 몰라보도록 폭삭 늙어 버린 것처럼 보이기도 했다. 사람이 이렇게 망가지는구나 하는 생각이 들어서 동정이 갔다.

"내도 몰랐다 안 합니꺼. 장성에서 택시타라고 해서 탔더니 여기로 데리고 오데예."

"긴 말은 나중에 하고 내일 일요일이잖아. 짐은 모두 내비 두고 몸만 빠져나와. 황지역에서 오후 1시 30분에 만나."

경미는 어이가 없도록 순박했다. 대낮부터 뭇사내들과 어울려 젓가락을 두들기며 살기에는 그녀의 영혼은 너무 맑았다. 그녀를 도계의 술집에서 구해내지 못하면 평생 후회를 할 것 같았다. 단호한 목소리로 속삭였다.

"와예?"

"내가 대구 집에 데려다 줄게. 알았지?"

"알았심더."

경미는 갑자기 긴장한 얼굴로 노래가 흘러나오는 술집을 흘낏 바라봤다. 이내 나를 바라보며 알았다는 눈짓을 해 보였다.

"어서 들어가 봐. 딴 사람들이 볼 수도 있으니까."

나는 긴말을 할 여유가 없었다. 경미의 대답을 기다리지 않았다. 오토바이를 돌려서 황지쪽으로 향했다.

내일 경미를 데리고 서울행 기차를 탄다는 생각이 잠을 못이루게 했다. 황석영의 단편소설 '삼포가는 길'에서 보면 술집주인은 도망친 백화를 잡아오라며 건달들을 동원시킨다.

도계 술집 주인도 경미가 도망쳤다는 것을 알게 되면 건달들을 동원시킬 것이다. '삼포가는 길'뿐만 아니라, 다른 소설이나 영화에서 대부분 술집 주인들은 건달들과 통한다.

도망간 여자를 찾기 위해 고향은 물론이고, 친구며, 인척 집을 샅샅이 뒤져 결국은 찾아내고 만다. 감당하지도 못하면 괜한 객기를 부려서 나는 건달들에게 떡이 되도록 얻어맞고, 경미는 경미대로 얼굴에 시퍼렇게 멍이 들도록 매타작을 당하는 것은 아닌지 하는 걱정이 쉽게 떠나지 않았다.

젠장, 될대로 되라지.

케세라, 세라다. 도둑질을 하는 것도 아니고, 사기를 치는 것도 아니다. 악마가 인간의 탈을 쓴 직업소개소 소장에게 속아서 검은 진흙탕에서 뒹굴고 있는 꽃다운 영혼을 구하는 일이다. 하느님이 있다면 경미를 무사히 대구까지 인도할 것이다. 만약 하느님이 없다면 황지역에서 개처럼 얻어맞게 될 것이다.

경미를 탈출시키는 건은 운명에 맡기고 잠이나 자자고 방의 불을 껐다. 낮에 도계까지 오토바이를 타고 갔다 와서 눈꺼풀은 내려앉는데 정신은 말똥말똥해서 수학 함수도 자신있게 풀수 있을 것 같았다. 술이 좀 남았나? 불을 켜고 캡틴큐 병을 확인했다. 3/1 가량이 남아 있었다. 그것을 미지근한 숭늉마시듯 단숨에 마셔 버렸다. 오징어 다리 하나를 씹으면서 방 안의 불을 껐다.

황지역 광장에는 햇살이 하얗게 내려앉아 있었다. 하늘은 더없이 푸르고 오가는 행인들은 바쁘게 제 갈 길을 가고 있었다. 택시에서 내려 역사를 바라봤다. 천천히 주변을 살폈다. 경미의 모습은 보이지 않았다. 긴장한 몸짓으로 역사를 향해 걸었다.

역사 안에는 기차를 기다리는 사람들이 벤치에 앉아서 신문을 읽고 있거나, 고개를 숙이고 졸기도 하고, 빵이며 김밥을 먹고 있었다. 공중전화 앞에는 몇몇이 줄을 지어 차례를 기다리며 길게 하품을 하기도 했다.

개표구 앞으로 천천히 걸어가며 구석구석을 살폈다. 여자 화장실 쪽에도 경미의 모습이 안 보였다. 올테지. 도계에서 본 경미의 얼굴 표정은 절실해 보였다. 사정이 있어서 늦게 올지도 모른다고 생각하며 기차 시간표를 확인했다.

"제천까지 특실로 두 장 주세요."

나는 청량리까지 표를 끊지 않았다. 만에 하나라도 술집 주인이 경미가 도망쳤다는 걸 알면 건달들을 풀 것이다. 대구로 가는 빠른 방법은 철암역에서 영주로 가는 중앙선을 타고, 영주에서 동대구로 가는 기차를 타는 길이다. 당연히 영주역에는 건달들이 지키고 있을 것이다. 두 번째 방법은 서울로 튀었을 것이라는 판단에 청량리역에 건달들을 풀 것이다. 제천은 염두에 두지 않을 것이라고 판단했다.

늦잠을 자고 아침을 먹지 않았더니 출출했다. 시간은 1시 30분을 가리키고 있었다. 식당에서 무얼 먹는 동안 경미가 올지도 모른다는 생각에 역사를 떠날 수가 없었다. 도둑질을 앞두고 있는 초보 도둑처럼 가슴이 두근두근거려서 견딜 수가 없었다. 역 안에 있는 매점으로 갔다. 매점에서 김밥과 라면이며 국수와 소주 등을 팔고 있었다.

소주 한 병과 김밥을 주문하고 대합실 안이 잘 보이는 쪽에 앉았다. 소주 한 병을 단무지 안주 삼아 비웠다. 김밥이 모래알 씹는 것처럼 입에 맞지 않았다. 어묵 국물을 천천히 수저로 떠먹고 있는데 경미가 겁먹은 얼굴로 토끼처럼 역사 안으로 뛰어들었다.

파란색 반팔 티셔츠에 청바지를 받쳐 입고 운동화를 신은 차림이다. 나는 계산을 하는둥 마는 둥 밖으로 나갔다. 기차 출발시간이 5분밖에 남지 않았다.

"가자."

내가 경미 옆으로 갔다. 경미 뒤를 바라봤다. 수상쩍어 보이는 건달풍들의 사내들은 보이지 않았다. 등을 떠밀며 개찰구로 향했다.

경미는 연신 뒤를 돌아다 봤다. 내가 건널목을 건너면서 더 이상 뒤를 돌아보지 말라고 당부했다. 기차는 제시간에 도착하지 않았다. 몇 분 연착한다는 안내방송도 흘러나오지 않았다.

황지역 적재장에는 철암역처럼 석탄이 산더미처럼 쌓여있다. 천막을 덮어 놓았지만 바람이 불때마다 탄가루가 날아다녔다. 지붕이 없어서 햇볕이 따가 왔다.

"기차가 왜 안 오지예?"

경미는 가로등 뒤에 몸을 숨기고 개찰구 쪽에서 시선을 옮기지 않았다. 바람은 성가시게 불고 있는데 시간은 멈춰버린 것처럼 더디게

만 흘러갔다.

역무원이 빨간 깃발을 들고 역사에서 나와 한가로운 걸음으로 건널목 쪽으로 오고 있었다. 기차가 곧 도착할 것이라는 조짐이다.

기차가 도착했다. 나는 경미부터 기차에 태우고 개찰구쪽을 살폈다. 건달처럼 보이는 사내들의 모습은 보이지 않았다. 도계에서 버스를 타고 황지에 나온지 세 시간도 되지 않았다. 더구나 경미는 빈 몸으로 나왔다.

술집 주인은 경미가 서울행 기차를 탔다는 사실을 까맣게 모를 것이다. 사북이나 제천에 도착할 때쯤이나 비상이 걸리고, 오토바이를 갖고 있는 건달들을 황지로 급파시킬 것이다.

무궁화 특실은 새마을호처럼 좌석이 간격이 넓었다. 바닥이 깨끗하면 휴지를 뱉거나 침을 뱉을 수가 없다. 조용하고 깨끗하니까 큰 소리로 떠드는 사람들도 없었다. 담배를 피우는 사람도 보이지 않았다.

"점심 드셨어예?"

경미는 기차가 황지를 벗어났는데도 창문밖을 바라보는 시선을 거두지 않았다. 다음 역인 고한역에 도착했을 때도 두려움이 풀리지 않은 얼굴로 나를 바라보며 어색하게 웃었다.

"점심 안 먹었어?"

나는 무섭지 않았어? 라고 묻고 싶었다. 하지만 두려움에 떨고 있는 것 같아서 묻지 않았다.

"아침부터 밥이 넘어가겠어예? 배가 아파서 병원간다고 거짓말하고 나왔심더. 술 한 잔 하신 거 같네예?"

"정미 씨가 안 와서 걱정했잖아."

"사실은 황지역에 한 시쯤 도착했다 안 합니꺼? 화장실에서 숨어 있다가 시간 보고 나왔어예."

경미가 가느다란 손목에 찬 시계를 손가락으로 톡톡 두들기며 작은 목소리로 속삭였다. 거의 한 시간 동안이나 냄새나는 화장실에서 가슴조이며 시간을 보낸 셈이다. 새삼스럽게 경미의 얼굴을 바라봤다. 화장을 지운 맨 얼굴이 또래의 여자들처럼 깨끗하지 않았다. 몇날 며칠 노름을 하고 있는 도박꾼처럼 퉁퉁 부은 것 같기도 하고, 햇볕을 보지 못한 환자처럼 창백해 보이기도 했다.

"내 얼굴에 머 묻었어예?"

"빵하고 우유 사 줄게."

홍익회 판매원이 카트를 끌고 들어왔다. 경미가 자기 얼굴을 문지르며 묻는 말에 대답을 하지 않고 홍익회 판매원이 오길 기다렸다. 빵과 우유를 사면서 캔맥주 두 개와 땅콩을 샀다. 경미는 우유는 안 먹겠다며 캔맥주와 바꿨다.

"제천에서 내려 대구가는 기차를 탈 생각야. 대구에 도착하면 집에 가서는 안 되는 거 알고 있겠지?"

경미가 빵 봉지를 뜯어서 절반을 잘라 내밀었다. 나는 고개를 흔들며 맥주캔을 땄다. 어제 늦도록 잠을 못 이루다 결국 캡틴큐에 의존해 잠이 들때까지 건달들이 뒤쫓아오면 어떡하나 하는 걱정만 했다. 경미가 대구에 도착하면 어떻게 처신을 해야 하는지에 대해서는 생각해 보지 않았다. 무사히 탈출을 했으니 앞으로가 걱정이라는 생각에 물었다.

"주민등록증을 도계 주인아줌마가 갖고 있다 안 합니꺼?"

경미의 표정이 다시 굳어졌다. 캔맥주 뚜껑을 열면서 두려운 얼굴로 나에게 시선을 돌렸다.

"어디 가 있을 때는 있어?"

"이모가 대구에서 식당하고 있거든예. 당분간 거기 가서 있을 생각입니더. 거긴 못 찾겠지 예?"

"부모님들이 강원도 있었다는 거 알고 계셔?"

기차는 줄기차게 달리고 있었다. 창문 밖으로 탄광이 자주 보였다. 역에 도착하면 석탄을 적재한 화물기차가 대기를 하고 있기도 했다. 건달들이 제일 먼저 주민등록상의 주소를 찾아갈 것이라고 판단하며 물었다.

"어디예. 그걸 우째 말하겠능교. 그냥 지연이하고 서울에 취직해서 잘 있는 걸로 알고 있습니다."

"일단 부모님들에게 상황을 대충 말씀드려 놓는 것이 좋겠어. 그래야 부모님들도 건달들이 찾아 왔을 때 대책을 세워두실 거잖아."

"아빠가 가마 안있을 낍니더. 집안 망신시킨다고 머리 박박 깎아서 방에 가두고도 남습니더."

"아빠가 그만큼 사랑하기 때문에 엄하게 하시는 거야. 잘못했다고 용서를 빌면, 오히려 아빠가 직업소개소 소장을 찾아가서 그냥 두지 않을 거야."

"이모한테 비밀로 해 달라고 하는 것이 낫지않을까예. 이모는 어렸을 때부터 제 부탁이라면 뭐든지 해 주시거든요."

"이모님이 비밀을 지켜준다면 그것도 나쁘지 않겠네."

기차가 탄부역에 도착했다. 다음 역은 영월이다. 경미는 여전히 안심이 안 되는 표정이다. 우선 이모가 운영하는 식당일을 도우면서 차차 생각해보는 것도 나쁘지 않을 것 같았다.

홍익회 판매원이 곁으로 왔다. 맥주 두 캔을 더 샀다. 경미가 맥주 한 캔을 먹고도 간장이 풀리지 않는지 한 개 더 달라고 손을 내밀었다.

기차는 탄부역에서 20분 이상 머물렀다. 탄광에서 사용하는 통나무를 화물차 가득 적재한 화물기차가 빠르게 질주했다. 화물차가 멀어지면서 열어 놓은 창문 안으로 탄가루 섞인 먼지가 빨려 들어왔다.

제천에서 대전가는 기차는 이미 출발을 했다. 내일 아침 9시 차를 탈 수밖에 없었다. 시간이 많이 남아서 택시를 타고 버스 정류장으로 갔다. 마침 동대구까지 가는 버스가 있었다.

"고맙습니더. 이 은혜는 죽어도 못 잊을 거라예. 아니, 못 잊을 겁니더."

대구가는 직행버스는 탈 수 있었다. 경미에게 차표를 끊어주었다. 경미는 눈물을 글썽이며 조심스럽게 차표를 받았다.

"경미 잘못이 아냐. 착한 사람들이 세상을 쉽게 믿잖아. 내 말 무슨 뜻인지 알겠지?"

"어디예, 장성에서도 그렇고, 도계 언니들도 그라는데. 나하고 지연이처럼 맹탕 가스나들은 첨 봤다꼬 하데예."

"지연 씨 때문에 기분이 좀 그렇겠네."

"지연이는 알고 있어예, 내가 일단 대구로 갔다가 난중에 널 데리러 온다고 약속했거든예."

동대구행 버스가 플랫폼으로 들어왔다. 경미가 차마 발걸음이 떨어지지 않는다는 표정으로 말했다.

"지연이한테는 미안한 이야기지만 연락하면 안 돼. 술집 주인이 결국 알게 될 거라구."

"지연이한테 억수로 미안하네예."

경미가 눈물을 떨구며 고개를 숙였다. 나는 뭐라고 말을 할 수가 없었다. 어쩌면 술집 주인은 지연이를 담보로 잡고 경미의 외출을 허락해 줬을 수도 있다. 경미가 도망쳤다는 걸 알면 당장 지연이에게 심한 매질이 시작될 것이다. 지연이에게는 안된 일이지만 운명으로 돌릴수 밖에 없는 것이 현실이다.

"어서 버스 타."

나는 지갑을 꺼냈다. 만 원짜리가 석 장밖에 없었다. 경미 손을 잡아서 2만 원을 쥐어줬다. 경미가 버스비가 있으니 됐다며 돈을 내밀었다. 이모집에 갈때 뭣 좀 사 들고 가야지. 내가 다시 돈을 내밀자 경미는 거부하지 않았다.

"고생 많이 했으니 앞으로는 행복하게 살아."

"이 은혜는 꼭 갚을께예."

나는 고개를 끄덕이며 경미를 차 안으로 밀었다. 경미는 연신 뒤를 바라다보며 버스 안으로 들어갔다. 일부러 버스가 떠나는 걸 보지 않으려고 택시 정류장 쪽으로 갔다. 경미가 창문 밖으로 바라볼 것이라 생각에 뒤를 돌아다 보지 않았다.

이튿날 영업소에 출근해서 커피를 마시고 있는데 조혜숙이 들어왔다. 이혜진이 말없이 커피를 타 와서 내밀었다.

조혜숙은 아무리 잘 나가는 차도 휘발유가 없으면 달리지 못한다. 우리 회사는 지원을 너무 해 준다. 내 돈 들여 영업을 하려고 해도 보증인이 없다고 대출도 해주지 않는다. 영업 그만하고 나가라는 거 아니냐? 라고 작심한 얼굴로 따져 물었다.

"본사에서 지침이 왔습니다. 사비를 들여서 영업을 하시면 보상이 불가능합니다. 사장님이 노력하고 계신 점은 저뿐만 아니라, 지점에서도 잘 알고 있습니다. 지점장님이 우수 모집인으로 선정을 해 주신다고 약속하셨습니다."

조혜숙이 지원 운운하는 건 처음이 아니다. 잊을만 하면 벽시계를 사달라, 거울을 사 달라, 간판을 지원해 달라는 것부터 시작해서 금전적인 지원을 요청했다. 물품을 지원해 주는 것은 그런 데로 지점에 찾아가 사정을 할 수 있지만, 금전적인 지원은 어려웠다. 요즈음 조혜숙이 돈에 매우 쪼달리고 있다는 박미자의 말이 떠올랐다. 하지만 영업소 규정으로는 지원해 줄 수 있는 방법이 없었다.

"하마, 제가 우수모집인에 선정돼서 제주도 여행이나 갈라꼬 이라는 줄 아시능교? 그라모 저를 참말로 모르시고 하시는 말씀이라예. 제가 여기 와서 영업할라꼬, 제 돈을 얼마나 박았는지 아능교? 몇 억은 안돼도 수천만 원은 됩니더. 저도 자갈논 팔아서 보험 하는 것도 아이고, 빨리 계약건을 늘려서 그 돈을 빼야 되는 거 아니겠능교?"

"소장님 지점장님한테 부탁을 해 보세요."

조혜숙의 말에 뾰족한 해결책이 나오지 않았다. 잠자코 커피를 마시고 있는데 이혜진이 구원군으로 나섰다.

"일단 월요일 지점장님께 같이 한번 가시죠. 제가 적극적으로 말씀을 드려보겠습니다."

"소장님만 믿는다 안 합니꺼? 우쨌든 부탁 한번 합시더."

조혜숙은 더는 할 말이 없다는 얼굴로 커피잔을 들었다. 빈 책상에 앉아서 서류 가방을 열고 청약서를 꺼냈다. 이혜진에게 고맙다는 눈인사를 하고 있는데 내 책상에 있는 전화기가 울었다.

장성옥의 마담이다. 오늘 아침에 이상한 소문을 들었다. 장성옥 주인이 도계로 팔아 버린 경미라는 아가씨가 도망을 쳤다. 황지 깡패들이 눈에 불을 켜고 찾아다닌다. 경미와 같이 있는 아가씨가 소장님하고 비슷한 남자가 오토바이를 타고 온 걸 봤다고 하더라. 만약 경미를 도망시켰으면 딱 잡아떼라. 깡패들이 알게 되면 큰일이 날 수도 있다. 긴장한 목소리로 빠르게 자기 말만 하고 전화는 뚝 끊어졌다.

창문 앞으로 가서 거리를 내려다봤다. 수상해 보이는 남자들뿐만 아니라 거리에는 행인 한 명 보이지 않는다. 뉘집 개인지 모르지만 연탄광에서 뒹굴다 나온 것처럼 시커멓게 먼지를 묻이고 어슬렁거리고 있다.

이혜진을 바라봤다. 조혜숙이 마신 커피잔을 치우고 있는 이혜숙의 몸이 오늘따라 육감적이다. 유니폼이 터져 나가 버릴 것 같은 젖가슴이 유독 시선을 잡아끈다.

저는 어떠한 일이 있어도 서울로 시집갈 거예요. 이혜진뿐만 아니다. 순영이도, 이영숙도 서울을 동경하고 있다. 그녀들의 애달픔은 외면해 버리고, 민들레 홀씨처럼 장성으로 흘러들어 온 경미만 탈출시켰다

11. 12월의 파비안느

토요일이다.

연탄불이 꺼진 방에서 웅크리고 잠을 잤더니 온몸의 관절이 굳은 것 같았다. 세수하려고 마당으로 나갔다. 엷은 안개가 마당을 채우고 있었다.

수도꼭지가 얼어서 물이 나오지 않았다. 신문지로 수도 파이프를 감싸고 불을 붙였다. 몇 번이나 반복한 끝에 물이 쫄쫄쫄 나왔다. 고양이 세수를 하고 방으로 들어가 거울을 봤다. 잠을 설친데다 늦게까지 술을 마셔서 눈이 토끼눈처럼 빨갛다.

전기면도기로 턱수염을 깎고 나서 밖으로 나갔다.

아침 6시 기차를 타야 오후 2시쯤 서울에 도착할 수 있다. 택시를 타야 하는데 좀처럼 오지 않았다. 택시들이 손님을 기다리는 로터리로 향해 가는데 빈 택시가 다가왔다.

황지역사 안은 썰렁했다. 기차를 기다리는 사람들 대부분 겨울옷을 입고 있었다. 새마을호 표 두 장을 끊었다.

출입문 앞에서 순영이 오길 기다리며 광장을 응시했다. 서울에 도착하면 점심부터 먹고, 순영이 원하는 백화점을 구경할 생각이었다. 백화점까지 갔으니까 작은 선물이라도 사줘야 한다. 순영에게 적당한 선물이 뭘까 생각하고 있는데 시간은 쏜살같이 달려갔다.

잊고 있는 걸까?

기차 출발 시간이 10분밖에 안 남았는데 순영은 모습을 드러내지 않았다. 오늘 서울 간다는 걸 잊고 있나? 어제 퇴근하기 전에 확인 전화를 했어야 했나? 기차 출발 시간은 가까워오고, 순영은 모습을 보이지 않는다. 경미를 데리고 기차를 기다릴 때는 시간이 무던히도 느리게 갔었다. 좀처럼 모습을 드러내지 않는 순영이를 기다리고 있으니까 시계 바늘이 막 뛰어가는 것 같았다.

음산한 바람이 불고 있는 역 광장 언저리 식당문이 열릴 때마다 실내가 환하게 드러났다. 이른 아침인데도 손님들이 해장술을 마시고 있었다. 손목시계를 보고 고개를 드는데 순영이 바람을 헤집고 뛰어오는 모습이 보였다.

"아, 아빠가 다치셨어요."

순영이 대합실 안으로 뛰어 들어왔다. 나는 개찰구 쪽으로 천천히 걸어갔다. 순영이 내 앞을 가로막으며 멈췄다. 나와 시선이 마주치는 순간 울음을 터트렸다.

"많이 다치셨어?"

"아직 몰라요. 지금 수술 중이라서…"

"그럼 어서 병원으로 가자."

"죄, 죄송해요."

"죄송하기는 뭐가 죄송해."

순영의 어깨를 잡고 역 광장으로 나갔다. 택시를 타고 장성병원으로 가자고 했다. 택시가 출발하고 난 뒤에야 기차표를 반환하지 않았다는 것이 생각났다.

"어쩌다?"

"탄차가 뒤로 밀렸다는 거 같은데…자세한 거는 모르겠어요."

순영이 눈물을 닦으며 울음 섞인 목소리로 말했다.

장성병원 응급실 불이 환하게 켜져 있었다. 응급실 복도에서 울고 있거나 발을 동동 구르고 있는 사람들이 수십 명이다.

순영이 아빠만 다친 것이 아닌 것 같았다. 반쯤은 정신이 나간 얼굴로 벤치에 앉아서 숨을 가쁘게 내쉬는 노인도 있었다. 응급실을 지나서 수술실 앞으로 갔다.

"몇 사람이나 다쳤어?"

복도에 있는 몇 명이 순영을 아는척 했다. 순영은 눈물을 닦으면서 그들에게 공손하게 인사를 했다. 내가 작은 목소리로 물었다.

"일곱 명이래요."

"어머니는?"

"엄마, 여기 계실 건데? 화장실 가셨나?"

순영이 눈물을 흘리며 두리번거렸다. 순영에게 다가오는 여자가 없었다. 순영의 회사 직원도 아니다. 순영이 어머니하고 마주치는 것이 좀 민망할 것 같았다.

"나는, 그만 가 볼게. 수술 결과가 좋을 거야. 그러니까 너무 상심하지 마."

순영이 고맙다며 따라나섰다. 로비 출입문 앞에서 멈췄다. 출근하는 병원 직원들이 오고 있는 마당을 바라봤다.

"아빠가 또 광업소 출근하시겠다고 하면 죽어 버릴 거예요."

순영이 울음을 참는 목소리로 나지막하게 내뱉았다. 나도 모르게 순영의 손을 잡았다. 이제 갓 스무 살이다. 좁고 가녀린 어깨로 가장 역할을 하려고 하는 순영이 어른처럼 보였다.

"너무 걱정하지마. 순영이 아빠라고 갱 안에서 하는 일이 위험하다는 걸 모르시겠어? 아빠를 이해해야지."

"저는 도저히 이해 못하겠어요. 서울로 이사를 가서 탄캐는 것 만큼 일하면…"

순영이 말을 잇지 못하고 손바닥으로 얼굴을 가렸다. 자판기에서 커피를 뽑아왔다. 순영의 손에 들려주고 벤치로 가서 앉았다.

"죄송해요…저 때문에."

"그런 말 하지 말고, 내 말 대로 했으면 좋겠어. 어머니가 더 힘들어 하실 거잖아. 이럴 때 순영이가 중심을 잡고 어머니를 잘 위로해 드려야지. 감정을 앞세우면 되겠어?"

"알겠어요. 오빠가 시키는 데로 할게요."

안개가 걷힌 마당안으로 구급차가 불빛을 번쩍이며 빠르게 들어왔다. 응급실 쪽으로 향하는 광경을 지켜보다 순영을 바라봤다. 순영이 벤치에 앉아서 커피잔을 양손으로 들고 소리없이 눈물을 흘리고 있었다.

장성병원에서 천천히 걸어서 영업소가 있는 쪽으로 갔다. 영업소에 보이는 거리에서 걸음을 멈췄다. 하늘을 바라봤다. 바람은 소슬한데 하늘은 더없이 맑았다.

싸늘한 자취방에 들어가 봤자, 캡틴큐에 취해서 잠을 자거나, 음악을 들으면서 빈둥거릴 것이다. 출근을 해도 토요일이라 오전 근무다. 서너 시간 책상에 앉아 있다 점심을 먹고 퇴근하면 또 질긴 시간들이 남게 될 것이다.

씨팔!

나는 하늘을 바라봤다. 갑자기 화가 나서 낮게 내뱉었다. 길 건너 슈퍼를 바라봤다. 슬레이트 지붕에 있는 양철 간판이 바람에 천천히 몸을 흔들고 있다. 그 뒤로 검은 산이 보인다. 탄광이 있는 검은산 위쪽 하늘은 야속하도록 푸르다.

문득 바다가 보고 싶었다. 오토바이를 타고 가기가 싫어서 택시를 타고 황지 버스 정류장으로 갔다. 호산가는 버스는 10시에 출발을 한다. 아침을 먹지 않았다는 걸 뒤늦게 알고 버스 정류장 근처에 있는 식당으로 갔다.

붉은색 대한통운 조끼를 입은 남자 세 명이 해장국을 먹고 있었다.

맥주컵 가득 따른 소주를 들고 가볍게 건배를 했다. 웃음기 없는 얼굴로 단숨에 소주를 비워 버리고 게걸스럽게 해장국을 퍼 먹기 시작했다.

검은빛이 감도는 선지해장국이 나왔다.

이 맛도 저 맛도 아닌 맹물에 간장을 탄 것 같은 선지 해장국을 한 수저 떠먹었다. 나도 소주 한 병을 주문해서 맥주컵에 따랐다.

한 컵을 단숨에 마셨다. 눈물이 쏟아졌다.

왜 눈물이 나는지 이유를 알 수가 없어서 화가 났다. 낡은 유리창문이 덜커덩거리는 소리에 고개를 들었다. 먼지가 뽀얗게 묻은 유리창문에 쓸쓸한 얼굴이 투영되고 있다.

라디오에서 난데없이 김부자의 '새타령' 노래가 흘러나온다.

이유도 없이 끝도 밑도 없이 치밀어 오르던 화가 갈아앉으며 맥없는 웃음이 나왔다. 선지를 먹으려고 입을 벌리는데 토를 할 것 같아서 수저를 내려놨다.

나는 손을 뒤로 돌려서 의자 등받이를 잡았다. 젓가락으로 건드려 보지도 않은 콩나물무침, 김치, 채나물을 물끄러미 바라봤다. 아무것도 생각나지 않고, 아무것도 생각하고 싶지가 않았다.

'병'반 근무를 하고 퇴근하는 것으로 보이는 광부 3명이 들어왔다. 그들이 자리에 앉자마자 주인이 말없이 소줏병과 잔을 들고 왔다. 얼굴은 깨끗이 씻었는데 귀 뒤에 탄가루가 묻은 남자가 말없이 주전자를 들었다. 나는 그들과 건배라도 하듯 남은 소주를 컵에 따랐다.

밤바람이 유난히 갈기를 새우고 작은 창문 유리를 박살 낼 것처럼 아우성을 치고 있었다. 신춘문예를 포기를 해도 마음이 후련하지 않았다. 당장 내일까지 갚아야 할 빚을 갚지 못하는 기분으로 벽에 기대어 비지스의 할리데이(Holiday)를 들었다.

당신은 휴일같이 편한 사람입니다
정말로 휴일같이 편한
당신은 휴일같이 편한 사람입니다.
정말로 휴일같이 편한
그것은 가치있는 일입니다.

창문 위에 밤색 포스터 칼라로 '바람에도 색깔이 있을까? 내 타락한 눈동자 안의 황무지에 부는 바람은, 어떤 색깔일까'라고 쓴 낙서를 반복적으로 읽었다.

할리데이의 띠띠띠띠 하는 곡조가 흘러나오고 있었다. 문 앞에 누가 서 있는 것 같은 느낌이 들었다. 일어서려고 하는데 방문이 실바람처럼 소리없이 열렸다.

"저예요. 순영이."

"들어와."

마당으로 빠져 나간 불빛 가운데 순영이 서 있었다. 창백한 불빛을 받고있는 그녀의 손에는 비닐봉지가 들려 있다.

"잠깐 기다리세요. 제가 연탄불 피울게요."

순영이 비닐봉지를 방 안에 들여놓고 허리를 숙여 방바닥을 문질렀다. 차가운 냉기를 느꼈는지 이내 방문을 닫았다.

나는 캡틴큐를 숨이 찰 때까지 마셨다. 안주를 찾아 방바닥을 더듬었다. 말라비틀어진 오징어를 입에 넣었다. 나무젓가락처럼 딱딱한 오징어를 씹으며 밖으로 나갔다.

능숙하게 화덕에 숯불을 붙이고 연탄을 올려놓는다. 찬바람이 쌩쌩 부는 데도 허연 입김을 토해내며 연탄불이 붙을 때 까지 번개탄에 부채질을 한다.

"방으로 들어가서 문 닫으세요. 방에 찬바람 들어가면 더 춥잖아요."

순영이 언 손을 비벼가며 번개탄을 피우고 있는데 구경만 하고 있을 수가 없었다. 순영을 일으켜 세워 방 안으로 밀었다.

"이런 건 여자가 하는 거예요. 저 번개탄 붙이는데 선수거든요. 초등학교 일 학년 때부터 밥도 했어요."

순영이 밖으로 나왔다. 내가 들고 있는 부채를 빼앗아서 번개탄 앞에 쪼그려 앉았다. 여자라는 말이 묘하게 불씨가 되어 가슴을 따뜻하게 만드는 것 같아서 가만히 서 있었다. 불이 붙은 번개탄을 연탄보일러 안에 조심스럽게 집어넣었다. 그 위에 새 연탄을 올려놓고 뿌듯한 얼굴로 나를 바라봤다.

"어서 들어가자. 감기 걸리겠다."

"금방 따뜻해질 거에요."

순영이 언 손을 비비며 방으로 들어왔다. 담요 밑에 손을 넣었다. 축축한 습기가 작고 가느다란 손바닥에 묻었다. 이런 방에서 어떻게 주무시려고… 안타깝다는 얼굴로 혀를 차면서 담요 위에 구겨져 있는 이불을 반듯하게 깔았다.

빗자루로 방 안을 대충 쓸면서 정리를 했다. 나는 벽에 기대 앉은 자세로 순영을 지켜보기만 했다. 걸레를 찾아 두리번거렸다. 방문 앞에 걸레로 사용하는 수건을 들고 밖으로 나갔다. 쫄쫄쫄 흐르던 수돗물 터지는 소리가 났다.

"다음에 올 때는 미리 연락해 그때는 방을 따뜻하게 만들어 놓을게."

순영이 걸레질을 하고 이불 위에 앉았다. 이불 밑은 더 차가웠다. 빨갛게 언 손을 어루만져 주고 싶었지만 손이 말을 들어 주지 않았다.

"저는 매일 따뜻한 방에서 주무셨으면 좋겠어요. 냉방에서 자면 몸도 안 좋잖아요."

순영은 이불 속에 넣은 다리의 무릎을 세웠다. 무릎에 팔을 얹고 안타까운 얼굴로 나를 바라봤다. 이내 잊고 있었다는 얼굴로 방문 옆에 있는 비닐봉지를 가져왔다. 방바닥에 신문지를 깔고 은박지로 싼 통닭과 맥주를 꺼냈다.

"초저녁에만 그렇지 술 한잔 하고 누워 있으면 잘 만해."

순영이 통닭을 먹기 좋을 만큼 찢기 시작했다. 나는 캔맥주 뚜껑을 열었다. 차가운 캔맥주를 서너 모금 마셨다.

캡틴큐는 뒷맛이 휘발유 냄새 비슷하게 남는다. 맥주가 입안을 개운하게 만드는 것을 느끼며 순영을 바라봤다. 갑자기 사람의 미래는 알 수 없다는 말이 실감나는 것 같았다. 성가신 바람이 서성거리고 있는 이 밤중에 이제 갓 스무 살에 접어든 어린 여자와 차가운 방에 앉아 있다. 딸기밭에서 딸기를 나누어 먹을 때도 오늘 같은 밤이 있을 것이라는 상상조차 안했다.

"오빠를 보면 무슨 생각이 나는 줄 아세요?"

순영이 통닭 다리를 내밀었다. 내키지 않지만 순영의 성의를 무시할 수가 없어서 받았다.

"무슨 생각이 나는데?"

"꼭 껴안아 주고 싶어요. 그리고 무엇이 오빠를 그렇게 힘들게 만드는지 물어보고 싶어요."

"난 힘든 것 없어. 아버지는 좀 어떠셔?"

나는 웃으며 닭 날개를 순영에게 내밀었다. 독수리표 전축에서 낮게 흘러나오는 퀸의 테이프를 꺼내고 사이먼 앤 가펑클(Simon & Garfunkel)을 집어넣었다.

"하여튼 말 돌리시는 데는 선수라시니까? 아직 안 깨어 나셨어요 의사선생님은 마음의 준비를 하고 계시라고 하지만…"

순영이 자기 앞에 캔맥주가 있는데도 나를 바라보며 캔맥주를 마시고 싶다고 말했다. 내 허락을 맞고 술을 마시겠다는 생각은 예뻤지만 내색은 하지 않았다. 말없이 캔맥주 뚜껑을 따서 내밀었다.

순영이 두 손으로 받아서, 두 손으로 잡고 몇 모금 마셨다. 독수리

전축에서 사이먼 앤 가펑클의 '철새는 날아가고'라고 알려진 엘 콘드로 파사(EL condor pasa)가 흘러나오기 시작했다.

달팽이보다는 참새가 되겠어
할 수만 있다면 꼭 그럴거야
못보다는 망치가 될거야
할 수만 있다면 그렇게 하겠어
꼭 그럴거야
멀리, 차라리 멀리 항해를 떠나겠어
여기에 머물다 떠나간 백조처럼

"만약 아버지가 영영 못 일어나시면 엄마가 광업소에 취직이 된데요…"

순영은 닭 날개를 손톱 크기로 뜯어서 껌처럼 씹으며 창문을 올려다봤다. 순영의 목소리가 허공에 떠 있는 것처럼 들렸다. 내가 얼른 카세트 정지 버튼을 눌렀다.

"왜 꺼요? 노래 좋은데?"

순영이 다시 플레이 버튼을 눌렀다.

"이 시간에 우리 둘이 듣기에는 좀 우울하지 않아? 아버지가 심각하셔?"

"의사선생님이 그러시는데 광업소에서는 더 이상 일을 하실 수 없을 거래요."

"그럼 엄마는 뭐라고 하셔?"

"엄마는 마음의 준비를 하고 계시는 것 같아요. 하지만 전 반대에요. 만약 엄마가 광업소 출근하시면 전 집을 나갈 거예요."

순영은 의식적으로 나를 바라보지 않는 것 같았다. 고개를 숙이고 양손으로 캔맥주를 천천히 돌리며 단호하게 말했다.

"그럼 안돼. 순영이가 논리적으로 설득을 해서. 슈퍼나 식당 같은 걸 하자고 해. 보상금이 나올 거잖아."

무심코 말하고 나니까 이영숙이 생각났다. 이영숙의 부모도 제천에서 슈퍼를 하고 있다. 이영숙만 그런 것이 아니다. 광업소를 퇴직하거나, 사고로 그만둔 사람들은 거의 장성을 벗어나서 슈퍼를 하는 경우가 많다. 다른 업종과 다르게 슈퍼는 특별한 기술이 필요 없는 직종이라서 선택하고 있는 것 같았다.

"목소리가 정말 좋네요. 오빠가 좋아하는 팝송이라서, 저도 라디오에서 나오면 끝까지 들어요."

순영은 튀김닭은 건들지 않았다. 맥주를 몇 모금 마시고 나서 슬쩍 화재를 돌렸다. 이제 겨우 스무 살이다. 가족에 대한 책임감과 광업소에 대한 불안감으로 절망하고 있는 모습이 안되어 보였다.

"난 가끔 들어."

"그럼 같이 들어요. 근데 저 노래 제목이 뭐예요?"

"사이먼 앤 가펑클이라는 남성 듀엣 가수가 부른 노랜데. 엘 콘드르 파사라는 노래야. 난 달팽이가 되기보다 새가 되고 싶어요. 그래요. 할 수만 있다면 그렇게 되고 싶어요, 라는 걸로 시작하는데 슬픔이 배어있는 노래지."

"어떻게 슬픈데요?"

"라디오에서 들은 말인데 스페인의 폭력에 견디다 못해 마추픽추로 떠날 수밖에 없는 잉카인들의 슬픔을 콘도르라는 새에 비유해서 만든 노래라고 하드라."

"마추픽추로 떠나면 돌아올 수 없는 모양이군요."

"마추픽추에서 멸망을 했잖아…"

"오빠 말을 들으니까 노래가 더 슬프게 들리네요. 저도 서울로 가면 장성을 그리워하겠죠?"

순영은 방바닥이 따뜻해 오는 것을 느꼈는지 무릎을 덮고 있는 이불을 들췄다. 무릎을 주무르면서 마른 목소리로 물었다.

"고향이 싫어서 떠난 사람일수록 더 고향을 그리워하게 될 거야."

"왜죠?"

"고향에 대한 한이 그만큼 많이 쌓였을 거잖아."

"저는 그렇지 않을 것 같아요. 오빠 옆에 앉아 있고 싶어요."

순영이 캔맥주를 들고 일어섰다. 내 옆으로 와서 자연스럽게 어깨에 머리를 기댔다. 오늘 밤 집에 가고 싶지 않아요. 순영이 속삭이는 말을 못 들은 척하고 맥주를 마셨다. 통닭이 마른 가죽처럼 보였다.

"넌 남자가 무섭지도 않니?"

"오빠가 무서우면 이 시간에 여기 앉아 있지도 않을 거예요."

순영이 맥주 마시는 소리가 가깝게 들렸다. 힘들겠지. 한 평도 안 되는 간드레 불빛에 의지하고 기다싶이 엎드려 석탄을 캐며 가정을 부양하던 아버지잖아. 아버지가 쓰러진 광업소에 또 어머니가 가겠다고 나섰다. 순영의 어머니는 남편을 부양하고 자식들을 먹여 살리기 위한 최선의 방법을 선택하려는 것뿐이다. 순영은 어머니 마저 사고를 당할지도 모른다는 불안감에 떨고 있다.

'철새는 날아가고'가 끝나고 '험한 세상에 다리가 되어(Bridge Over Troubled Water)가 나오려고 전주음이 흘러나오기 시작했다.

나는 순영이 우울해할 것 같았다. 정지 버튼을 누르려고 하는데 순영이 내 팔을 잡아당겼다.

"저…저도 이… 노래는 알아요."

독수리표 전축은 내 옆에 있었다. 정지 버튼을 누르려면 순영이 내 가슴에 안기듯이 손을 뻗어야 한다. 코앞에서 순영이 속삭였다. 전축을 바라보던 시선을 순영에게 옮겼다.

"제가 오…오빠의 다리가 되어 주면 안 돼요?"

순영이 떨리는 목소리로 속삭이며 내 눈을 바라봤다.

"학교 졸업한 다음에…"

나는 순영을 와락 껴안고 싶었다. 하지만 몸도 마음도 지쳐 있는 순영이다. 순영이 손을 잡고 눈을 바라봤다. 갈망에 젖어 있는 눈가에 눈물이 맺혀 있었다.

"전 이미 사회인이에요."

순영은 내가 원하면 뭐든 해 줄 수가 있다는 눈빛으로 바라봤다.

"졸업식 끝나고 서울 갈래?"

"저, 정말이죠?"

순영이 감격의 눈물을 글썽이며 품에 안겼다. 가볍게 순영의 등을 쓰다듬어 주었다. 순영의 젖가슴이 뭉클하게 느껴졌지만, 성욕이 일어나지 않았다. 은박지에 찢어 놓은 통닭이며 캔맥주가 낯설게 보였다.

"그…때쯤이면 아버지도 중환자실에서 일반 병동으로 옮기실 거야."

순영이 양손으로 나를 껴안았다. 상류로 기어 올라가려는 연어처럼 퍼드득거리며 찰싹 안겨들었다.

순영의 머리카락에서 풋사과 냄새가 풍겼다. 문득 키스하고 싶었다. 양손으로 순영의 얼굴을 가만히 감싸 쥐고 들었다. 순영이 눈을 감았다. 가슴이 들썩거리도록 숨을 포옥 내쉬는 순간 갑자기 바람소리가 잦아들었다.

이 세상은 고요속에 잠들고 온기가 차오르기 시작하는 방 안에 희미한 안개가 피어오르기 시작했다. 순영의 입술에서 치킨 냄새가 나는가 했더니 잘익은 참외 냄새가 났다. 순영이 떨고 있는 것이 느껴졌다. 순영의 등을 가볍게 두들겨 주며 떨어졌다.

"오빠가 그렇게 생각하고 있으면 꼭 그렇게 되실 거예요."

순영이 부끄러워 고개를 들지 못하는 얼굴로 내 어깨에 머리를 기댔다. 사이먼 앤 가펑클의 '침묵의 소리'(The Sound of Silence)가 조용한 음율로 흐르기 시작했다.

안녕 암흑, 내 오랜 친구여

난 너와 또 대화하기 위해 왔어
왜냐하면 스르륵 기어오르는 어떤 환상이
내가 자고 있을 때 씨앗를 두고 갔어
그리고 내 머릿속에 심어진 환상은
아직 남아있어

오늘따라 사이먼 앤 가펑클의 목소리에서 안개비 내리는 소나무 숲이 보이는 것 같았다.

"꼭 그렇게 될 거야."

문밖에는 찬바람이 방 안으로 들어오지 못해 창호지문을 긁어대고 있었다. 고개를 돌려 순영의 얼굴을 보고 싶었다.

"저는 이제 오빠 여자예요. 아니 처음 딸기밭에서 오빠를 만났을 때부터 오빠 여자가 되고 싶었어요."

순영이 얼굴을 붉히면서도 오랫동안 연습이라도 한 것처럼 차분하게 말했다. 나는 갑자기 햇볕 쨍쨍한 봄날 철쭉나무 덤불로 내동댕이쳐 버린 기분이 들었다. 조선시대 규방 아가씨가. 늦어도 50년도에 댕기머리 튼 시골 처녀의 입에서나 흘러 나올 말을 순영이 속삭였다는 것이 믿어지지 않았다.

"왜냐고 묻지는 마세요. 오빠는 참 좋은 사람이에요."

"순영이는 착해."

창문 밖의 작은 골목에는 초겨울 바람이 '하여가'를 부르고 있었다. 하지만 봄날의 수선화처럼 순수하고 여린 순영의 고백은 황폐한 황무지에 납작 엎드려 있는 가시덤불 사이로 던져지고 말았다. 미안하구나. 너를 사랑할 수 없단다. 너는 오직 이 세상에서 너 하나만을 사랑하는 남자를 만나야 한다. 나처럼 불확실한 미래에 길들어 있는 집시 같은 남자를 사랑 해서는 안된다. 순영이 내 마음을 읽고 있기나 하는 것처럼 눈물을 흘렷다. 순영의 눈물이 단숨에 폭풍의 바다로 흘러가서 격정의 파도가 거칠게 일어났다. 순영의 얼굴을 양손으로 가만히 감쌌다. 순영이 눈을 감았다. 속눈썹이 눈물에 젖어 있었다.

"울지마. 순영이가 울면 나도 가슴이 아프잖아."

나는 혼돈의 세계로 빠져든 기분이 들었다. 세상이 제 멋대로 돌아가지 않는다면 여린 풀잎 같은 순영이 이 밤중에 나를 위해 눈물을 흘려주지 않을 것이다. 케세라세라, 세상이야 미쳐 돌아가든, 순영을 더 이상 아프게 하면 안 된다는 생각에 눈물을 닦아 줬다.

"오빠 아프면 안돼요. 오빠를 생각하면 자꾸 제 가슴이 아파요."

순영이 다시 가슴에 안겨들었다. 순영의 어깨가 눈으로 봤을 때 보다 몹시 작다는 느낌이 드는 순간, 장성을 하루라도 빨리 떠나야겠다는 생각이 불쑥 고개를 들었다. 여긴 내가 있을 세상이 아니다. 당장 내일이라도 사표를 써 들고 황지지점에 찾아가리라. 오토바이를 타고 갈까? 미친 듯이 달려가서 사표를 내. 그 후에는? 어떻게 행동을 해야 할지 생각이 나지 않았다. 징검다리를 한 개씩 어렵게 건넜는데 개울 중간에 있던 돌이 물속으로 가라앉아 버린 것처럼 막막하기만 했다.

조혜숙이 황지에 있는 경쟁회사로 이직을 했다. 이직 사실을 알려

준 것은 지점의 업무과장이다. 업무과장의 말을 듣고 어이가 없었지만 내가 할 수 있는 것은 아무것도 없었다. 나름대로 최대한 지원을 해 줬지만, 조혜숙은 장성에 개인 사무실을 내주는 조건으로 이직을 했다는데 할 말이 없었다.

조혜숙이 이직을 한 것은 내 탓은 아니다. 하지만 관리자로서 내 탓이 아니라고 먼 산만 바라볼 수가 없었다. 지점장을 찾아가서 관리를 잘못한 탓이라고 사과를 했다.

지점장은 오히려 잘됐다며 갈 사람은 빨리 가는 것이 좋다. 그동안 조혜숙한테 얼마나 시달렸는지 잘 안다. 그 여자 때문에 영업소가 좌지우지되는 것은 아니니까 편하게 근무하라. 라며 점심까지 사 줬다.

"단 한 건도 해지를 받아주면 안 됩니다. 그 여자 건은 박미자 사장 앞으로 돌려서 무조건 유지를 해야 합니다. 그래야 박 사장도 살고 영업소장도 삽니다."

세상은 상대성이다. 조혜숙이 경쟁회사로 소속을 옮겼지만 보험계약까지 가지고 갈 수는 없다. 보험이라는 것이 초창기나 중도해약을 하게되면 본전도 못찾는다. 그럴 수밖에 없는 것이, 초창기 보험료는 거의 인건비나, 관리비로 충당이 되는 탓이다. 만약 해약을 종용한다면 조혜숙이 계약자한테 손해를 보충해 줘야 한다. 그래서 기왕에 계약 된것은 해약을 할 수가 없다. 조혜숙이 모집한 계약 건의 관리자 코드를 모두 박미자로 바꿨다.

"소장님, 제가 단 한 건도 해지시키지 않고 만기까지 유지하겠습니다."

보험 계약을 유지하려면 매달 보험료를 납입해야 한다. 모집인이 하는 일 중 비중이 큰 것은 보험료 수금이다. 그것에 따른 수당도 만만치 않다. 신규를 발굴해야 하는 노력도 없이 보험료만 수금하면 수금 수당이 떨어지니까 박미자는 입꼬리가 귀에 걸릴 정도로 좋아했다.

"제가 뭐라고 했어요. 절대 대출 보증 서 주시지 말라고 했죠? 만약 대출 보증 서 주셨으면, 마음고생깨나 하셨을 거예요."

"저도 조 사장님이 언젠가 그만둘 줄 알았어요. 제가 볼 때 돈을 너무 밝히시는 분이 오래 못가더라고요."

박미자가 수금할 보험료 영수증을 챙기며 갑자기 생각났다는 얼굴로 말했다. 박미자가 나한테 무슨 말을 할 때마다 끼어드는 이혜진도 그럴 줄 알았다는 목소리로 말했다.

아침부터 바람이 사나왔다. 하늘은 낮게 엎드려 있었고, 장성 시내는 서부영화에서나 볼 것처럼 흙먼지를 품은 바람이 거리를 휩쓸고 있었다.

이혜진이 일찍 출근을 해서 난로를 피워 놨다. 이혜진이 난로 열기에 얼굴이 빨갛게 익은 얼굴로 탕비실에서 쟁반에 무언가를 들고 나왔다. 난로 위 주전자에서는 수증기가 뿜어 나오고 있었다.

"아침 안 드셨죠?"

이혜진이 테이블 위에 쟁반을 내려놓으며 물었다.

"먹었는데?"

"거짓말."

이혜진이 커피잔에 쌍화차를 탔다. 다방에서 파는 쌍화차처럼 계란 노른자를 풀어서 내밀었다.

"난 커피를 마시고 싶은데…"

쌍화차는 영업소에 없는 것이다. 아침에 출근할 때 계란과 함께 사 온 것 같았다. 커피를 마시고 싶었지만 성의를 무시하면 안 된다는 생각에 쌍화차를 들었다. 어제 늦게까지 잠을 이루지 못했다.

창문 밖에서 첫눈이 내리고 있었다. 눈은 바람이 불지 않아서 나풀거리며 천천히 내리고 있었다. 창유리에 달라붙은 눈송이는 눈물만 남겨놓고 흔적도 없이 사라졌다. 그래도 검은 슬레이트 지붕이며 거리를 하얗게 덮고 있었다. 소장님 눈이 와요. 이혜진이 창문 앞에서 들뜬 목소리로 중얼거렸다.

"눈이 많이 쌓이겠는데…"

눈이 올 때의 풍경은 아름답다. 눈이 그치면 검게 변하는 눈이 거리를 더 을씨년스럽게 만든다. 이혜진 옆으로 갔다. 이혜진이 자연스럽게 팔짱을 끼었다. 저 산 좀 보세요. 장성 시내를 둘러싸고 있는 산은 딴 세상처럼 눈에 덮혀 있었다.

"황지 갈까요?"

"눈이 그치면 생각해 보자. 눈이 많이 오면 들어 올 수 없잖아."

이혜진이 황지가자는 말은 섹스하고 싶다는 말과 동의어다. 이혜진이 더 깊숙이 팔짱을 끼며 속삭였다. 유니폼 안으로 전해지는 젖가슴의 촉감이 유난히 풍성하다. 한동안 이혜진과 황지에 가지 않았다.

눈이 소담스럽게 내리는 날 따뜻한 여관방에서, 뜨겁고 부드러운 몸을 더듬는 것도 괜찮을 것이다. 하지만 지난 겨울 경험으로 볼 때 폭설이 내리면 황지 택시들이 장성행을 거부한다. 길이 험해서 사고 날 위험이 크다는 이유 때문이라서 뜸을 들였다.

내 책상 위에 있는 전화벨이 울렸다. 예감에 순영일 것이다.

"눈이 많이 쌓이겠는데…"

전화벨이 울렸다. 나는 혼잣말로 중얼거리며 수화기를 들었다.

"눈 와요."

순영의 목소리가 조심스럽게 귓속으로 파고들었다.

나는 팔짱을 끼고 창문 밖을 바라보는 이혜진의 뒷모습 쪽으로 시선을 옮겼다.

"나도 눈을 보고 있어. 아버진 좀 어떠셔?"

"지금도 중환자실에 계셔요…저녁에 황지에서 만나요."

"황지?"

창문 밖으로 함박눈이 조용히 흩날리고 있었다.

"오늘 술 한잔 사 주세요 네? 거기에서 일곱 시에 봐요."

순영은 일방적으로 약속을 정하고 전화를 끊었다. 순영의 말이 쓸쓸하게 와닿는 것을 느끼며 창문 밖을 바라봤다.

"첫눈이잖아요."

이혜진이 등을 돌리지 않고 말했다.

"퍼스트 스노우(first snow)?"

나는 갑자기 목이 말랐다.

"네?"

이혜진이 무슨 말이냐는 얼굴로 돌아서면서 반문했다.

"첫눈을 보면 생각나는 것이 있어요?"

내가 어깨를 으쓱거리며 물었다.

"소장님은요?"

"캡틴큐."

"그럴 줄 알았어. 오늘은 제가 사드릴게요. 첫눈 오는 날이니까…"

"괜찮은데…"

이혜진은 내 말을 무시해버리고 밖으로 나갔다.

땅바닥에는 어느 틈에 눈이 쌓였다. 검은 시멘트 바닥이 보이지 않았다. 지붕들에도 눈이 쌓여서 시내가 검은 옷을 벗어 버리고 흰옷으로 갈아입은 것처럼 보였다.

이혜진이 눈을 맞으며 길을 건너는 모습이 보였다. 문득 이혜진의 키가 참 크다는 생각이 들었다. 하늘은 컴컴했다. 컴컴한 하늘에서 흰 눈이 떨어지는 광경이 신기했다.

이혜진이 길 건너 슈퍼에서 나왔다. 탄광에서 사용하는 침목을 가득 적재한 트럭이 느릿하게 이혜진 앞을 지나가고 있다.

이혜진이 어깨며 머리카락에 쌓인 눈을 털어내며 사무실로 들어왔다.

"미안해서 어쩌지? 눈이 너무 많이 올 것 같은데?"

나는 이혜진 옆으로 가서 어깨며 등에 있는 눈을 털어주었다. 손바닥에 차가운 눈의 감촉과 스웨터의 따뜻한 감촉이 동시에 전해졌다.

"슈퍼에서 라디오로 들었는데 폭설 주의보가 내렸데요. 눈이 엄청나게 올 것 같아요."

이혜진이 난로 위에 오징어를 올려놨다. 탕비실에 가서 종이컵 두 개를 들고 오며 웃었다.

"이 술 독하잖아. 맛도 별로고?"

"술을 맛으로 마셔요?"

"취하는 맛으로 마시지."

내가 종이컵에 캡틴큐 몇 모금 정도를 따라서 내밀었다.

"어머머, 사람을 어떻게 보고?"

이혜진이 어이없다는 얼굴로 종이컵을 나 앞에 내밀었다.

"눈 오는 날은 술 좀 마셔도 괜찮아. 낭만이 있잖아."

나는 아무 생각 없이 말하고 마음속으로 놀랐다. 낭만! 낭만이라는 말은 물에 뜬 기름처럼 나하고는 도저히 어울릴 수 없는 말이다. 가증스럽게도 이혜진에게 미안함을 감추려고 한 말일 것이라는 생각이 들어서 자신이 가증스러웠다.

눈은 신발이 파묻힐 정도로 쌓였다. 저녁이면 제법 많은 눈이 쌓일 것 같았다. 눈이 많이 쌓이면 황지에 못 가게 될지도 모른다는 생각이 들었다. 버스가 지나간 자리는 시커먼 바닥이 드러나 있다.

퇴근 시간에 이혜진을 먼저 보내고 길가에서 택시를 기다렸다.

황지 쪽에서 택시 한 대가 바퀴 뒤로 눈을 밀어내며 천천히 다가왔다. 손님을 내려주고 다시 황지 쪽으로 방향을 돌렸다.

"황지에 삽니까?"

석탄공사 장성광업소 앞을 지나가며 운전사가 물었다.

"볼일 보러 갑니다."

"여기 사람 같지 않아서 하는 말인데, 눈 많이 오는 날은 차 안 다녀요."

"아! 그래요. 고맙습니다."

나는 창문 밖을 바라봤다. 사무실에서 봤을 때 보다 눈이 덜 내리는 것처럼 보였다.

순영은 오후 7시가 돼도 모습을 드러내지 않았다. 나는 전파사 앞 처마 밑에서 8시까지 기다렸다.

그래도 순영은 오지 않았다. 공중전화를 찾아서 순영이가 다니는 회사로 전화를 했다. 몇 번이나 전화했으나 받지를 않았다.

취기가 가라앉으면서 몸이 떨렸다. 시장 입구에 있는 순댓국집으로 들어갔다.

유리 창문 옆에 앉았다. 소주와 순대를 주문하고 유리창의 성에를 문질렀다. 버스 정류소 쪽이 보였으나 순영의 모습은 보이지 않았다.

순댓국집에서 추위는 녹이고 밖으로 나갔다. 세상은 온통 눈 천지다. 도로를 다니는 차량들도 보이지 않았다. 가끔 석탄을 싫거나, 통나무를 실은 트럭이 지나갈 뿐이다.

순영의 성격으로 볼 때 약속을 어기지는 않는다. 병원에 있는 순영의 아버지 상태가 갑자기 안 좋아져서 움직이지 못하고 있을 것이라는 생각이 들었다.

택시 탈 곳을 찾아서 황지역 앞으로 갔다. 몇 대의 택시가 눈을 뒤집어쓴 체 허연 배기가스를 내뿜고 있다.

장성으로 가겠다는 택시기사들은 없었다. 요금을 3배로 준다고 해도 운전사들은 고개를 흔들었다.

가만히 생각해 보니 택시 요금을 3배로 주는 것보다 여관에서 자는 것이 쌀 것 같았다. 집에 가도 캡틴큐나 마시며 잠을 잘 것이다.

나는 여관을 찾아서 들어갔다.

여관방은 놀랍도록 따뜻했다. 이불 위에 벌렁 누웠다. 너무 따뜻해서 금방 잠이 올 것 같았지만 순영이 걱정돼서 잠이 오지 않았다.

텔레비전을 틀었다. 태백 지방에 오늘 밤사이에 30센티 이상 눈이 내릴 것이라는 자막이 흘러나왔다.

나는 누워서 손으로 30센티 넓이를 가늠해 봤다. 어쩌면 내일 아침에도 장성가는 교통편이 없을지도 모른다는 생각이 들었다.

옆방에서 술 취한 남자가 여자에게 두런두런 말을 하는 소리가 들렸다. 여자는 가끔 잠 안 잘 것이냐고 재촉만 했다. 남자는 내 말 좀 들어 보라며 계속 말을 걸었다.

나는 이불 위에서 뒤척거리다가 통행금지 30분 전에 주인을 불렀다. 심부름 값을 줄 테니 캡틴큐 작은 것 한 병과 쥐포를 사다 달라고 부탁했다.

캡틴큐 병을 비우고 나서야 잠이 들었어도 일찍 일어났다. 창문의 커튼을 열고 밖을 바라봤다. 눈 속에 묻혀 있는 거리가 너무 조용해서 다시 잠들고 싶었다.

바람에 눈이 회오리쳐서 지붕 위로 올라갔다가 안개처럼 흩어지고 있었다. 하늘은 또다시 눈을 뿌려 댈 것처럼 어두웠다.

나는 발이 푹푹 빠질 정도 눈이 쌓여 있는 거리를 걸어서 황지역으로 갔다.

왕복요금을 주겠다는 말에 젊은 택시 기사가 택시에 타라고 말했다.

택시가 느릿하게 황지를 벗어났다. 길은 황지천을 끼고 이어지고 있었다. 얼음이 얼지 않은 천에는 까만 물이 흐르고 있었다.

아무도 밟지 않은 순백의 눈길을 달려 장성에 왔을 때는 출근 시간이 1시간 30분 정도 남았다.

사무실에 들어가려다 옷을 갈아 입어야겠다고 생각했다. 방이 뜨거운 데도 캡틴큐에 취해 그냥 잤더니 양복바지가 많이 구겨졌다.

연탄불이 꺼져 있는 냉방을 생각하며 방으로 들어갔다. 놀랍게도 방이 따뜻했다. 방만 따뜻한 것이 아니다. 어제 나갈 때 대충 깔아 놓은 이불도 반듯하게 깔려 있다.

방 안을 둘러보니 청소까지 되어 있었다. 베개 위에 순영이 써 놓은 것 같은 편지가 보였다.

순영은 아버지 상태가 갑자기 안 좋아져서 황지에 못 나갔다. 위급한 상황이 지나가고 안심을 해도 된다는 말에 병원에서 집으로 왔다. 11시 30분까지 기다리다가 집으로 간다. 내일 전화로 용서를 빈다는 내용이다.

나는 한숨을 내쉬며 이불 위에 앉았다. 여관주인에게 켑틴큐 심부름을 시킨 시간에, 순영은 이 방에서 절망한 얼굴로 방을 나갔을 것이라는 생각이 들어서 너무 미안해 가슴이 떨렸다.

12. 폭풍 속으로

그해 겨울은 길었고 눈은 자주 내렸다.

나는 겨울잠을 자듯 영업소와 집을 오가며 조용히 살았다. 가끔은 소설을 읽었다. 소설을 읽다가 글을 쓰고 싶은 충동에 사로잡히면 원고지를 펼쳤다. 원고지를 펼치면 목이 타는 듯한 갈증이 밀려왔다. 캡틴큐를 한 모금 마시면 소설을 쓰고 싶은 생각은 애초 없었던 것처럼 사라져 버렸다. 그러면 다시 캡틴큐를 마시기 시작했다.

순영은 황지에 있는 나이트클럽에 데려다 달라고 했지만 거절했다. 순영이처럼 순수한 영혼을 가진 여자를 나이트클럽에 데리고 가는 것은 큰 죄악이 될 것 같았다. 서울 구경도 시켜줄 수가 있었다.

그 점 때문에 순영의 얼굴은 늘 그늘져 있었다. 나이트클럽은 그녀에게 잠시만이라도 위안을 줄 수 없다는 생각이 들 때도 있었다. 하지만 결론은 오히려 스무 살의 젊음을 더 깊은 절망 속으로 던져 버릴지도 모른다고 생각했다.

겨울이 마지막 발악을 하며 온 세상을 얼려버리겠다는 기세로 한파가 몰아치던 1월 말 즈음에 순영의 아버지는 중환자실에서 일반 병동으로 옮겼다.

순영의 얼굴에 웃음이 머무는 시간이 조금씩 길어져 갔다. 영원히 오지 않을 것 같은 봄도, 검은 냇물이 흐르는 냇가에 버들가지가 피기 시작했다.

봄이 되면서 다시 오토바이를 타기 시작했다.

비가 오는 날이다. 우중충한 기분으로 사무실에 앉아 있는데 순영이 전화를 했다.

"여자하고 이혼하고 싶으면 춤을 가르쳐 주면 된대요. 그럼 춤바람이 나서 저절로 나간대요. 여자가 남자하고 이혼하고 싶으면 어떻게 하면 되는지 아세요?"

순영이 이런저런 말끝에 물었다.

"글쎄?"

"오토바이를 사주면 이혼할 것도 없이 죽어 버린대요. 그러니까 제발 술 마시고 오토바이 타지 마세요. 아셨죠?"

"중요한 것은 내가 결혼하지 않았다는 거지."

문득 권태익이 생각났다. 권태익은 간호사와 약혼을 하고 오토바이를 팔아 버렸다. 어쩌면 권태익도 약혼자로부터 순영이 했던 말을 들었을지도 모를 일이다.

"그…그럼 저는 뭐예요?"

순영이 금방이라도 울음을 터트릴 것처럼 물었다.

"알았어. 앞으로는 술 마시고 오토바이 안 탈게. 됐지."

"저하고 약속하시는 거예요."

"응. 약속했어."

나는 가슴이 뜨거워지는 것을 느끼며 순영이 듣기 좋은 대답을 했다.

저녁이다. 빗줄기는 가늘어졌지만, 여전히 내리고 있었다.

오랜만에 권태익과 만났다. 둘은 춘양식당으로 가서 밤이 늦도록 술을 마셨다.

"오토바이 한번 타 보자."

비를 맞으며 보험회사 영업소 앞을 지나가다 권태익이 걸음을 멈췄다. 영업소 앞에는 내 오토바이가 비를 맞고 있었다.

"지금은 안 되고, 다음에 타."

"아냐, 광업소 앞에까지만 갔다가 올게."

권태익이 실실 웃으며 오토바이에 올라탔다.

"술 마셔서 안 된다니까…"

나와 권태익은 잠깐 실랑이를 했다. 결국, 오토바이 주인인 내가 핸들을 잡았다.

"내일 보자."

영업소에서 집까지는 30m 정도밖에 되지 않는다. 오토바이 시동을 걸었다. 가랑비를 맞으며 천천히 집 쪽을 갔다.

술을 마신 데다 가랑비를 맞으며 천천히 오토바이를 타니까 감질이 났다. 시원하게 달려보고 싶은 욕구가 번뜩 고개를 들었다. 핸들을 돌려서 황지쪽으로 향했다.

시간이 늦어서 차는 다니지 않았다. 가끔 오토바이 불빛이 천천히 다가와서 빠르게 곁을 스쳐 갔다.

나는 광업소 앞을 통과해서 본격적으로 속력을 올렸다.

그동안 90킬로까지 속도를 올려 본 적이 없었다. 도로 사정이 안 좋아서 60킬로 정도만 달려도 이내 속도를 줄여야 한다. 속도를 90킬로 가깝게 올렸더니 가랑비가 얼굴을 때리는 감촉이 아팠다. 바늘로 쿡쿡 찌르는 것 같아서 가능한 고개를 숙이고 황지를 향해 달렸다.

길이 미끄러워 자칫 넘어지기라도 하면 죽을 수도 있지만, 내가 죽을 수도 있다는 생각이 들지 않았다. 무작정 최고 속도로 달리면 가슴에 진흙처럼 착착 쌓여 있는 절망이 녹아들 것 같았다.

훗날 생각해 보니 그날 질주는 내면 어디엔가 이대로 죽어버리고 싶다는 싸늘한 음모가 숨겨져 있었기 때문이라는 생각이 들었다.

그날은 아무 생각없이 무조건 달리고 싶었다. 산모퉁이 길이 빠르게 다가오면 노련한 모터사이클 선수처럼 허리를 옆으로 눕히며 능숙하게 코너를 돌았다.

비바람이 몰아쳤다. 그래도 속도를 늦추지 않았다. 그네를 탈 때 위로 한껏 올라갔다가 아래로 하강할 때처럼 하체 쪽으로부터 욱신욱신한 긴장감이 치밀어 올랐다.

멀리 캄캄한 어둠 속에 KBS 중계 송신탑의 빨간 불빛이 번쩍번쩍거리는 것이 보였다.

송신탑의 빨간 불빛을 보는 순간 정신이 번쩍 들었다. 속도를 늦추고 고개를 들어서 송전탑의 빨간 불빛을 바라봤다. 캄캄한 어둠 속에서 번쩍번쩍 빛을 내며 돌고 있는 빨간색 불빛이 거대한 불덩이가 되어 내 가슴으로 안기는 것 같았다.

비를 흠뻑 맞았는데도 춥지가 않았다. 술을 취하도록 마셔서는 아닌, 가슴이 터져 나가 버릴 것 같은 그 어떤 갈망에 온몸을 부르르 떨며 천천히 장성 쪽으로 핸들을 돌렸다.

온몸을 떨게 하는 갈망이 두려움으로 밀려와서 너무 무서웠다. 희미한 오토바이 라이트 불빛을 앞세우고 장성쪽으로 달려가면서 울었다. 왜 눈물이 나는지 이유를 알 수 없었다. 슬프지 않은데도 자꾸 눈물이 났다.

장성을 향해 가는 길에는 속도를 40킬로 정도로 줄였다. 장성에서 황지까지 10km 정도다. 그 길을 날카롭게 얼굴을 휘갈기는 비를 맞으며 달려가는 동안 어느 정도 술이 깼다. 술이 깨면서 사고가 날지 모른다는, 사고가 나면 개죽음을 당할지 모른다는 공포가 밀려왔다.

오른쪽은 산과 도로 사이에 깊이 30cm 정도의 배수로다. 왼쪽은 황지천이다. 검은 먹물이 흐르는 황지천에는 날카로운 바위들이 흩어져 있다.

오토바이에서 쏘는 나이트불빛 안으로 은빛 철사 토막 같은 비가 내갈기고 있었다. 그 앞으로 산모퉁이가 보였다. 오토바이를 타고 모퉁이 길을 돌 때는 속도를 줄이고 천천히 돌아야 한다는 말이 생각났다.

어느 순간이었을까. 산모퉁이를 도는 순간 오토바이가 옆으로 빠르게 튕겨 나가는 것을 느꼈다.

얼마나 시간이 지났을까, 얼굴로 떨어지는 빗줄기가 차갑다는 것을 느꼈다. 바닥에 닿아 있는 얼굴 쪽은 따뜻한데 하늘을 향한 얼굴에는 샤워 줄기 같은 비가 떨어지고 있었다. 하지만 일어나고 싶지가 않았다. 이대로 그냥 잠들고 싶었다. 그러면 소설을 써야 한다는 중압감으로부터 영원히 벗어나게 될 것이라는 생각이 들었다.

한참을 기절해 있다가 시동이 꺼지지 않은 오토바이 바퀴가 굉음을 울리며 돌아가는 소리가 귓전을 후려갈겼다. 오른쪽 어깨와 무릎에서 통증이 살아났다. 술이 덜 깬 상황이라 견딜만했다.

고통스럽게 일어나서 오토바이 라이트불빛을 이용해서 키를 뺐다. 배수구 턱에 걸려 있는 오토바이에서 키를 빼는 순간 굉음을 내며 돌던 바퀴가 멈췄다. 깊은 바닷속에 빠져 버린 것 같은 고요가 온몸을 조여왔다. 서 있는 곳이 길이라는 것만 느껴질 뿐 어디가 어딘지 가늠을 할 수 없었다.

황지 쪽보다는 장성 쪽이 가깝다는 생각에 비를 맞으며 걸었다. 또 다른 산모퉁이가 나왔다. 모퉁이를 돌아가니까 불빛이 보였다.

나는 불빛이 보이는 곳으로 무조건 들어갔다. 길가에 있는 두 칸짜리 오두막집 방문을 두들겼다.

“뉘! 뉘여.”

방문을 열어 준 노파가 깜짝 놀라며 뒤로 도망을 쳤다. 노파 옆에 있던 노인도 깜짝 놀라며 뒤로 물러섰다.

"오토바이 사고가 났습니다. 여기가 어딥니까?"

"그, 그렇구먼. 여기 문곡일세. 우선 피나 닦지그려."

노인이 대학노트 크기의 거울과 수건을 내밀었다. 나는 비로소 오른쪽 광대뼈 옆쪽을 시멘트에 문질렀다는 것을 알았다. 어깨에서도 피가 흐르고 있었다. 파란색 재킷에 흐르는 검붉은 피를 수건으로 대충 닦았다. 노인 부부에게 고맙다는 인사를 하고 거리로 나섰다.

가끔 빗속에서 택시가 불쑥 나타났다. 택시 기사는 위태하게 서 있는 내 몰골을 보고는 어둠속으로 흔적도 없이 사라져 버렸다. 몇 대의 택시는 내 모습만 확인하고 쏜살같이 어둠에 묻혔다.

비를 맞으며 한 시간 동안 서 있다가 겨우 오토바이를 얻어 타고 장성병원으로 갔다.

텅 비어 있는 응급실은 무섭도록 조용했다.

의사가 새끼손가락 크기의 망치로 내 무릎이며 팔 관절을 두들겼다. 다행히 부러지거나 깨진 부분은 없지만 엑스레이를 찍어 보자고 했다.

의사가 막 일어서는데 여러 명이 침대를 밀며 들어왔다.

침대에는 깡마른 노인이 누워 있었다. 가족인 듯한 사람 몇 명이 절망하는 얼굴로 침대 주변에서 노인을 바라봤다.

노인은 진폐증 환자였다. 숨을 몰아쉴 때마다 가슴이 등에 닿을 정도로 힘겨워했다. 가족들은 침대를 둘러싸고 숨죽여 울었다.

문득 침대에 누워 있는 사람이 나처럼 느껴졌다. 목이 말라서 담뱃불을 붙이는 데 간호사가 노려봤다. 다리를 절룩거리며 응급실 밖으로 나갔다.

한밤중의 병실 복도는 유령이 나올 것처럼 음산했다.

벤치에 앉아서 담배를 피웠다. 등 뒤 창문 밖에서는 비가 주룩주룩 내리고 있었다. 응급실 안에서 아버지! 하는 통곡 소리와 함께 울음이 터져 나왔다.

갑자기 준석의 얼굴이 떠올랐다. 준석이는 지난해 4월 바람처럼 나타났다가 새벽에 바람처럼 사라져 버린 후 소식이 없다. 준석이 몹시 보고 싶다는 그리움이 밀려오면서 친구들의 얼굴이 한 명 한 명 머릿속을 스쳐 가나 했더니 형제들의 얼굴이 그려졌다.

마지막으로 침대에 주검으로 누워 있는 나를 바라보고 있는 부모님의 얼굴이 떠올랐다.

회사에서 무슨 사고를 쳐서 장성으로 좌천된 것도 아니다. 괜찮은 소설 한 편 써보겠다고 스스로 찾은 장성이다.

지도를 봐야 어딘지 알아볼 수 있을 탄광촌의 병원에 싸늘한 주검으로 누워 있을 자식을 보는 부모의 마음은 얼마나 피를 토하는 아픔이었을까를 생각하니 눈물이 났다.

나는 얼굴로 흘러내리는 눈물이 불처럼 뜨거울 수도 있다는 것을 처음 알았다.

나는 터져 나오려는 울음을 참으려고 이를 악물며 허리를 숙였다.

차가운 병실 바닥으로 뚝뚝 떨어지는 눈물을 보였다.

내일 사표를 내고 장성을 떠나야겠다고 결심했다.

패잔병이라고 누가 손가락질을 해도 견뎌낼 수가 있을 것 같았다. 어머니가 차려주시는 따뜻한 밥상만 있다면.

한만수

충북 영동에서 태어났다. 은행과 보험회사를 17년 동안 다니는 틈틈이 습작을 하다 1990년부터 무작정 전업 작가의 길로 나섰다. 월간 『한국시』에 시 「억새풀」이 당선되어 등단하였으며 베스트셀러 시집 『너』를 비롯하여 『백수 블루스』 등 5권의 시집을 출간했다. 실천문학에 장편소설 『하루』가 당선된 이후로 장편소설 『파두』, 『천득이』 등 150여 권의 소설과 소설 창작의 길잡이 책인 『소설 작법의 정석』을 출간하기도 했다.
2014년 12월에는 12년 6개월 동안 집필한 대하장편소설 『금강』(전15권)을 완간했다. 『금강』은 우리나라 최초로 일제강점기부터 2000년도까지를 시대적 배경으로 하였으며, 동시대의 정치, 경제, 문화, 사회 그리고 물가 등을 사실적으로 재현했다는 점에서 주목을 받고 있는 소설이다. 늦깎이 공부를 시작해 경희사이버대학교를 졸업하고, 고려대학교 대학원에서 문학 석사 학위를 받고 박사과정을 수학하다 중단했다. 현재 〈한국문예창작진흥원〉을 운영하며 활발하게 창작 활동 중이다.

12월의 파비안느

초판1쇄 인쇄 2021년 12월 15일
초판1쇄 발행 2021년 12월 29일

지은이 한만수
펴낸이 최종숙
편집 이태곤 권분옥 문선희 임애정 강윤경
디자인 안혜진 최선주 이경진
마케팅 박태훈 안현진
펴낸곳 글누림출판사
출판등록 제303-2005-000038호(2005.10.5.)
주소 (06589) 서울시 서초구 동광로46길 6-6 문창빌딩 2층
전화 02-3409-2055(대표), 2058(영업), 2060(편집)
팩스 02-3409-2059
홈페이지 www.geulnurim.co.kr
전자우편 nurim3888@hanmail.net

ISBN 978-89-6327-657-1 03810

정가는 뒤표지에 있습니다.
잘못된 책은 바꿔드립니다.

* 이 책은 아르코 창작기금으로 제작되었습니다.